逆时侦查组2

营救嫌疑人

张小猫 著

中国友谊出版公司

图书在版编目（ＣＩＰ）数据

逆时侦查组2：营救嫌疑人 / 张小猫著. —— 北京：中国友谊出版公司，2020.9

ISBN 978-7-5057-4963-4

Ⅰ．①逆… Ⅱ．①张… Ⅲ．①长篇小说－中国－当代 Ⅳ．①I247.5

中国版本图书馆CIP数据核字(2020)第154567号

书名	逆时侦查组2：营救嫌疑人
作者	张小猫
出版	中国友谊出版公司
发行	中国友谊出版公司
经销	新华书店
印刷	唐山富达印务有限公司
规格	880×1230毫米 32开 9.5印张 238千字
版次	2020年10月第1版
印次	2020年10月第1次印刷
书号	ISBN 978-7-5057-4963-4
定价	42.00元
地址	北京市朝阳区西坝河南里17号楼
邮编	100028
电话	(010) 64678009

版权所有，翻版必究

如发现印装质量问题，可联系调换

电话　(010) 59799930—601

人物介绍

● **路天峰** 精英刑警。十七岁时，发现自己拥有不定时重复五次经历同一天的能力，并依靠此能力侦破了数起要案。在停职期间卷入一场餐厅劫案，劫匪以其女友陈诺兰的性命为筹码，要求路天峰回到两天之前，去营救一个死刑犯的性命。

● **陈诺兰** 年轻有为的尖端生物学家，同时也是路天峰的女友。得知路天峰要拯救两天后的自己，一方面受到他的保护，一方面用自己的智慧和知识去帮助他找出幕后黑手。

● **章之奇** 人称"猎犬"的侦探，犯罪侧写师，擅长所有搜查技巧，能够准确预测一个人的心理及行动，自称没有他找不到的人。虽然看上去十分懒散，工作时则拥有最冷静缜密的大脑。受路天峰的委托，帮其完成任务。

● **童瑶** 精通网络科技的警局探案新星，与路天峰合作调查幕后真相，判断出警队存在"内奸"。

● **余勇生** 路天峰在警局的得力助手，直爽，执行力强。

人物介绍

● **汪冬麟**　反社会人格的冷血杀人犯，也是路天峰回到两天前需要营救的对象。曾经经历的黑暗过去造就了他的性格。在和路天峰一起逃亡的过程中，与其斗智斗力，不择手段。其身上掩藏着这段逆转时间的秘密。

● **袁成仁**　犯罪心理学专家、大学教授，也是章之奇曾经的老师。在章之奇破案过程中，对其进行了一些帮助和指点。

● **程　拓**　路天峰在警局的上司。知道路天峰身上的秘密，并暗中调查。

● **罗　局**　警局一把手，得知汪冬麟被路天峰救走后，亲自坐镇指挥。

● **严　晋**　刑警队支队队长，汪冬麟案的主要负责人，在汪冬麟失踪后再次被推上前线。

● **戴春华**　负责领导刑警队新增的信息分析部门，是一名经验丰富的老警察。

● **周焕盛**　陈诺兰曾经的老师。掌握着"逆时"这一行为中的诸多秘密，在幕后影响着一切。

目录

断 章

"路警官，你还在犹豫什么呢？"

极度的愤怒，让路天峰的视线变得模糊起来，手也在微微地颤抖着。

"喝下去吧，一切都会变好的。"男人假笑着，声音尖锐而干涩。

路天峰强迫自己集中注意力，好看清楚试管里的奇怪液体——近乎透明，带着淡淡的粉红色。闻起来还有点酒精的味道。

"峰！不要答应他……"这时候，他听见了陈诺兰的哀求。

"嘘——请保持安静哦！"

"咔嗒"，是手枪保险打开的声音。

男人举起枪，枪口抵在陈诺兰的太阳穴上。

"别伤害她！"路天峰厉声喝道。

"快喝下去！"男人催促着路天峰，并将手指挪到了扳机上。

"我喝，你提出的条件我都答应你，只要你停止伤害其他人。"路天峰咬咬牙，屏住呼吸，闭上眼睛，一口气把试管里的液体全数灌入喉咙。

出乎意料，这玩意儿竟然不难喝，口感和某种鸡尾酒接近，也许里面真的含有酒精。

"很好，药效完全发挥还需要十分钟左右。在此之前，我要向你证明一件事情。"

"什么事情？"路天峰终于咽下最后一口，缓缓睁开眼睛。

"你已经没有回头路了。"

男人冷冷地说完这句话后，毫不犹豫地扣下了扳机。

"砰！"

"诺兰——"

路天峰眼前的世界顿时变成一片黑白，声音也一下子消失了。

除了黑白之外，还有一片刺眼的红。

然后红色也渐渐变黑，陈诺兰倒在那片乌黑当中，就像被黑暗吞噬的无辜者。

序 章
诺兰之死

1

"诺兰——"路天峰从梦中惊醒,猛地坐直身子,过了好一阵子才回过神来。他发现自己的手心和后背全部是汗,连贴身 T 恤也湿透了。

一只温暖纤细的手,从被窝里伸出来,轻轻地揽住他的腰。

"峰,又做噩梦了吗?"陈诺兰半梦半醒地问,吐字含糊。

路天峰连续做了几个深呼吸后,才说:"我没事,快睡吧。"

陈诺兰并没有回应,路天峰低头一看,原来她并没有完全醒来,很快又进入了梦乡。路天峰闭上双眼,脑海里不停地闪过各种混乱不堪的场景,飞车、爆炸、追逐、枪战⋯⋯

风腾基因的案件结束了,但事件的影响还在持续——路天峰正在无限期停职,接受警方内部调查;陈诺兰则乖乖地假装失忆,赋闲在家,暂时避开了重回风腾基因上班一事。

可逃避也不是解决问题的办法,虽然陈诺兰没有当面抱怨过什么,但她已经好几次旁敲侧击地询问,自己到底什么时候才能回归工作岗位，哪怕再去找其他工作。

而路天峰每次都无法正面回答这个问题，太多的事情，根本不知道该从哪里开始解释，只好搪塞过去。

自从两个人"被动失业"以来，他们朝夕相处的时间多了，但沟通交流却没有因此变得更加顺利，两人之间那道看不见的屏障似乎越来越难打破了。

陈诺兰自然能看出路天峰有什么重要的事情瞒着自己，但她不愿戳破，她相信自己男朋友的决定。而正是这份无条件的信任，让路天峰倍感压力。

"总要给你一个答案的……"

路天峰抬头看了看墙上的时钟，六月二日，凌晨三点十分。

今天晚上，就是他决定向她坦承一切的时候。

因为这一天，是他们两人的相识纪念日。两年前的今天，路天峰在震惊全城的天马珠宝中心劫案里救下了陈诺兰，两人很快就成了情侣。

那么，就在这个充满纪念意义的日子里，去完成一件极其困难的事情吧。

想到这里，路天峰终于放松心情，躺回床上，而睡梦中的陈诺兰像感应到了什么，整个人往他的怀里靠过来。路天峰一手环抱着她，另外一只手轻轻抚摸着她的秀发，很快，也陷入了一场美梦。

早上七点，闹钟响起。

虽然两个人都不用上班，但仍然保持着良好的作息习惯，每天准时起床，轮流负责早餐，吃完早餐之后才各忙各的事情。

今天轮到路天峰准备早餐，他在厨房煎蛋的时候，陈诺兰不紧不慢地换好衣服，坐在餐桌边，喝着温好的牛奶。

"今天还是去图书馆吗？"路天峰娴熟地翻过煎蛋，头也不回地问。陈诺兰的动作再轻，也瞒不过他的耳朵。

"是的，逛街没什么意思，还不如趁着人少去找点资料。"

"哦，那等会儿我替你泡一壶菊花茶，你带着。"路天峰把刚刚煎好的蛋装进盘子里。

陈诺兰喝了一大口牛奶，问："你呢，今天去哪儿锻炼？"

"早上准备去跑步，然后回一趟警局。"

"警局？"陈诺兰的手顿了顿，这个词是这一个月来，第一次听他说起。

"嗯，是的，复职的事情好像有点眉目了。"路天峰把煎好的鸡蛋和略微烘焙过的面包片从厨房端出来，摆在餐桌上。

陈诺兰平静地说："可以回去上班了吗？真好。"

"还不清楚具体情况，得先了解一下。"

陈诺兰默不作声地吃起面包，若有所思。路天峰自然是心领神会，适时地说："诺兰，今天晚上我们出去吃饭吧！"

"哦？为了庆祝你复职？"

"不，是为了庆祝我们的相识纪念日啊，六月二日嘛！"

"我还以为你忘记了呢。"陈诺兰的表情依然让人难以捉摸。

"怎么会忘记了？我已经提前预订了天书西餐厅。"

"啊？那家装潢成书店模样的网红西餐厅？不是说很难预订吗？"陈诺兰紧锁的眉头终于舒展开来。

天书西餐厅是今年新开张的一家高档餐厅，因为地处市区繁华地带天际大厦的顶层，是欣赏夜景的极佳地点，加上餐厅内部装潢走的文艺范儿，充满别样风韵，短短几个月就成了城中情侣都爱去的约会地点。

"再难的事情，为了你，我都能够做到。"路天峰笑着夹起煎得恰到好处的鸡蛋，放在陈诺兰面前，"比如说，煎鸡蛋。"

"那么，你的秘密也可以和我分享吗？"陈诺兰波澜不惊地问了一句。

路天峰毫不犹豫地回答："可以，今天晚上，我会把一切都告诉你。"

这干脆利落的回答，反而让陈诺兰愣了愣。

"先吃早餐吧。"路天峰坐下来，开始对付他的那份面包夹煎蛋。

陈诺兰的眼睛眨了眨，然后顺从地点了点头。

窗外的阳光洒在白色的餐桌上，美好的一天由这里开始。

2

上午十点三十分，D城警察局办公大楼内。

"罗局，我来了。"路天峰略带拘谨地推开办公室的大门，作为一线刑警，往常他并没有多少直接跟局长打交道的机会，心里难免有点紧张。

"小路啊，快坐快坐！"罗局笑眯眯地应道。纵横警界三十多年的他，此刻看起来就像个身材有点发福的普通老人家，唯有那双鹰一样锐利的眼睛提醒着大家，其实自己一点儿都不好惹。

"罗局，请问您今天让我来，是有什么指示吗？"路天峰小心翼翼地斟酌着措辞，以免显得过于唐突。

"别紧张，你的事情我很清楚。而你是个什么样的警察，我也心里有数，是时候让你重返工作岗位了。"罗局开门见山，直接把路天峰最关心的问题挑明了。

"谢谢罗局。"路天峰连忙道谢。

"只不过风腾基因案件的解决过程，确实还存在着不少问题，多名重要的犯罪嫌疑人在侦查过程中身亡，需要有人为此负责。"

"罗局，我是现场指挥官，责无旁贷。"

罗局笑了笑，用指节叩击着桌面的文件夹："所以警局内部有人认为，你已经不适合继续当一线刑警了，建议我将你转到后勤部门去。"

"这个……"路天峰的脸色变得凝重起来。

谁都清楚，把正值壮年的路天峰调到后勤部门，无异于断送了他的刑警生涯。

"放心吧，我知道人才难得，绝对不会把你调离刑警队的。"罗局顿了顿，又说，"只不过，按照你目前的状态，确实需要一点调整的空间。"

"您的意思是？"

"最近上级在搞组织机构改革，我们刑警队内部新增了一个信息分析部门，我想由你来担当这个部门的副手。"

"副手？这个部门的负责人是谁？"

"原先第四支队的戴春华。"

路天峰怔了怔，戴春华是个经验丰富的老警察，不过最近这两年因为身体不好，又接近退休年纪，很少参与一线刑侦工作了。

局内让戴春华担当一个闲职非常合理，但正值壮年的路天峰根本不需要这样的安排。

"罗局……"

罗局抬起手，掌心向外轻轻地往下压，示意路天峰先别着急。

"小路，你应该很清楚，直接让你复职的话，会引来不少非议，届时连正常的工作展开都会很困难；而这个新的职位，编制上属于刑警支队，职能上看似偏重信息分析，幕后支援，实际上随时可以受令冲上前线，正所谓进可攻、退可守。"

路天峰总算明白了罗局的意思，不愧是老狐狸，把各种内部关系和可能产生的矛盾都计算得清清楚楚，选择了这个谁都不会得罪的折中方案。

"而且老戴年纪也不小了，过两年就退休了，这个信息分析部门的第一把手，迟早会落在你头上，这不等于升职了吗？"罗局不慌不忙地抛出下一个"诱饵"。

　　路天峰苦笑起来，看来罗局早就算无遗策了，自己来这里也就是走个过场，乖乖跟着领导的指示办事即可，再说罗局的方案确实没有亏待自己。

　　"感谢罗局，路天峰服从组织的安排！"

　　"很好，老戴他们这两天忙着处理一起案件，都连轴转四十八小时了，今天清早才让他们回去歇会儿，所以你明天再过来办理复职手续吧。"

　　路天峰好奇地问："是什么案件？"

　　罗局的眉头不由自主地皱了起来："案件本身倒不复杂，只是网络舆论关注得太厉害了……"

　　路天峰马上就想起从昨天开始，各大媒体铺天盖地追踪报道的那起事件——连环杀手被认定为精神异常，逃过法律制裁，却在送往精神病院的途中遭遇车祸身亡。

　　"罗局说的，是前天那起车祸？"

　　"车祸？"罗局无奈地苦笑，"车祸只是对外的宣传口径，实际上……那是一场明目张胆的劫杀。"

　　最后那半句话，罗局压低了声音，却仍把路天峰听得胆战心惊。

　　"劫杀……那么严重吗？"

　　"嗯，匪徒先是打爆了囚车的轮胎，再和押运人员交火，导致四名押运人员一死三重伤，最后匪徒撬开囚车，往里面打了几梭子弹，把车内的囚犯射成了筛子。说实话，我根本搞不懂他们想干吗，要杀人有更简单直接的办法，没必要这样硬碰硬啊！"

　　路天峰沉吟片刻，问："案件现在有眉目了吗？"

　　"还没有呢，要不你趁着下午的工夫，先去熟悉一下基本案情？

这样你明天上班就可以直接投入工作了，提高效率。"

"遵命！"路天峰内心还是有点雀跃的，能够重新参与侦查工作，至少比憋在家里强多了。

罗局自然是看穿了路天峰的心思，呵呵一笑，道："放心吧，小路，即使换了个工作岗位，你还是能发挥所长的。"

"我一定会尽最大的努力，不让领导失望！"

罗局满意地点了点头，他很清楚，路天峰就是一把双刃剑，处理不好，很可能引发一连串的不良反应；但反过来说，路天峰依然是警局里头能够解决疑难案件的主力。

他相信，眼前这起案件一定能够勾起路天峰的兴趣。

3

傍晚六点三十分。

一袭宝蓝色长裙的陈诺兰，信步走进位于天际大厦八十楼的天书西餐厅。

"您好，请问您有预约吗？"一位身穿西服的侍应连忙上前迎接，弯着腰，彬彬有礼地问。

"路先生预订的座位。"

"明白了，请您跟我来。"

侍应毕恭毕敬地将陈诺兰带到临窗的位置，又贴心地送来了菜单、小食，还有一本崭新的能够闻到淡淡油墨味道的书，书名是《最好的年华》。

陈诺兰有点诧异地问："怎么还有一本书？"

"这是路先生提前为您准备的礼物，小店除了提供餐饮服务，也乐意跟大家分享优秀的书籍。"侍应颇有些自豪地答道。

"谢谢了。"陈诺兰微微一笑，正好，她今天来得比较早，可以看书打发一下时间。

　　路天峰和陈诺兰约定的时间是晚上七点。往常，陈诺兰从来不会迟到，但也不会提早太多抵达约会地点，因为她需要保证路天峰成为首先到场的那个人。一方面不会让对方有"我居然比女生迟"的心理压力，另外一方面准时抵达也会让他感受到尊重。

　　然而今天，陈诺兰实在按捺不住自己焦急的心情，足足提前了半小时抵达。因为她整天都心不在焉，不停地想着路天峰今晚要向自己坦白的秘密到底是什么。她还能不能留在风腾基因，继续做自己喜欢的工作？路天峰是不是要复职当刑警了？如果他能回去做刑警，自己为什么不能做研究员？

　　陈诺兰满脑子都是这些事情，坐在图书馆里头也看不进去书，干脆中午时分就离开了图书馆，去外面买了几件新衣服，然后做了个头发，再回家梳妆打扮一番，以焕然一新的面貌赴约。

　　陈诺兰百无聊赖地随手翻开书本，扉页上印着的几句话触动了她心灵的柔软之处——

　　　　我曾经以为自己很幸运，
　　　　能够在最好的年华遇见你。
　　　　如今回首往事，
　　　　才发现是你让时光，
　　　　变成了我们最好的年华。

　　"路天峰你这个直男，就喜欢玩这种酸溜溜的土味浪漫。"陈诺兰小声地吐槽着，嘴角却不由自主地微微翘起。

　　这时候，陈诺兰的手机收到一条信息，低头一看，是路天峰发来的。

"抱歉，有点事情耽搁了，可能稍晚一点到。"

陈诺兰正准备打字回复，身后突然传来一声巨响，令耳膜隐隐作痛。

陈诺兰对这种声音并不陌生，这是枪声。

两年前的这一天，陈诺兰与路天峰正是在枪声中相遇相识的。

餐厅里顿时变得混乱起来，尖叫声、呼救声此起彼伏。很快，第二声枪声响起。

"砰！"

一个粗声粗气、戴着猪头面具的男人站在餐厅正中央，拿着枪，大喊道："全部给我安静下来，坐在原位，放下手机！"

猪头面具的身边，还有四个戴着狗头面具的人，每个人的手里都拿着枪。

就像是电影中的场景，陈诺兰第一时间乖乖地扔下手机，她不想招惹任何麻烦。

然而邻座有个打扮入时的女生，好像是被吓呆了，手里一直紧握着电话。更要命的是，她的电话处于通话状态。

猪头面具也注意到那个女生了，他把枪口转向她，喝道："妈的，你找死吗？"

女生不停地摇头，但颤抖的右手依然下意识地握紧了电话。

"把我的话当作耳边风？"男人恶狠狠地说完，扣下了扳机。

"砰！"

子弹射穿了女生的脖子，她终于扔下了那部该死的手机，用双手捂住自己的伤口，但依然无法阻止鲜血溅射而出。没多久，她就颓然倒地，一动不动了。

这变故让刚才还在大呼小叫的顾客一下子安静下来，因为这一刻，他们已经真切地感受到死神就在自己的身边徘徊。

"再有不听话的，这就是下场！"猪头面具用枪口扫过人群，说，"所有人集中在一起，不准携带任何个人物品，乖乖地围成一圈，蹲在地上。服务员在哪里？"

"在……"刚才招待陈诺兰入席的那位侍应唯唯诺诺地应道。

"把大门关上，不准任何人进来，我们要在大门上安装炸弹。这地方还有别的出入口吗？"

"有，有……有个员工通道，还有……消防通道……"一听见"炸弹"两个字，侍应吓得面无血色。

"全部封锁起来。"猪头面具向手下发号施令，然后又问，"现在餐厅里一共有多少人？"

"员工加顾客……大概四十人吧？"

"人质太多了，得减少一点才好操作。"猪头面具似笑非笑地说，"你觉得，该按照什么样的规则来减员呢？"

"我……我不知道……"答话的同时，侍应看着那还在冒烟的枪口，身体不停地颤抖。

"你给我滚出去，在门外阻止一切试图靠近和进入餐厅的人，告诉他们这里有炸弹，一开门就会爆炸。"

"是……是……"侍应嘴里答应着，双腿却像生了根一样，挪不开脚步。

"给我滚——"猪头面具狠狠地踹了侍应一脚，侍应这时候才如梦初醒，知道自己捡回一条命，连滚带爬地逃出了餐厅。

"派两个人去控制后厨，然后将所有出入口封锁，按计划行事。"猪头面具有条不紊地指挥着手下，说话间，还特意看了陈诺兰一眼。

虽然面具阻隔了男人的目光，但陈诺兰仍然不寒而栗。

4

晚上七点零五分，路天峰急匆匆地赶到天书西餐厅门口，却看见餐厅的大门紧闭。一名身穿侍应服装的男人坐在地上，一脸茫然。

"怎么回事？"身为警察的直觉，让路天峰立即进入警觉状态。

他很清楚，这个时间，天书西餐厅不应该紧闭大门，而这家高端餐厅所聘请的服务员，也不应该仪态尽失地瘫坐在地上。

除非餐厅里面发生了极大的变故。

"我是警察，镇定一点，到底发生什么事了？"路天峰手搭在侍应的肩上，沉声再问了一遍。

"店里……有歹徒……还有炸弹……"侍应结结巴巴地说。

"炸弹？报警了吗？"

"还……没有……"

"马上去报警，然后通知大厦的保安队前来增援。"路天峰下意识地摸了摸腰间，随即意识到自己还没有复职，哪里来的佩枪？

等侍应战战兢兢地打完报警电话，路天峰又一把抓住他，问道："里面一共有多少人质？多少歹徒？"

"人质应该有三四十个……歹徒……我看到的一共五个……"

"五个人都有武器？"路天峰不禁皱眉，大张旗鼓地在市中心袭击一家西餐厅，到底目的何在？

"他们都有枪，领头那个还说要安装炸弹，封锁所有出入口。"

"除了正门，餐厅还有别的出入口吗？"

"还有员工通道和消防通道……"侍应说话间，大厦的保安队也终于匆匆忙忙地赶到了现场。

路天峰稳住乱哄哄的现场，大声说："各位不要慌张，听我指挥。保安队长请派人守住餐厅其余的出入口，防止歹徒逃跑；立即疏散大厦其余楼层的人员，但一定要维持好秩序；安排人手在一楼大堂处接应警方。"

保安们听得一愣一愣的，不住地点头，却没有挪步，还是路天峰怒吼一声，他们才如梦初醒一般，各自散去。

"有办法联系餐厅内部吗？"路天峰拍了拍侍应的肩膀。

"啊？联系？"

"当然，你觉得歹徒带着枪械，来这里劫持一班人质，是出于什么目的？"

侍应犹豫着，一时答不上话。

"在这种地方发生劫持案，一定会成为全城新闻焦点，歹徒应该是想跟警方进行谈判，通过舆论压力，迫使警方答应他们某些条件。"路天峰眉头紧锁，一想起陈诺兰很可能被困在里面，心中顿时烦躁不安，"我要先发制人，摸清他们的底细和动机。"

路天峰拨打了餐厅的订座电话，一直响到断线也没人接听，再一次拨打后，则是被人粗暴地挂断。

路天峰并不气馁，第三次拨打了电话。

"你到底有什么事情？"电话那头劈头盖脸就是一句怒吼。

"我是警方派来的谈判专家，想看看有什么能帮忙的地方。"路天峰冷静地答道。

对方明显是愣了愣，没想到警方会主动打电话，数秒后，才恶狠狠地说："什么狗屁专家，滚，你打错电话了！"

"我就在天书西餐厅门口，我可以帮你们传达——"

"嘟嘟嘟——"

电话被挂断了。

"路队？"这时候，一个熟悉的声音在路天峰背后响起，他回头一看，是童瑶。

童瑶今天身穿白色 T 恤、蓝色牛仔裤，头上扎着随意的马尾辫，第一眼看上去跟平日那个严肃认真的女警察大相径庭。

"童瑶，你怎么在这里？"

"我今天轮休，刚好在附近逛街，收到总部的信息就赶过来帮忙了。"童瑶言简意赅地答道。

路天峰点点头，问："增援到了吗？"

"已经有同事在楼下组织疏散，维持秩序，特警队预计十分钟左右到场。"童瑶停顿了一下，才说道，"刚才我听见你给歹徒打电话了……"

"嗯，歹徒一定会提出条件的，我想趁着他们阵脚未稳，主动出击，打乱他们的部署。"

童瑶没有再说什么，她很清楚，身处现场直接跟歹徒交流和接触到底有多危险，一不小心说错一句话，就会造成不可挽回的后果。

而路天峰还没正式复职，一旦行动当中出了什么乱子，他的警察生涯很可能就此终结。

即使是这样，路天峰都没有任何犹豫和回避，他的眼神异常坚定，看着就让人安心——

"在想什么呢？"路天峰一句话，将童瑶拉回现实当中。

"啊，没有，我在想歹徒到底为什么选择这样一个地方来实施犯罪。"童瑶定了定心神，指出了这起劫持案的关键疑点。

餐厅在摩天大厦的顶层，一个出入口很容易被全部封锁的地方，一次性劫持几十个人质，一旦被警方包围，歹徒几乎没有全身而退的可能。

"这群人怕是不要命的疯子。"路天峰心里更焦急了，陈诺兰的性命竟然掌握在这种疯狂的犯罪者手中。

"路队，我们还是先等增援到场吧。"

"不，我们要争分夺秒。"说话间，路天峰再次拨打了天书西餐厅的电话。

这一次，电话很快就被接起。

"什么事情，快说！"接电话的似乎是另外一个人，声音更加低沉一些。

"我是警方的谈判专家……"

"你能满足我们的条件吗？"对方没有等路天峰说完就生硬地打断。

"请说，我会尽力协商……"

"首先，我只希望跟特定的人进行谈判，不要随便找个人来打发我。"

"你想直接接触我们的局长，还是其他领导？"路天峰问。

"不，我要你们派刑警大队的路天峰来现场负责谈判工作。"

"路天峰？"即使做足了心理准备，路天峰依然因为在这种时刻听见自己的名字而震惊。

"我给你半小时的时间，把路天峰找过来，否则，我就要开始杀人了。"对方稍稍停顿了一下，然后说，"我们可是真的敢杀人的。"

电话没有任何预兆就被挂断了，路天峰立即看了看手表，晚上七点十五分。

"路队，这事很反常。"童瑶忧心忡忡地说，"千万不能答应他们的要求。"

"我没有别的选择——"

手机振动了一下，路天峰一看，是一个陌生号码发过来的彩信。照片很明显是在天书西餐厅内拍摄的，只见一个女生倒在血泊之中，双眼圆睁，死不瞑目。

接着是一条文字信息："我们真的会动手。"

童瑶倒吸一口凉气："路队，已经有人质身亡了。"

"你注意到了吗，这一枪打穿了人质的脖子。"路天峰愁眉苦脸地说，"一般人在射击时只会瞄准目标的身体，有谁会对着人的脖子开枪呢？"

"对自己枪法很有信心……杀人如麻的人，比如职业杀手，或者只认钱不怕死的雇佣兵。"童瑶也皱起了眉头。

路天峰的神情越发严肃，说道："童瑶，能不能想办法确认死者的身份？顺带查一下这个手机号码的信息，虽然估计也不会有什么线索。"

"可以是可以，只是路队，特警队最多还有三分钟就到场……"童瑶的意思不言而喻，就是希望路天峰不要冲动行事。

"对方是冲着我来的，我怎么也躲不过。快去搜集资料吧。"路天峰拍了拍童瑶的肩膀，没料到这时候童瑶突然出手，一下扣住路天峰的手腕。

路天峰还想反击，童瑶却行云流水一般连续击打他的手臂和膝盖，将他按倒在地，并用手铐将他铐在旁边的栏杆扶手上。

"童瑶，你在干吗！"路天峰气得差点吐血。

"对不起，路队，你还没正式复职，现在并不算一名警察，我不能让你孤身犯险。"

"开什么玩笑？你知道吗，陈诺兰在餐厅里头！"

"什么？"童瑶愣了愣。

"放开我……求求你！"

童瑶万万没想到，路天峰会用这种哀求的语气来跟她说话，她在他的脸上，看到了以前从未见过的表情。

那是对陈诺兰的关切之情。

"童瑶，再相信我一次。"

"我相信你，但我也有身为警察的责任。"童瑶艰难地挤出这句话来，然后转过身去，"抱歉，我先去接应一下特警队，你在这里等我回来。"

"童瑶！"

童瑶飘然而去，路天峰狠狠地跺了跺脚，然后他注意到天书西餐厅的侍应还一直坐在旁边，脸色苍白，呆若木鸡。

侍应的胸前戴着一块精致的工牌，是用别针别在衣服上的。

路天峰眼前顿时一亮："快把你的工牌取下来，拿给我。"

"为……为什么？"

"快！"路天峰暴喝一声，那侍应哪里还敢多问，连忙取下工牌，扔给路天峰。

路天峰看着工牌上的别针，满意地笑了。

5

晚上七点二十分，路天峰揉着发红的右手手腕，走进了天书西餐厅。光凭一副手铐根本困不住一名素质过硬的刑警，因此他不太确定童瑶到底是故意放了自己一马，还是工作失误，但无论如何，他总算进入了这个龙潭虎穴。

一进门，就有一把枪抵住了路天峰的额头。

路天峰双手高举过头，手掌张开，示意身上没有任何武器。他虽然看似低垂着脑袋，神情紧张，但实际上却偷偷地用目光飞快地扫描着餐厅内部环境，分析着形势。

"进去！"戴着狗头面具的男人拿着枪厉声喝道。

路天峰一步一步地往前走，餐厅的人质似乎全部转移到了包间里头，暂时只能看到三名歹徒——其中一个人正拿枪指着自己脑袋，而在不远处，另外两人同样拿着枪，光看他们持枪的动作，就知道是老江湖。路天峰猜想，那个戴猪头面具的人也许是他们的头目。

餐厅有着大面积的玻璃幕墙，原本是设计给顾客欣赏夜景的，现在所有的玻璃幕墙都被厚厚的窗帘遮住了，从外面根本看不到里面的状况，这为特警队可能实施的突击行动带来了困难。

而且歹徒已经在其中几扇玻璃幕墙上安装了炸弹，如果特警队选择在这里强攻的话，将会伤亡惨重。

眼见歹徒比自己设想的更加深谋远虑，路天峰原本就不足的自信心更加瓦解。

"你就是路天峰？"戴猪头面具的男人开口说道，路天峰在心里暗暗给他起了个代号叫"猪头"。

"是的。"

"你的身份证呢？"猪头没有轻易相信路天峰的话。

路天峰慢慢地将右手探入口袋，掏出身份证，递给身旁戴狗头面具的歹徒。

没想到猪头却说："不用给他，你扔过来给我。"

路天峰只好乖乖地将身份证抛给猪头，猪头接过证件，仔细地打量了一番，才说："很好，证件是真的。"

"当然是真的，我为什么要骗你？"路天峰试图反客为主。

"路警官，你看我这次行动的现场指挥水平怎么样？"猪头完全不理会路天峰，自顾自地岔开了话题。

路天峰摸不清对方的底细，没有应答。

猪头嘿嘿笑了："路警官，这里只有三个出入口，全部安装了炸弹，如果你要指挥手下强攻，会选择哪里作为突破口？"

"这是大厦的顶层，我会派人从天台垂绳子下来，打破玻璃幕墙——"说到这里，路天峰才意识到对手的可怕之处，现在安装了炸弹的几处玻璃幕墙，恰好是警方发动进攻时会优先选择的位置。

"祈祷他们不要轻举妄动吧。"猪头笑起来的时候，肩膀一抖一抖的，让人看着十分别扭。

"你们到底是什么人？"

"嘘，不要提问，你只要如实回答我的问题。"猪头做了个噤声的手势，"第一个问题，你是时间感知者吗？"

路天峰听了这话，如同遭遇晴天霹雳，他绝对想不到自己最大的秘密，竟然被这样一个陌生人随随便便地说了出来。

"你……在说什么……"路天峰的语气失去了往常的镇定。

"路警官，我们知道你的秘密，请你好好配合我们的工作。"猪头轻描淡写地说，"要知道，找到一个适合的感知者并不容易……"

路天峰咬了咬下唇，决定保持沉默。

猪头眼见路天峰不说话，摊了摊手，继续说道："今天我们来这里，是希望跟路警官达成合作协议，只要你帮我们一个小小的忙，我们以后绝对不再打扰你。"

"帮忙？"路天峰心内冷笑，对方来势汹汹，哪里像是有求于他的样子？

"这两天闹得沸沸扬扬的汪冬麟囚车被劫案，路警官不会不知道吧？"

"听说过。"路天峰点了点头，暗自心惊，这到底是巧合还是有人刻意安排？赴约之前他还在警局内研究汪冬麟的案子，差点耽误了约会时间，没料到这伙歹徒竟然也在关注着同一起案件。

"我想让你替我解决这件事。"

"警方已经在全力追查……"

"不对，你完全理解错了。"猪头连连摇头，粗暴地打断了路天峰的话，"我不是要你去破案，而是拜托你去阻止案件发生。"

"阻止案件发生？"路天峰根本无法理解这句话的意思。

"我很清楚你是时间感知者，能感知到单日时间循环，但我想告诉你的是，在时间穿梭的游戏当中，单日循环只不过是小小的涟漪。只要你提升自身的能力，就可以感知到更高层次的时间穿梭。"

"我……还是不明白……"

猪头从口袋里掏出一个小小的试管，在路天峰眼前晃了晃："这就是能力强化剂，普通人喝了没有任何作用，但你喝下去之后，时间感知的能力能够得到短暂强化。然后，我们就可以启动时间倒流，将你送回五月三十一日凌晨。"

　　"上个月的最后一天？"路天峰立即想到，那一天是汪冬麟出事的日子。

　　"是的，很有意思吧，你既能够体验时间倒流的奇妙滋味，还可以将罪恶扼杀在摇篮之中，救汪冬麟一命，一举两得，这个交易的条件看起来十分合理嘛。"

　　路天峰目不转睛地看着那个诡异的试管，一声不吭。

　　"路警官大概还是将信将疑吧！谨慎果然是你的优点啊！"猪头冲手下做了个手势，紧接着，一名戴着狗头面具的歹徒将陈诺兰押了出来。

　　路天峰并不意外，对方既然已经将自己调查得清清楚楚，又怎么可能错过关于陈诺兰的信息？他甚至怀疑，对方之所以会选择这个时间、地点来劫持人质，就是因为提前得知他们会在此见面。

　　"有什么冲我来，她是无辜的！"路天峰咬牙切齿地说，声音带着寒意。

　　"路警官考虑过我们为什么策划这起劫持案吗？就算我们有人质在手，但这里的环境无路可退，我们岂不是自投罗网，白白来送死？"猪头所说，也正是路天峰所想。

　　"你难道还有办法全身而退？"

　　"很简单，如果我没有能力让时光倒流的话，那我们是必死无疑的。"

　　路天峰心里咯噔一下，这似乎是个很合理的解释。难道这个世界上除了时间循环以外，还真有时间倒流？

　　"为什么要挑选我？"路天峰问。

"因为你是警察，你有能力名正言顺地去阻止犯罪发生。"猪头不经意地看了陈诺兰一眼，"另外一个原因是，感知者的数量并不多，我们能够掌握资料的更是极少数。"

路天峰沉吟道："但我并不一定能够阻止那起案件……"

"不，你一定要阻止案件发生，否则，你的宝贝女朋友可能会有生命危险哦。"

"你敢！"路天峰怒目圆睁。

"你觉得呢？"猪头不答反问。

"峰，你别管我，别听他们胡说八道！"陈诺兰突然大喊起来。

猪头将试管递给路天峰："你别无选择，千万不要尝试在时间倒流之后带着陈诺兰逃跑，企图置身事外，那样子你们会死得更惨。好好完成你的任务，我保证你们平安无事。"

路天峰下意识地接过试管，手定在半空。接近猪头的时候，路天峰闻到他身上有一种说不出的奇异香味，不像是国内常见的香料。

"路警官，你还在犹豫什么呢？"

极度的愤怒，让路天峰的视线变得模糊起来，手也在微微地颤抖着。

"喝下去吧，一切都会变好的。"猪头假笑着，声音尖锐而干涩。

路天峰强迫自己集中注意力，好看清楚试管里的奇怪液体——近乎透明，带着淡淡的粉红色。闻起来还有点酒精的味道。

"峰！不要答应他……"这时候，他听见了陈诺兰的哀求。

"嘘——请保持安静哦！"

"咔嗒"，是手枪保险打开的声音。

猪头举起枪，枪口抵在陈诺兰的太阳穴上。

"别伤害她！"路天峰厉声喝道。

"快喝下去！"猪头催促着路天峰，并将手指挪到了扳机上。

"我喝，你提出的条件我都答应你，只要你停止伤害其他人。"

路天峰咬咬牙，屏住呼吸，闭上眼睛，一口气把试管里的液体全数灌入喉咙。

出乎意料，这玩意儿竟然不难喝，口感和某种鸡尾酒接近，也许里面真的含有酒精。

"很好，药效完全发挥还需要十分钟左右，在此之前，我要向你证明一件事情。"

"什么事情？"路天峰终于咽下了最后一口，缓缓睁开眼睛。

"你已经没有回头路了。"

猪头冷冷地说完这句话后，毫不犹豫地扣下了扳机。

"砰！"

"诺兰——"

路天峰眼前的世界顿时变成一片黑白，声音也一下子消失了。

除了黑白之外，还有一片刺眼的红。

然后红色也渐渐变黑，陈诺兰倒在那片乌黑当中，就像被黑暗吞噬的无辜者。

6

"为什么……"路天峰右手紧握成拳，艰难地挤出这三个字来。

"我想告诉你，我们不但有能力，而且有胆量。"男人的声音里带着讥笑，"反正时间会倒流，陈诺兰也会复活，这种套路想必你已经很熟悉了，没必要那么生气。对了，要是你不听我的话，在时间倒流之后带着陈诺兰远走高飞……我劝你尽早打消这个傻念头，因为无论你在哪儿，我都能找到你。"

路天峰觉得自己的五脏六腑都在燃烧，有种撕裂的痛感，他不知道这是因为刚才喝下去的药水作用，还是因为愤怒所致。

"我不会放过你们的。"路天峰一字一顿地说。

"哦？"

"你们这里大概没有感知者吧？所以，当时间倒流之后，你们不会记得我说过什么，我可会清清楚楚地记得你们。"

猪头难得地沉默了。

"我会把你们找出来，然后让你们付出应有的代价！"

两名戴着狗头面具的歹徒举起了枪，枪口直指路天峰的胸膛。

"你们当然不敢伤害我，因为还得靠我去救汪冬麟。"路天峰冷笑道，"我不知道你们的真正目的是什么，但我敢保证，你们的如意算盘一定会落空。"

"路天峰，你把事情想得太简单了。"猪头突然开口，语调前所未有的低沉，而且也不再客客气气地称路天峰为路警官，"请不要低估我们，我们可是有能力让时间倒流的人。"

"但出于某种原因，你们只能依靠我去处理汪冬麟的事情，对吗？虽然我还不清楚具体状况，可那应该就是我唯一的优势。"

路天峰和猪头以目光对峙，谁都不愿主动示弱。

"你乖乖按照我们所说的去做，不要轻举妄动。"良久，猪头抛出这样一句警告。

"如果我真的能救下汪冬麟，那接下来呢？"

"接下来的事情我们会处理，你不用担心。"猪头一副不愿多说的语气。

路天峰咬咬牙，看着倒在血泊中一动不动的陈诺兰，掷地有声地说："你们一定会为此付出代价的。"

"那就走着瞧吧……时间差不多了。"

路天峰意识到，所谓的特效药应该起作用了——但时间真的会倒流吗？自己又能清醒地记得这一切吗？

如果时间无法倒流……路天峰脑海里莫名地冒出了这个想法，

顿时手脚冰凉，呼吸不畅。诺兰就要这样不明不白地死去了吗？

路天峰眼前闪过一道黑影，他定了定睛，发现那并不是某个东西的影子，而是他目光所及之处，所有的东西都蒙上了一层阴影。

"怎么回事……"

影子重重叠叠，而且飞快地晃动起来。

路天峰觉得地板、墙壁和玻璃幕墙都在裂开、破碎，他有点站立不稳，伸手想扶住什么东西，脑袋里却是一阵接一阵地天旋地转，手也扑了个空。

他的胃很难受，身体像是快要裂开了，有种想吐的冲动。而他耳朵听不见任何声音，只有一种类似蜂鸣的高频音，直刺耳膜深处，让他更加不适。

时间倒流和时间循环，是完全不一样的感觉吗？

整个世界都颠倒了，路天峰像是跌入了一个漩涡当中，被暗流卷入海底，压抑、窒息、痛苦……

"啊！"

路天峰怪叫一声，猛地惊醒过来，睁开眼睛看到的，是自己卧室的天花板。

"峰，你怎么了？"陈诺兰轻轻地将手搭在路天峰的腰间，"做噩梦了？"

"我……"路天峰的五脏六腑似乎还处于被撕裂的状态，浑身发痛，忍不住哼了一声。

"是生病了吗？"陈诺兰紧张地钻出被窝，伸手去摸路天峰的额头，"天哪，怎么都是汗，你到底哪里不舒服？"

"我……没事，歇一会儿就好。"路天峰痛苦地喘着大气，"诺兰，快看一下现在的时间……"

"刚过凌晨两点，有什么问题吗？"陈诺兰忧心忡忡地问。

"几月……几日？"

"五月三十一日。"陈诺兰有点摸不着头脑。

"诺兰……"路天峰一把抱住陈诺兰，这突如其来的热情让陈诺兰不知所措。

"到底是怎么回事啊！"

"有你在，真好。"路天峰轻轻吻了吻陈诺兰的耳垂，"有件事情，我需要你的帮忙。"

陈诺兰轻轻捶了捶路天峰的胸口："有什么事都可以直说，但我们能不能等到天亮再聊呢？我现在要困死了……"

"不，我们的时间不多了。"路天峰再次抱紧陈诺兰，在她耳边低声重复道，"时间不多了，必须争分夺秒。"

陈诺兰似懂非懂地点了点头。

第一章
生死劫囚

1

五月三十一日，凌晨四点三十分。

陈诺兰静静地躺在路天峰怀里，听他将关于时间循环的故事娓娓道来。这个故事很漫长，足足让路天峰说了两个多小时，但她听得很入神，一双眼睛开始时还带着点困意，却渐渐变得明亮。

会重复五次的同一天、可以被改变的命运、风腾基因和骆滕风的秘密、隐藏在幕后影响时间循环的神秘势力……还有路天峰最近一次的遭遇，被迫从六月二日穿越回到五月三十一日——这打破了他对时间循环之前的认知，真真切切地感受到了这一切的背后还有许多他根本不知道的秘密。

"骆滕风的 RAN-X 技术，有可能涉及时间感知者的秘密，所以他才会被灭口……"

"我终于明白你为什么非要我假装失忆，不跟风腾基因的事情再有任何关联。"陈诺兰叹了口气，"但为什么不早点告诉我呢？"

路天峰苦笑："我……我担心你不会相信。"

"如果是别人说的，我肯定不信，但你说的话……"陈诺兰笑笑，没说下去，而是轻轻吻了吻路天峰的下巴，"看你熬一晚上，胡茬儿就都冒出来了。"

"诺兰，这个世界上一定还有别的人在研究时间的秘密，你是科学家，又懂英文，能不能替我查一下相关信息？"路天峰温柔地抚摸着陈诺兰的秀发。

"没问题，现在就可以开始。"陈诺兰说着，一副元气满满、马上要跳下床的样子。

路天峰赶紧用力将她摁住，说："不行，你现在的首要任务是好好休息，等天亮了再干活。"

陈诺兰还想抗议，路天峰却坚决不让她起来，最后她只好选择妥协，脑袋枕着路天峰的胸膛，没多久就沉沉睡去。路天峰一直等陈诺兰睡熟了，才小心翼翼地将她的身子放平，替她盖好被子，然后蹑手蹑脚地下了床。

陈诺兰的支持和信任，让他整个人充满了干劲，虽然经历时间倒流后浑身酸痛，但这点小小的困难算不上什么。

窗外星光暗淡，正值黎明前最黑暗的时刻。

五月三十一日，早上六点。

身穿黑色 T 恤、水蓝色牛仔裤，将头发简单束成马尾的童瑶，正来到她家附近的小吃店。她一眼就看见了坐在角落里的路天峰，不由得快步走过去。

"路队，早。"童瑶虽然满心疑惑，不明白停职状态的路天峰为何一大早来找自己，但脸上的表情依然如常。

"童瑶，我需要你帮我一个忙。"路天峰省略了寒暄，直奔主题，这让童瑶感到一丝被信任的力量。

"说吧，是公事还是私事？"

"还记得我和你说过的关于时间循环的事情吗？"路天峰压低声音，凑近童瑶的耳边说。

童瑶点了点头，她当然记得一清二楚，虽然心中对此说法的真实性还有所保留，但直觉告诉她路天峰没有发疯，也不是在开玩笑。

"我……经历了更加不可思议的事情。"路天峰顿了顿，胸口莫名地隐隐作痛，"现在的我，是从两天后，也就是六月二日回来的。"

童瑶愣了愣，随即理解了路天峰的意思："路队这次经历的并非时间循环，而是时间倒流？"

"是的，而且我是带着任务回来的。"路天峰揉了揉发痛的位置，"有人威胁我，如果我无法完成任务，就会杀死我和陈诺兰。"

"那么，任务到底是什么呢？"

"你知道汪冬麟的事情吗？"

"就是那个杀害了四名女生，却因为精神鉴定结果而免除刑事责任的家伙吧？这起案件轰动全城，我当然知道。"

路天峰心想，这就好办了，可以省略不少铺垫。

"今天是汪冬麟由看守所转移去精神病院的日子，但有一帮人已经准备好在半路上劫持囚车，并杀死汪冬麟。"

"什么？"童瑶虽然有心理准备，但还是被这个消息吓了一跳。

"直到六月二日，警方对这起袭击囚车案依然毫无头绪，可见作案者的手段十分高明。"路天峰苦笑道。

童瑶低下头，下意识地玩弄着手指。她当然相信路天峰，可是现在他所说的内容也太匪夷所思了，她得花点时间好好消化。

"所以，你今天的任务是要……"

令人意外的是，路天峰并没有直接作答，而是若有所思地看着小吃店门外的人流。

"路队？你还好吧？"童瑶不明所以地问。

"我觉得事情很不对劲。"路天峰蹙起眉头，将六月二日晚上遭遇的人质劫持事件向童瑶复述了一遍，只是省略了其中和童瑶产生的小冲突。

童瑶听完之后，更加糊涂了。

"这样说来，是一群装备精良的歹徒逼着你回到今天，拯救汪冬麟，另外还有一伙歹徒，策划了今天即将发生的袭击囚车事件，杀死了汪冬麟……问题在于，为什么两伙人都那么重视汪冬麟？"

"这也是让我百思不得其解的地方。"路天峰叹气道，"看来在汪冬麟的背后，还有许多不为人知的故事，但不管怎么样，我们得先把他救下来再说。"

"那么，我是不是应该提前带人去案发地点埋伏？路队一定知道确切的案发地点吧。"童瑶提出了一个最简单直接，同时也是可行性很高的方案。

路天峰思索片刻，却是慢慢地摇了摇头："你有没有考虑过，汪冬麟的押送转移应该是机密信息，为什么歹徒可以那么精准地策划袭击？"

童瑶马上领悟了："有内鬼？"

"所以我们不能完全指望警方的力量。"路天峰停顿了一下，深吸一口气后才说，"我想找余勇生帮忙，你觉得呢？"

童瑶很勉强地笑了笑，余勇生当初对路天峰忠心耿耿，甚至可以说是十分崇拜，然而一个月前的那起案件改变了一切——搭档黄萱萱香消玉殒，路天峰被停职调查，这让余勇生心灰意冷，递上辞呈，就再也没和警局的同事有交集了。

"我不太清楚他的近况……"童瑶犹豫着，不知道该不该说出自己内心深处的担忧。

"我知道，他去了华铨安保公司工作。"

童瑶颇为意外，原本她还以为路天峰和余勇生之间会心存芥蒂，老死不相往来，没料到两人竟然还有联系。

"路队，你和他……还好吗？"虽然童瑶的问题断断续续，但足以让路天峰听明白了。

"不好，偶尔聊几句，大家都很客套。"路天峰无奈地说，"也许他还在恨我吧？"

童瑶一时无语，路天峰的坦白反而令她有点难以接话。

"你大概在纳闷我为什么要找勇生。原因有三：第一，我相信他的能力；第二，我了解他的为人；第三，他在安保公司任职，可以替我们搞到一件很关键的道具。"

"什么道具？"童瑶心想，虽然华铨安保算是行业龙头，装备齐全，但再怎么样也比不过警方吧？

"车子。"路天峰似乎已经对行动计划胸有成竹，"为了掩人耳目，低调行事，今天将汪冬麟转移到精神病院时所使用的车辆，并非普通的囚车，而是从华铨安保借调过来的押送车。"

童瑶心下了然，"哦"了一声，点点头，没再多说什么。

"我现在去找他聊聊，你替我们提前准备这些东西。"路天峰将一张字条递给童瑶，好像完全没考虑过童瑶拒绝他的可能性。

"我知道了。"童瑶接过字条，语气没有丝毫波澜。

五月三十一日，早上七点十五分。

身穿安保公司统一制服的余勇生刚刚走到楼下，就看见一个熟悉的身影孤零零地站在小区的街心花园里。

"老大？"余勇生有点不敢相信自己的眼睛。

路天峰闻言抬起头来，冲余勇生一笑："抱歉，忘记你家的门牌号码了。"

"你怎么在这里……"余勇生觉得一下子词穷了。

"光冲着你这一声'老大'，我就没白来。"路天峰拍拍余勇生的肩膀，"最近过得还好吗？"

"还好。"

"有件事情，我想找你帮忙……"

"好。"余勇生毫不犹豫地一口答应。

这反倒让路天峰愕然了，他说："我还没说是什么事情呢。"

"反正我都会答应的。"余勇生也笑了起来，这是他最近一个月来，第一次释然地笑。

路天峰更用力地拍打着余勇生的肩膀，两个男人之间，似乎不再需要多说什么了。

2

五月三十一日，上午八点三十分。

路天峰家的客厅变成了临时指挥中心，指挥官当然是路天峰，参与讨论的还有童瑶、余勇生和睡眼惺忪的陈诺兰。

"大家先看这里。"墙上贴着两张地图，一张是 D 城的旅游地图，另外一张是地图上某片区域放大后的特写，"歹徒动手时间是在上午十一点十分，事发位置是福和路二号隧道内，这里平日车流量不大，加上隧道里面没有监控，灯光也比较昏暗，是个非常理想的作案地点。"

"等等，我有个疑问。"童瑶举手发言道，"这条路比较狭窄，也并不是由看守所到精神病院的必经之路，囚车为什么不去走内环线呢？"

"因为内环线的这一段路，在今天上午十点左右就会发生严重的交通堵塞。"路天峰用红笔在地图上标记了一段道路，"为了绕开塞车的地段，囚车选择走西风路，然后转入福和路，穿过福和路的两段隧道之后，重新上内环线。"

众人不约而同地点头，表示明白。

"歹徒应该是预先进入隧道埋伏，然后等待囚车路过的时候，射穿了囚车的轮胎，继而发生枪战。当时囚车上除了汪冬麟外，还有四名押送人员，最终结果是一死三重伤，重伤者直到六月二日还没醒过来。"

"这伙歹徒真是心狠手辣啊！"余勇生说。

陈诺兰也忍不住插了一句："汪冬麟的案件，在网上讨论得沸沸扬扬，有很多网友认为他罪该万死，也有人觉得他一定是在装病脱罪。如果只有他被杀的话，我想还是会有不少人认为行凶者是在替天行道。但是这种残暴的手段，实在是……唉！"

"想想也觉得讽刺，我们几个人拼死拼活，竟然是为了救一个变态杀人狂。"余勇生自嘲道。

路天峰没有直接回应，而是继续解说案情："根据我所看过的资料，歹徒至少有四人，配备冲锋枪等重火力武器，还起码有两台交通工具，作案后分头逃窜。而我们这边虽然有四个人，但诺兰是无法承担一线任务的……"

"我们有备而来，即使少一个人也不碍事。"童瑶自信满满道。

"虽然如此，也不可大意。其实有一点我一直没想明白，即使对方是四个全副武装的歹徒，也不太可能轻轻松松就解决押运囚车的警员吧？因为只要囚车中途停下，押运员一定会全神戒备的，然而现场鉴证结果显示，这场枪战基本是一边倒的局面，押运员全程只开了两到三枪，而歹徒一共射出了近百发子弹。"

余勇生不禁为之色变："这到底是怎么回事？"

路天峰正色道："早些时候，童瑶曾经提出，我们可以直接通知警方，派人在案发地点设下埋伏，等歹徒一出现就将他们一网打尽。这个方案看似稳妥，但鉴于歹徒准确知道关于押运的所有信息，我认为他们在警方内部安插了眼线。如果这个推理成立的话，一切动用警方资源的行为，都很可能会打草惊蛇。"

面对这样一帮训练有素、丧心病狂的歹徒，尝试在不借助警方资源的情况下解决问题，困难可想而知。路天峰说完，只见童瑶蹙起眉头，像是在苦苦思索着什么。余勇生也一改往日的风格，变得严肃起来，反而是陈诺兰因为对任务难度没有太直观的认知，神色还算轻松自如。

"敌人虽然强大，但我们也有好消息——这次押送转移工作为了保密，借调了华铨安保公司的押送车，而勇生正好有办法替我们搞到同样型号的车子……"

童瑶恍然大悟："难怪路队安排我去紧急制作一套假车牌。"

"假车牌那边有问题吗？时间会不会有点紧？"

"没事，十点前一定能拿到手。"童瑶答道。

"勇生的任务就是在十点前，开一辆你们公司的押送车回来。"

"包在我身上！"余勇生拍了拍胸口说道。

路天峰在局部放大的地图上比画着说："按照行车路线，押送汪冬麟的囚车会先经过福和路一号隧道，再经过二号隧道。歹徒埋伏在二号隧道内，我们则要抢先一步，在一号隧道里头设置路障，想办法把囚车拦下来并拖延时间，与此同时，将装有假车牌的押送车开进二号隧道，作为诱饵吸引歹徒。这个狸猫换太子的手法，大家听明白了吗？"

"明白了。"出奇地，竟然只有陈诺兰一个人应声，余勇生和童瑶却是面面相觑，他们两人的脑海中正想着同一个问题。

"路队，那由谁来将押送车开进二号隧道？"最终还是童瑶开口发问了。开车的这个人要独自面对四名丧心病狂的持枪歹徒，可谓羊入虎口。

"勇生在一号隧道内拦截囚车，囚车司机是华铨安保的人，你来沟通会更有效；童瑶可以以警察的身份假装路过现场，随时准备支援二号隧道，而我则负责驾驶伪装的押送车。"

"太危险了，老大，应该由我来开车，我是华铨的员工，身上还有制服呢！"余勇生急忙表态。

"不，还是让我开车吧，毕竟我有枪。"童瑶也抢着说。

陈诺兰看着路天峰，没说什么，但脸上写满了担忧。

"听我说，驾驶伪装押送车的任务，风险极高，不容有失，理应由我负责。"

"老大……"

"路队……"

"诺兰，你认为呢？"路天峰转头问陈诺兰。

"就个人而言，我不希望你以身犯险，但从客观角度分析，这确实是最优的选择。"陈诺兰缓缓地说。

此言一出，童瑶和余勇生都有点诧异。但看陈诺兰的表情，一点儿也不像是在开玩笑。

童瑶开始有点明白，为什么性格迥异的两人能够成为情侣了。

陈诺兰接着说："但即使是孤身一人面对四名凶残的歹徒，也并不是完全没有取胜的机会。"

"你有什么好建议吗？"这下子就连路天峰都感到相当意外了。

"我们最大的优势在于，敌人无论怎么耍花样，目标都是车内的汪冬麟。也就是说，他们始终需要打开押送车的后门，这就为我们布置陷阱打下了良好的基础。"陈诺兰虽然是门外汉，但说的话头头是道，让人不能忽视。

"这个……能布置怎么样的陷阱呢？"路天峰第一个想到的，是爆炸类的机关，但显然不适合他们使用。

"别忘了我的专业是什么。"陈诺兰自信地微笑着说，"自然界里许多有趣的生物都可以帮上忙，比如说蜜蜂。"

"蜜蜂？"

"正常情况下，蜜蜂不会主动攻击人类，但稍微加入相应的激素后，它们会变成可怕的杀手——具体原理我就不详述了，反正这个任务就交给我吧。一小时之内，我可以把蜜蜂和激素准备好。"

"太好了，这样我们又多了一分胜算！"路天峰喜出望外。

陈诺兰上前两步，轻轻拉起路天峰的手，说道："我允许你孤身犯险，但你可得答应我，一定要平安回来。"

路天峰一时竟说不出话来，唯有紧握陈诺兰的手，用力地点了点头。

五月三十一日，上午九点，D城看守所，单人牢房内。

一名身形清瘦、脸色白皙的年轻男子坐在床上，背靠墙壁，手里拿着一本纸张已经微微发黄的《国际象棋残局精选》，正全神贯注地盯着上面的某一页，口中念念有词。

"汪冬麟，准备一下，等会儿就转移了。"守卫走过来大喝一声。

汪冬麟头也不抬，自顾自地继续看书。

"汪冬麟，听到了吗？"守卫提高了音量，话里带着火药味。

"不好意思，我已经听见了，谢谢您。"汪冬麟细声细气的，充满书生气息。

光看他这副文质彬彬的样子，很难想象他曾经残忍地杀害四名年轻女性。

守卫哼了一声，然后转身离去。

汪冬麟依然保持着同样的姿势，一动不动地看着书，直到完全听不见守卫的脚步声了，嘴角才微微翘起，表情也逐渐放松了。

"弃子，这几个都是弃子。"他自言自语道。

汪冬麟深吸一口气，合上书本，抬起头。阳光透过窗户上的铁栏栅，投射到他五官分明的脸上。

他迎着阳光，笑了。

3

五月三十一日，上午十点，路天峰家楼下。

约定的出发时间到了，但余勇生还没来。

路天峰看了看手表，一向冷静的他，也难免有点焦急起来。

他很清楚，面对这样一项任务，只有一小时的准备时间实在太过仓促，但也别无选择。

"要不要打电话催一下？"陈诺兰双手戴着手套，提着两个大箱子，里面全都是她向熟人讨来的蜜蜂。

"不急，估计马上就到了。"路天峰说。

话音刚落，一辆蓝灰相间的押送车出现在马路的拐角处，路天峰不禁松了一口气，但随着车子越开越近，他的脸色变得阴沉起来。

"老大，不好意思，路上车多，差点迟到了。"余勇生一边从车上跳下来，一边喋喋不休地说，"真没想到借用一下押送车还那么麻烦，幸亏车辆管理员说，恰好有一台原定外派的车子突然取消了任务，我才能够省下一大堆审批手续，把车子开出来。"

路天峰看着押送车，依然一言不发，但陈诺兰和余勇生都察觉到他的神色不对。

"老大……难道我搞错车型了？"余勇生忐忑不安地问。

"不，你没错，是我搞错了。"路天峰长叹一声，自责地说，"我怎么就没想到这一点呢？"

陈诺兰和余勇生面面相觑，搞不懂到底是哪里出错了。

路天峰拿起放在脚边用报纸包裹住的假车牌，递给余勇生，说道："看，这就是童瑶按照我提供的信息紧急订制的假车牌。"

"质量还不错啊……哎哟！"余勇生突然愣住了。

这前后两块假车牌的号码都是"1M465"。

而停在他们面前那辆押送车的车牌号码，也是"1M465"。

"你说这辆车子是因为任务临时取消才让你借到手的，那么它原本应该执行的任务，就是押送汪冬麟。"

"到底是……怎么回事？"陈诺兰问。

"除了我之外，还有其他人能够感知时间倒流，而且对方很清楚，我们的行动目标就是汪冬麟。"路天峰强打精神说，"所以，有人想方设法改变了押送流程，让我们之前的计划全盘落空。"

余勇生目瞪口呆地说："那可怎么办？我们没有时间了。"

"不，我们还有一个多小时。"路天峰很清楚，自己绝对不能表现出丝毫气馁，如果他失去了斗志，那么整个团队也就会崩盘。

但在这短短一个多小时里头，他又能做点什么呢？

强烈的无力感袭来，身体似乎又开始隐隐作痛了。

五月三十一日，上午十点十五分，D 城看守所，操场。

一辆外表看起来普普通通，但实际上进行过内部改造的白色商务车，停在看守所办公楼正门外。

身穿便服的汪冬麟走出建筑物，猛烈的阳光让他眯起眼睛，一时有点不能适应。

"天气真好啊！"他暗自感叹。

虽然还戴着手铐和脚镣，但汪冬麟却有种已经恢复自由的错觉。

"快上车！"负责押送的警察催促道。

汪冬麟斜眼打量着对方——二十出头，身上的警服是崭新的，应该是个毕业没多久的菜鸟警察，表情中掩饰不住对汪冬麟的厌恶。

呵呵，幼稚的家伙。

因为有脚镣，汪冬麟颇为艰难地迈步上车，而那年轻的警察也懒得伸手搀扶。

车上还端坐着另一名押送警员，表情严肃，他的年纪应该在四十上下，右手握着来复枪，左手摆在膝盖上，应该是个经历过大风大浪的老手。他看向汪冬麟的目光，同样充斥着愤怒和冷漠。

汪冬麟不以为意，大大咧咧地一屁股坐在中年警员身旁的位置上，并主动打招呼："警察同志，今天辛苦您了啊！"

"工作而已。"中年警员冷冷地回答，显然并不想搭话。

年轻警员仔细地检查了一遍汪冬麟身上的手铐和脚镣，又对他进行了一次彻底的搜身，确认没有任何问题后，向中年警员点点头说："龙哥，可以出发了。"

"我再看看。"龙哥应该是这次押送的负责人，他谨慎地再次检查了汪冬麟的全身，然后向司机做了个手势，司机立即会意，启动车子。

汪冬麟把目光投向车窗外，就像一个渴望甘露的小孩子。没想到车子刚出看守所大门，龙哥就将后座位置的窗帘全部拉上，把车窗遮掩得严严实实。

"我们还是得低调一点，外面有很多人恨不得将你剥皮拆骨。"龙哥注意到汪冬麟的不快，不以为然地说了一句。

"没事，这样就挺好的，阳光晃眼睛。"汪冬麟耸耸肩，似乎毫不在意。

那年轻警员上车后就一直盯着汪冬麟，紧抿着嘴唇，一副想说话但又不知道从何说起的样子。汪冬麟心下了然，见怪不怪地主动问道："这位小哥，怎么称呼？"

"我？"年轻警员愣了愣，还看了一眼龙哥，好像在征询龙哥的意见。

龙哥撇了撇嘴，没吭声。

"叫我小苏就好。"

"龙哥、小苏，我们还挺有缘的嘛！"汪冬麟笑眯眯地说，"估计两位心里正在嘀咕，希望这一程是把我送去刑场，而不是精神病院，对吗？"

龙哥和小苏对视一眼，表情尴尬。

"其实，我的想法跟你们一样——"汪冬麟的声音里突然多了一股让人不寒而栗的气息，"汪冬麟这种人，就应该去死！"

龙哥脸色一沉，拿枪的手立即紧张起来，小苏也是下意识地摸向腰间的佩枪。

"真是讽刺啊，法律竟然还会保护杀人犯，哈哈哈——"汪冬麟的笑声在小小的车厢内回荡着。虽然此刻他仍然是手无寸铁的阶下囚，但气势上竟然完全压倒了两名荷枪实弹的警察。

"你这话是什么意思？"还是龙哥稳得住阵脚，出言质问道。

就在这时，一直安静开车的司机突然说："龙哥，你看后面那辆红色小车，好像一直在跟踪我们。"

龙哥透过车后的玻璃窗看了看，皱着眉头说："它跟着我们多久了？"

"从看守所出来我就注意到了，起码跟了五分钟以上。"

"减速，打双闪靠边停下来。"龙哥下令。

司机依言照办，那辆红色小车终于慢悠悠地变线超车，绝尘而去。龙哥看着小车远去的方向，若有所思。

小苏舒了一口气："唉，幸好只是虚惊一场。"

龙哥的神情却并未放松："小心驶得万年船。"

而此时此刻的汪冬麟，竟然闭上了双眼，对刚才发生的小插曲充耳不闻，但很显然他不可能那么快就睡着。

沉睡的恶魔仍然是恶魔。

龙哥忍不住打了个冷战，然后从怀里摸出一包烟。

小苏假装没有看见，虽然在执行任务的过程中不应该抽烟，可是没有人想去阻止他。

五月三十一日，上午十点三十分，D城公路网，环城线上。

余勇生驾驶着华铨安保的押送车，路天峰则坐在副驾驶座上，接听电话。

"峰，我好像被发现了，他们的车子突然靠边停下，我没法再跟下去了。"电话那头是陈诺兰。

"没关系，车子的行驶路线应该不会改变，我只想给他们造成风声鹤唳的感觉。"

"接下来，我去哪里？"陈诺兰问。

路天峰犹豫了一下，没有立即回答，陈诺兰敏锐地捕捉到这个不必要的停顿。

"你别顾虑太多，有话直说。"

路天峰苦笑："诺兰，你真了解我。现在我想不出更好的解决方案了，唯有用最简单粗暴的办法——抢在敌人面前劫囚车。"

"什么？峰，你在开玩笑吗？"陈诺兰惊讶地说。

不仅仅是陈诺兰，在开车的余勇生听到这话也是大吃一惊，原计划他们只须耽搁一下囚车的行程，怎么一转眼就变成劫囚车了？

"现在退出计划还来得及，我还暂时瞒着童瑶呢。"路天峰说话的时候，眼睛看向余勇生。

陈诺兰几乎是立即回答："别傻了，怎么可能退出！"

"那么你回家等我。"路天峰简短地指示后，挂断了电话，再正色跟余勇生说，"勇生，这件事情的风险很大，你要是退出，我不会怪你。"

"老大，我跟定你了。"余勇生用力拍了拍方向盘，"我只是不明白，这事你不跟童瑶沟通，是不是有点不够意思？"

"不，我是不想留下任何线索，如果我们劫走汪冬麟，一定会被警方通缉，这时候童瑶就是我们的内应。"

"你和她约好了吗？"

"并没有，但她一定会明白我的意思。"路天峰一边说，一边瞄着后视镜，"勇生，这是你下车的最后机会。"

余勇生也瞄了眼后视镜，清楚地看到那辆载着汪冬麟的囚车正跟在他们身后。

"老大，我不会下车的，可是我们只有两个人，也没有武器，对方有四个人，还有枪……"余勇生倒不怕以寡敌众，但双方实力太悬殊了。

"有人会帮我们的。"

"谁？不是说没通知童瑶吗？"

"敌人安插的内应。"路天峰的手指轻轻敲击着玻璃窗，"我刚刚才想明白，为什么我在六月二日看到的档案里面，现场鉴证显示歹徒疯狂开火，而押送人员只开了三枪。"

余勇生恍然大悟："是内应提前做了手脚？"

"是的，歹徒的内应肯定就在押送车上，用迷药之类的东西让押送人员失去了战斗力，而且我能猜到那人是谁。"路天峰回想着自己在"未来"所看到的资料，"歹徒不但枪杀了汪冬麟，还要将内应一同灭口，所以在枪战中死去的押送人员，就是内应。"

"那么，到底是谁……"

"就是这次押送任务的负责人，龙志迅，人称龙哥——前面出口拐下去，走西风路。"路天峰还不忘提醒一句。

"他们果然也拐下来了。"余勇生不停地瞄着后视镜。

"加速，甩开他们。"路天峰平静地说，"等会儿我们抢先一步，在福和路第一隧道里面动手。"

4

五月三十一日，上午十一点整，车流稀少的福和路。

载着汪冬麟的囚车驶入隧道，车速却是越来越慢。

"认真开车，不要打瞌睡！"龙哥突然拍了拍司机的肩膀。

"啊，抱歉！"司机像是被吓了一跳，回过神来。

"昨晚休息得不好吗？"

"不会呀，大概是春困吧。"司机自嘲地笑了笑。

龙哥当然很清楚，这不是春困，而是他藏在香烟里面的安神剂发挥作用了。

"大家都提起精神来……咦？路上有什么？"

龙哥看见不远处有一辆安保公司的押送车斜着停在路中央，车子打着双闪，恰好把只有两车道的隧道堵了个严实。一名身穿华铨安保制服的男子蹲在路边，头埋在膝盖间，不知道是不是受伤了。

"怎么回事？"小苏揉了揉眼睛，忍不住打了个呵欠。

"好像是车祸，你们下去看看，我在这里守着犯人。"龙哥觉得自己的心跳变得很快，他们不是说好在第二隧道里面下手的吗？为什么会提前了？

"好的。"小苏和另外两名押送人员一同下车。即使对方看上去只是一个受伤的人，但他们依然不敢掉以轻心，每个人的手都按在枪上。

"这位大哥，你还好吗？"小苏提高音量问。

穿制服的男人自然就是余勇生了，他头也不抬，装作痛苦的声音说道："我没事……我车里的货物……还好吗？"

小苏和司机交换了一下眼色，两人举起枪，瞄着押送车的后门，另外一人则用枪指着余勇生。

"你是什么人!"

"我……就是个跑腿的……"

小苏喝道:"安保公司执行任务,怎么可能只有你一个人?"

"我的同事……可能把货物抢走了……"余勇生说完,假装体力不支,瘫倒在地。

三人面面相觑,最后还是小苏说:"我们看一眼车里头有什么,如果没问题的话就先把车子挪开,等我们离开隧道再喊交警来处理就好。毕竟我们车上那家伙……不可大意。"

另外两人纷纷点头同意,当然他们觉得有点纳闷的事情是,负责指挥工作的龙哥竟然一直安坐车上,没有下达任何指示。

而此刻,留在车上的龙哥更是坐立不安,他隐隐觉得事态正在失控,但又不知如何是好。

"你很紧张吗?"每个字都是硬邦邦的,说话的人是汪冬麟。

先前那个文弱书生,变成了浑身都散发着寒意的可怕男人。

"闭嘴,别胡说!"

"龙哥,你的手指在无意识地抽搐,你的心跳也比刚才快了很多。"汪冬麟望向不远处的押送车,"而且你的眼睛一直盯着前面那辆车,好像早就知道车门一旦被打开,将会有不太好的事情发生。"

龙哥觉得自己全身的力气好像被人抽空了,虽然他提前吃了解药,安神剂对他应该不起作用,却莫名地感到头晕目眩。

"你刚才抽的烟里面,到底加了什么料?"汪冬麟嘿嘿冷笑道。

龙哥的额头上冒出了细细的汗珠,他现在才察觉到,安神剂似乎对汪冬麟完全没有任何影响。

但他已经来不及细想了,因为在几米开外,小苏等人已经小心翼翼地打开了押送车的后门。

虽然他们全神戒备,枪口对准了押送车,却万万没想到车内的东西是子弹无法对付的。

车门一开,三人耳边立即响起了连绵不绝的嗡嗡声,然后一股黑色的旋风扑面袭来,随之而至的还有刺痛和酥麻。

"是蜜蜂!"

"快趴下,挡住脸——哎呀!"

"哇呀——怎么回事!"

受激素影响的蜜蜂疯狂地攻击着眼前这几个目标,三人虽然第一时间俯下身子,也难免被蜇得浑身难受。小苏挣扎着往囚车方向爬过去,想向龙哥求救,但没爬几米,就眼前一黑,昏迷过去了。

蜜蜂身上的毒素和他们之前吸入的安神剂产生了奇妙的化学反应,三个人很快就都没了动静。

龙哥终于坐不住了,拿着枪跳下车,然而他的脚还没着地,后脑勺就被人狠狠地砸了一下,顿时跌倒在地。

"别伤害我儿子……你们的要求……我做到了……"龙哥头痛欲裂,眼冒金星,也看不清袭击者是谁,只是喃喃地求饶。

"你真是一时糊涂啊!"路天峰感慨万千,因为龙哥的一念之差,几乎将整车人送上了黄泉路。他长叹一声,给龙哥补了一拳,将其打倒在地,然后跳上驾驶座。

路天峰回头一看,在黑暗的车厢中,有一双明亮的眼睛正瞪着自己。

"汪冬麟,我是来帮你的。"

汪冬麟哼了一声,不置可否。

路天峰也没空跟汪冬麟废话,直接一踩油门,打尽方向盘,利用隧道内的应急通道强行掉头。

这时候余勇生冲上前来,想拉开车门上车,却发现车门被锁上了。他一脸茫然地大喊:"老大,开门啊!"

"勇生,人多反而不好隐藏行踪,就让我一个人承担劫走重犯的罪名吧。"

"怎么可以这样……"

"我们分头走，你替我拖延一下时间。"

余勇生无奈地退到一旁，他其实也很清楚，路天峰的选择是理性的，如果所有人一起行动，几乎不可能逃脱警方布下的天罗地网。

"老大，保重。"

"你也是。"路天峰一踩油门，囚车绝尘而去。

五月三十一日，上午十一点十分，铁道旁的公路上。

路天峰终于将车子停下，自己也跳下车。

车厢内，一直坐在阴影之中沉默不语的汪冬麟突然笑起来："光凭你一个人，这样子就想带走我？你真当警察是白痴吗？"

"你要是不想死，最好乖乖听话。"路天峰狠狠地回了一句，"你知道你戴的电子脚镣上有定位器吗？不用密码解开脚镣的话，逃到天涯海角都没有用。"

汪冬麟的嘴角抽搐了一下，他确实不知道这点。

"而我恰好知道密码。"路天峰过目不忘，他在档案上看过这个信息，但自然不会告诉汪冬麟真相。

"怎么会……"汪冬麟也被镇住了。

"嘀——"路天峰动作迅捷地将脚镣脱下来，再重新扣紧，整个过程只花了几秒钟。

"这样子，追踪者就会以为脚镣一直在你身上没解下来。"

汪冬麟看着在路天峰手中晃荡的脚镣，没有吭声。

"这地方会有很多货运列车路过，而我们只要将脚镣扔到其中一列车厢上……"说话间，他们已经能听到火车越来越近的轰鸣。

"咣当，咣当，咣当——"

高铁日渐普及，越来越少的人记得这种属于旧时代的声音了。

"那就可以误导警方了。"汪冬麟咧开嘴巴，放肆地笑了起来。

"呜——"

冒着黑烟的火车头出现在视野之中。

路天峰感慨道："人类越来越倚靠高科技，到底是好事还是坏事呢？"

这个问题，没有人可以回答。

当货运列车路过他们身边的时候，路天峰精确无误地将脚镣抛入其中一节车厢内，汪冬麟也随之松了一口气。

"别高兴太早，这种小把戏最多只能把警方的追捕进度拖延一到两小时，接下来绝对不能放松警惕。车子不能再开了，我们走吧。"

路天峰迈步向前，而汪冬麟却定定地站在原地，目光呆滞，精神恍惚，脸上的表情变得很诡异。

"你是谁？我为什么要跟你走？"汪冬麟的目光里充满了怀疑和戒备。

"说来话长，我们换个地方再聊。你唯一的选择就是相信我，跟我走。"

汪冬麟依然是将信将疑，没有挪步。

"我叫路天峰，是一名警察，现在开始负责保护你。"路天峰不得已出示了自己的警官证。

"警察？我没搞懂……"汪冬麟还是一脸茫然。

"简而言之，刚才本来有人想在福和路隧道里头要了你的命，而我救了你。不过如果你还在磨磨蹭蹭浪费时间的话，后果自负。"

"有人想杀我？"

"很奇怪吗？你犯下什么罪行自己还不心知肚明吗？你难道不知道网络上有超过一千万网民签名请愿，要求判你死刑？"

汪冬麟的脸色一下子变得煞白，嘴唇不停抖动，却发不出声音。

"走吧。再提醒你一句，想杀你的人还在警方内部安插了眼线，所以我们暂时只能靠自己了。"

汪冬麟不再有异议，他乖乖地跟着路天峰横穿铁路，钻入一条不知名的小巷之中。

5

五月三十一日，上午十一点三十分，一间面积不到二十平方米、却收拾得整洁有致的小公寓内。

"随便坐吧。"路天峰进门后，顺手就将大门反锁上。

汪冬麟没有立即坐下来，而是细细打量着四周，这里并不像是路天峰的家，家具装潢简单得几乎没有多少生活气息，但桌椅和地板都很干净，不可能是常年空置的房子。

"这是什么地方？"汪冬麟忍不住问。

"一个没有人知道的地方。"路天峰递给汪冬麟一瓶矿泉水，"想避开警方的追捕，需要谨记两点：第一，不要让任何人知道你的行踪；第二，尽量不和别人接触。这两点看起来很简单，在现代社会中却是非常难做到的，科技太先进了，人很难彻底隐身。"

"那么这里……安全吗？"汪冬麟忐忑不安地坐下了。

"至少在短时间内是安全的。"

这间小公寓其实是在风腾基因的案件告一段落后，路天峰偷偷用假名租下来的，他最初只是想给自己和陈诺兰留一条后路，万一出现什么紧急情况的话，可以利用这间房子藏身。反正处于停职状态的他时间充裕，所以每隔两三天就会来这里一趟，先打扫一下卫生，然后再安安静静地看一会儿书，也是当作一种放松。

只是今天，专属这片小空间的安宁，看来要被永远地打破了。

汪冬麟才坐了一会儿就按捺不住了，站起来不停地来回踱步，又时不时紧张地掀起窗帘，观察屋外的动静。

"我们下一步怎么办？"

"等。"路天峰打开电视，早些时候他为了反跟踪，特意把手机遗弃在福和路现场，目前电视新闻就是他们获取外界信息的唯一渠道。

"就这样干等？"汪冬麟皱起眉头，"根据刚才的车程和步行时间计算，我们离事发现场只有三到四公里吧！留在这么近的地方也太危险了。"

路天峰看了汪冬麟一眼，面无表情地说："想不到你的反侦查知识还挺扎实的嘛。"

"我这只是班门弄斧。"汪冬麟讪讪地说。

"别担心，电子脚镣会把警方的注意力吸引到四通八达的铁路系统上，我们明明有机会远走高飞，为什么要留在离案发地点那么近的地方？这根本就不合理。"

"对呀，简直是自杀行为。"

"因为不合理，才不会有人想到这一点，所以我们暂时很安全。"路天峰叹了口气，"我们起码有四到六小时的缓冲时间。"

汪冬麟低头思索着，他好像有点明白路天峰的策略了。

"更何况我们也并不是在这里干等，而是要趁这段时间，解决两个非常关键的问题——"路天峰眼内露出了锐利的光芒，"到底是谁在追杀你，又是谁要救你？"

"我……我不知道谁要杀我啊？再说，救我的人不就是你吗？"汪冬麟连连摇头，眼中一片茫然，看起来并不像是演戏。

路天峰心头一沉，隐约想起猪头说的那句"接下来的事情我们会处理"，难道汪冬麟完全不认识"猪头"那帮人吗？

只可惜现在的形势，如果自己想化被动为主动，就无论如何得先躲开警方的这一波追捕，再想办法查明真相。

"可你应该很清楚自己曾经做过什么。"路天峰决定继续向汪冬麟施压，于是紧盯着他，以咄咄逼人的口吻说，"近一年来，你先后杀死了四名女生，每一位女生的背后，都有她的家庭，同学，朋友，爱人，这些人理所当然地对你恨之入骨。"

汪冬麟的脑袋渐渐低垂，十指紧张地交错起来。

"将你的犯罪过程原原本本地跟我说一遍，我们来认真分析一下，到底是谁会费尽心思，非要除掉你不可。"

汪冬麟听到这句话，突然抬起头来，用复杂的眼神看着路天峰，然后，他咧开嘴巴，很放肆地笑了。

"我终于明白了，这才是你们的真正目的吧？"

"你说什么？"路天峰如坠云雾。

"你们这帮自以为是的警察，一心想要弄死我，所以才处心积虑地演了这样一场劫囚车的大戏，希望引诱我说出所谓的真相。"汪冬麟的表情变得狰狞起来，目露凶光，"该说的话，我早就说完了，人确实是我杀的，但别的东西我一概不知道。"

路天峰这才听懂，汪冬麟完全曲解了他的意图。

"你这家伙真是……"路天峰本想狠狠地骂他一句，但话才说到一半，却突然怔住了，脑海里闪过一个可怕的念头。

汪冬麟为什么戒心那么重？

难道他身上背负着的那四起命案背后，真的还有不能说出口的隐情？

路天峰努力地回想着，在时间倒流之前那天，他花了整个下午的时间去研究囚车劫案过程，虽然当时的档案中也附有汪冬麟连环杀人事件的相关资料，但他只是粗略地浏览了一遍。让他印象最深刻的，莫过于汪冬麟每次杀人的手法都是将受害者迷晕后直接扔进浴缸里溺毙，从来不会进行性侵犯。还有一个值得一提的细节，就是汪冬麟会在受害者身上取下某件饰物，作为他的"纪念品"，然后埋在城市的某个角落。

第一位受害者的发卡、第二位受害者的戒指、第三位受害者的项链、第四位受害者的钥匙扣——这四件"纪念品"，警方最终只找到了分别埋在两个不同地方的发卡和项链，而另外两件"纪念品"一直没能找到，汪冬麟对其下落也是守口如瓶，坚决不肯说出来。

路天峰隐隐约约觉得，那两件去向不明的"纪念品"可能是个重要线索，跟汪冬麟为什么会被人追杀有着直接或间接的关联。

而此时此刻的汪冬麟，浑身上下散发着一股狂野危险的气息。

"我不会上当的。"

说完这几个字后，汪冬麟的五官瞬间就松弛下来，没几秒钟，他就像换了个人似的，懵懵懂懂地看着路天峰。

目睹汪冬麟"变脸"全过程的路天峰，心底泛起不寒而栗的感觉。

将这头野兽从笼子里放出来，真的是一个正确选择吗？

路天峰的五脏六腑又开始隐隐作痛。

五月三十一日，上午十一点四十分，D城警察局办公大楼。

从十一点十五分开始，罗局办公室里的电话铃声此起彼伏，没有一刻消停。不胜其烦的他干脆挂起了座机，再将手机设置为静音模式，所有电话一概不接，以求能获得短暂的宁静。

汪冬麟逃脱事件在短短半小时内成了全城关注的焦点，即使是见惯大风大浪的罗局，也难免为眼前的状况感到头痛。

这时候，无声的手机屏幕上，出现了童瑶的名字。

罗局眉头紧锁，他对童瑶的印象相当不错，年轻有干劲，工作能力强，但两人之间毕竟相隔了好几个级别，很少打交道，一时也想不到她为什么会直接找上门来。

罗局接通了电话。

"罗局，我是刑侦大队第一支队的童瑶。"电话那头信号不好，声音听起来非常嘈杂。

"我知道，怎么了？"

"罗局，我在福和路现场，先长话短说——我知道是路天峰带走了汪冬麟，但请求你暂缓对他的公开通缉。"

罗局的眉头更是拧成一团，光是汪冬麟的事情已经让人焦头烂额了，怎么还牵涉到正在接受停职调查的路天峰？而且从童瑶的话中他听出了潜台词，就是这位警队新星似乎也跟事件扯上了关系。

"你给我说清楚，到底是怎么回事？"

"罗局，路队是收到线人的可靠情报，声称有人想要劫囚车并杀死汪冬麟，因此他才会抢先一步，在歹徒动手之前将汪冬麟保护起来了。"

"荒唐，有情报怎么不走正规流程上报，安排警力增援？"罗局的怒火快要按不住了，"光凭他一个人能干成什么事？你以为是拍好莱坞电影吗？"

"路队说，警队里有歹徒安插的内鬼，他怕打草惊蛇……"

"内鬼？"罗局怔了怔，"有证据吗？"

"暂时还没有。"

罗局长叹一声："这不就是路天峰自己在瞎折腾吗？你立即联系他，让他赶紧把汪冬麟带回来！我会想办法善后，降低事件影响。"

"抱歉，罗局，我也没法联系上路队。"

罗局气得声音都有点颤抖了："你们搞什么啊？童瑶，限你半小时之内回来跟我好好交代！"

罗局说完，不等童瑶答复就挂断了电话。没想到不到十秒钟，又有一个电话打进来。

"没完没了啊……"

五月三十一日，中午十二点，避难小公寓内。

路天峰和汪冬麟一言不发，静静地坐在电视机前看午间新闻。

互联网高峰会议，新地铁线路开通，菜市场物价回落，未来几天天气晴好……直到半小时后新闻结束，主持人微笑着向观众说再见，路天峰脸上的神色越发难看了。

汪冬麟则是冷笑起来："路警官，那么大的新闻事件，电视台居然连口头播报都没一句，你觉得是怎么回事呢？"

"我不知道，这不正常。"

"别装蒜了，我早猜到这只是你们警方耍的把戏，什么鬼劫案根本就不存在，你布置陷阱的水平太差劲啦！"汪冬麟站起身来，伸了个大大的懒腰，"好了，把我送回我该去的地方吧，据说 D 城精神病院依山傍海，风景还不错。"

路天峰懒得搭话，脑海里一遍又一遍地回放着今天行动的过程，并假设自己现在是警方行动指挥官的话，该会如何安排追捕工作。

检查周边的监控，确定涉案嫌疑人，追查逃跑路线，电子定位跟踪……

"糟糕！"冥思苦想中的路天峰突然喊了一声，他终于发现了一个可能致命的失误——那个带有定位器的电子脚镣。

在满大街都是监控的情况下，警方大概只要花十五分钟就能确认路天峰是重点嫌疑人，因此抓捕策略必然会针对他个人。

比如说，如果真的是他带着汪冬麟跳上火车逃跑的话，一定很清楚脚镣上安装有定位器，应该会想办法尽快破坏脚镣，或者屏蔽信号，不可能不去处理它。

不过现在，电子脚镣的定位信号却一直没有中断，光凭这一点就可以推测，此时此刻的定位信号很可能只是个幌子——要不就是他们根本没上火车，要不就是他们拆下脚镣后跳车逃跑了。

如果警方的指挥官足够聪明，或者对路天峰比较熟悉的话，很容易通过他们弃车而逃的地点推理，猜测到他们的藏身位置。

想到这里，路天峰立即紧张起来。

"我们得马上离开。"

"怎么啦，现在不还是风平浪静吗？"汪冬麟还是一副不以为然的样子，他好像认定了路天峰在做戏套他的话。

"警方可能已经锁定了我们所在的范围，再不走就来不及了。"

话音未落，一阵急促的敲门声响起。

五月三十一日，中午十二点十分，铁道新村，人来人往的十字路口。

一辆黑色商务车停靠在路边的停车位上，路天峰的上司，刑警大队第七支队队长程拓正在车内，遥控指挥着上百名便衣警察和辅警，准备不动声色地封锁整个街区，然后进行地毯式搜索。

"程队，人员集结完毕，随时可以展开搜查工作。"一名身穿煤气公司安全检查员制服的年轻警察汇报道。

"很好，立即行动，注意不要打草惊蛇。"程拓想了想，又问，"预计需要多长时间？"

"铁道新村的面积大，居民数量多，加上有大量的外来人口和出租屋，搜查起来可能挺花时间……"

"直接说结论吧。"程拓有点不耐烦地打断了下属的话。

"按现在的人力投入，初步排查一次起码需要六个小时。"

"不行，太慢了，两小时之内必须找出他们，否则再也不用在这里找了。"程拓斩钉截铁地说，"你们动手搜查，我去申请增援。"

"明白了。"年轻警察领命而去。

程拓看着窗外的车水马龙，不由得暗暗叹息。他很清楚铁道新村的状况，作为二十年前投入使用，当时风光无限的大型住宅区，如今早就显得和时代格格不入了。道路规划落后，配套设施缺乏，加上离铁路太近，噪声污染严重，不少本地人都不愿意在此居住，转而把房子租给外来务工人员，因此这片区域的治安管理工作是出了名的混乱。

不远处那一栋栋灰色的楼房，犹如一片钢筋水泥构成的森林，而森林里到底潜伏着多少危险，谁也不知道。

6

五月三十一日，中午十二点三十分，避难小公寓内。

路天峰向汪冬麟做了个手势，示意他躲到洗手间内，然后才走近门边，把眼睛凑到猫眼上。只见一个高高瘦瘦的男子站在门外，头戴鸭舌帽，身穿运动服，手里拿着一小沓传单，装扮像是个出门做兼职的大学生，但年纪似乎大了一点。

"什么人啊？"路天峰隔着门问。

"至诚家政服务，需要了解一下吗？"

"不需要，谢谢。"路天峰连门都没有打开，一直通过猫眼观察着，那男子被拒绝后，又无奈地站了一会儿，才转身离去。

汪冬麟闻声从洗手间钻出来，轻松地说："只是个推销员而已，路警官犯不着一惊一乍的嘛。"

没料到路天峰只是简单地说了句："我们立即走。"

"怎么回事？"汪冬麟注意到路天峰的样子绝对不是在开玩笑。

"刚才敲门那人并不是推销员，第一，他手里拿着的传单数量太少了，这栋楼有一百多户人，而他手中的传单只有十来张；第二，他吃了闭门羹后，连传单都没有留下一张就转身离开；第三，他离开后并没有去隔壁逐家逐户地继续推销，而是直接下了楼梯。这三点加起来，基本可以肯定他是假扮的。"

汪冬麟的神色也紧张起来："所以他是便衣警察吗？"

"看他的行为举止并不像是警察，当然也可能是他的演技特别厉害，但一个演技高超的便衣探员，又不太可能露出那么多破绽。"路天峰深吸了一口气，"这人更有可能是想来干掉你的杀手之一。"

　　"他们……怎么可能找到这里来？"汪冬麟的脸上一阵红一阵白，将信将疑。

　　"这个问题可以稍晚再考虑，现在我们要解决的问题，是如何离开。"路天峰从茶几下方掏出一个腰包，系在腰间，"快走！"

　　路天峰不敢怠慢，他很清楚自己面对的敌人至少有四名——对方应该是专业杀手或者雇佣兵。他们不但单兵作战能力强，而且团队配合也很有一套。光凭他和汪冬麟两人，在手无寸铁的情况下肯定是难以抗衡的，唯一的生机就在对方形成包围圈之前，抢先逃走。

　　"我们往天台走。"

　　既然这公寓是路天峰为应对特殊情况而租下的，他自然一早就考虑过紧急逃生路线。这栋居民楼一共有九层，而他们所在的位置是七楼，通过楼梯可以在半分钟内抵达天台，而这栋楼又跟另外三栋建筑结构完全一样的楼房连成一体，因此只要跑上天台，就等于增加了三条额外的逃生路线。

　　汪冬麟虽然不明就里，但却知道自己只能跟着路天峰行动了。

　　两人匆匆忙忙地离开公寓，通过楼梯来到九楼。天台的铁门上虽然挂着"天台危险，严禁进入"的警示牌，但门锁早已生锈脱落，推开铁门，映入眼帘的是遍地挂满衣服的晾衣架和晾衣绳，更有一片片自定范围的"绿化带"，有的摆满盆景，有的种了蔬菜，还有搭架子长葡萄的，倒比楼下那冷冰冰的水泥森林更有生机和活力。

　　"走这边。"

　　路天峰顾不得闪避一路上乱七八糟的衣物，径直从一面棉被底下钻了过去。就这样走了一小段路，眼前突然出现了一个顶着鸟窝头的中年男人，他同样是粗鲁地掀开挡路的衣物，迎面而来。

路天峰跟男人打了个照面，两人下意识各自闪避到一旁。男人注意到跟在路天峰身后的汪冬麟时，目光一凛，右手迅速摸向腰间。

路天峰的反应也是极快，立即抄起手边的一件白衬衣，取下金属衣架。他意识到正午时分的天台本来就人迹罕至，看似偶然碰上的这个男人，很可能就是前来包抄的杀手之一！

果然，下一秒，路天峰已经看到了匕首的寒光。

"退后！"路天峰对汪冬麟低喝了一声，同时用手中的衣架迎上对方的匕首。

衣架虽然无法对敌人造成太大的威胁，但胜在形状奇特。双方过了几招后，路天峰竟然不落下风。

杀手往后小跳一步，举起匕首摆出守势，似乎不再准备进攻。路天峰顿时明白，他是在等待支援，对方极可能很快就会赶到天台。

"汪冬麟，快跑！"路天峰当机立断，大声喝道。

"跑？往哪儿跑？"

"只要不回头，往哪儿都行。"

汪冬麟也不笨，顿时明白路天峰只是要打破眼前的僵持局面，于是拔腿就跑。

路天峰心里其实非常忐忑，他不知道汪冬麟一旦跑远了，还会不会乖乖听他的命令。但他更清楚，这种时候只能尽力保持冷静，迫使对方比自己更焦急。

然而杀手的举动出乎路天峰的意料——他直接将匕首当作飞刀，往汪冬麟的后背抛了过去！

"趴下！"路天峰高呼。

匕首的去势很猛，而且准头十足，汪冬麟根本反应不过来，只是他刚好被什么杂物绊了一下，脚步趔趄地差点摔倒在地，阴差阳错地避开了这一记杀招。

刀锋呼啸着擦过汪冬麟的耳边，他第一次感觉到自己离死亡那么近，顿时双腿一软，呆呆地坐在地上。

电光石火间，杀手已经掏出了怀里的手枪，瞄准汪冬麟。他现在已经顾不得那么多了，唯一的想法就是必须完成任务。

路天峰反应迅速，拿起手边一张正在晾晒的床单，抛向杀手。

"砰！"

杀手的视线被床单遮挡，子弹只是击碎了汪冬麟脚边的花盆。

杀手还没来得及开第二枪，路天峰已经拿着一根晾衣竿冲上前去，直插向杀手的咽喉。短兵相接，手枪反而失去了用武之地，杀手只好徒手抓住晾衣竿，迫不得已地跟路天峰近身肉搏。

路天峰一拳直捣黄龙，打向杀手的胸口，而杀手轻巧地用手肘格挡住。就这么一个回合的交手，便让路天峰暗暗叫苦，两人的实力不相上下，自己无法很快地击倒对方，那就意味着敌人可以拖延到援军到来。更何况他还要留神着对方手中的枪，不能有丝毫松懈。

这几乎就是绝境。

说时迟，那时快，杀手的拳头也接二连三地袭来。他的目标很明确，无论是拖住时间等同伴到来，还是把路天峰击退以便开枪，他都可以接受。

路天峰左闪右避，一时之间只能被动防守。杀手占据了上风，更是攻势如潮。趁路天峰躲避慢了半拍，一记扫堂腿将其击倒在地。

路天峰连忙狼狈地打了个滚，闪开追击。

杀手怪叫一声，正准备再次以一记飞腿踢向路天峰，身子却突然顿住了。

一把匕首插在杀手的腰眼处。

一脸冷漠的汪冬麟半蹲在地上，以一种相当难看的姿势，将刀锋送入了敌人的身体。

杀手的嘴唇抽搐着，难以置信地看着身上的匕首，右手抓住刀柄，似乎想要拔出来，但又不敢用力，最终口吐鲜血，颓然倒地。

路天峰这时候才缓过一口气来，苦笑："你这一下子虽然丢人，但挺实用的嘛。"

汪冬麟的声音冷得可怕："这人还没断气，要不要补一刀？"

路天峰怔了怔，只是说了一句："我们快走！"

汪冬麟嘿嘿一笑，说："路警官，你是个好人，我猜你杀过的人也许还不如我多。"

路天峰没有回答。

两人一路无语，迅速地穿过天台，从另外一栋楼的楼梯往下跑。跑到二楼的时候，路天峰招手示意不再继续往下，而是来到二楼走廊的尽头，翻过栏杆跳到围墙上。顺着围墙走一小段路后，又跳进另外一条小巷之中。

这也是路天峰一开始选择铁道新村作为紧急避难场所的考量之一，老旧的规划导致楼间距不足，反而提供了更多的逃生线路。

小巷内，刚好有一名快递员送完上午那一整车包裹，正准备返回公司，就看见两个大男人在光天化日之下翻墙而来。充满正义感的快递员正准备大喊抓贼，路天峰却抢先一步，出示了警官证。

"警察执行特别任务，需要征用你的车子。"路天峰一眼就看中了这台送快递的电动车，车厢虽然比较小，但已足够汪冬麟藏身。

快递员以前只在电影里见过这种状况，一时之间哑口无言，不知所措。路天峰径直跳上驾驶座，汪冬麟也赶紧钻入了车厢。

"半小时后，到清风街取回你的车子。"

路天峰抛下这句话后，用力一踩油门，缓缓加速而去。

不一会儿，电动车来到了清风街，汪冬麟从车厢里钻出来的时候，还愣了愣，说："怎么还真来清风街了？"

"因为这里有公交站。"路天峰指了指前方的候车亭。

"公交车上不都有监控吗？"

"没错，所以我们要坐的是那种黑车。"

清风街是铁道新村的主干道之一，有许多非法营运的中巴会特意到这里招揽客人，之前也被整顿过好多次，但铁道新村的外来人口数量太大，只要市场需求在，黑车司机们还是会想方设法溜过来。

　　"来来来，去摩云镇的，上车就走咯！赶紧地！"售票员大声吆喝着。

　　路天峰和汪冬麟跳上这辆外面脏得不行、里面也没干净多少的中巴，在最后一排的空位坐下来。然而路天峰没等汪冬麟坐稳，双手已经开始熟练地在汪冬麟身上摸索起来。

　　"这……搞什么鬼……"

　　"你身上肯定有定位器，要不他们怎么能找到我们？"路天峰压低声音说。

　　汪冬麟这才醒悟过来，随即想起了自己在看守所上车时的情况。

　　"那个龙哥是内鬼吧？他曾经搜过我的身……"

　　"找到了。"路天峰在汪冬麟的衣领下方，摘下了一个比纽扣还小的定位器。

　　"妈的，高科技真可怕！"汪冬麟咒骂了一句。

　　路天峰将定位器抛出车窗外，随着车子驶出铁道新村，他们终于又有了喘息的机会。

　　"你必须将你的故事原原本本地跟我说一遍，否则敌人在暗，我们在明，下一次可能就没有那么幸运了。"

　　汪冬麟抽了抽嘴角，没吭声。

　　但路天峰能够看出，眼前这个男人的内心正在动摇。

　　五月三十一日，下午一点十分，铁道新村，十字路口，警方指挥车上。

　　"报告程队，在跃龙大厦的天台发现一具男尸，死因是匕首刺伤腹部，导致失血过多。在匕首的刀柄上，验出了跟汪冬麟高度重合的指纹，有待进一步确认。"

"报告程队，我们发现跃龙大厦 C 座美好公寓的 707 单元，有一扇被人用暴力破坏了的木门，同时房间内有翻找过的迹象，而从门把手上检验出的清晰指纹，属于汪冬麟。"

下属的汇报接二连三，程拓的脸色越来越难看。

"程队，是否需要封锁整栋大厦？"下属又问了一句。

"太迟了，立即调取铁道新村范围内的全部公交站和主要路口监控视频，安排人手分析追查。另外，执行逐户搜索任务的队伍可以收队撤退了……"

"收队？程队，需要先请示一下领导吗？"

汪冬麟毕竟是个重点逃犯，出动了上百警力却一无所获，灰溜溜地收队，实在有点难堪。

"收队，这是命令！我现在亲自回局里一趟汇报工作。"程拓咬咬牙，事态发展终于还是失去了控制。

路天峰，你溜得可真够快的。

7

汪冬麟的回忆（一）

我第一次被称为"别人家的孩子"，是在不到五岁的时候。

应该是春节吧，父亲带着我去他的同事李叔叔家拜年，而我们进门的时候，李叔叔恰好在教他六岁的儿子下国际象棋。我对那些黑白分明、造型精致的立体棋子爱不释手，当作玩具一样紧紧攥在手里，不肯放下。于是李叔叔就哈哈大笑着说，我们一起学棋吧。

两小时后，刚刚学完基本规则的我，将李叔叔的儿子杀了个片甲不留。

李叔叔笑着摸着我的头，说，看人家汪冬麟的悟性多高啊，真是天才，估计再过三五年，就能下赢李叔叔咯！

现在回想起来，李叔叔的笑容有点尴尬。

李叔叔说对了一半，我确实是国际象棋方面的天才，在这片黑白纵横的战场上，我总能发现同龄人无法理解的取胜方法；而他也说错了另外一半，在我正式学棋七个月之后，我就击败了他。

那时候我才知道，原来李叔叔只是个入门水平的爱好者而已。

在父亲的支持下，我有幸师从全省国际象棋冠军，每周上三次私人指导课，风雨不改，棋艺自然突飞猛进。在小学一年级，也就是七岁的时候，我赢得了第一个比赛冠军——市少年宫挑战赛，一到三年级组别，我以全胜战绩轻松夺冠。

我成了越来越多人口中的"别人家的孩子"，而我也以此为荣。

当然，我还有一个美煞旁人幸福美满的家庭。我的父亲是一名外科医生，手术水平高超，被称为医院的"四大名刀"之一。他平日的工作压力很大，遇上大手术的时候甚至需要在手术室里连续工作十几个小时。但即使是这样，他仍然将自己的全部休息时间拿出来，陪我下棋，陪我聊天，听我说各种幼稚的故事，从来不会以忙或者累为借口敷衍我。

我的母亲则是音乐学院的钢琴老师，她长得很美，看上去远比实际年龄年轻，我很感谢自己能遗传到母亲的外貌。在我的印象中，母亲一直是婉约温柔的，她默默地打理好家中的大小杂务，将屋子收拾得井井有条，每天烧一桌美味可口的饭菜。因为母亲有寒暑两个假期，而父亲却难得有长假，所以我记忆中童年的每一次出远门旅行，都是母亲一个人带着我。

从小学开始，直到初中、高中，我一直就读于全市最好的学校，而我的学习成绩也稳定在全年级前十名。久而久之，在我身边的朋友之中甚至诞生了一个都市怪谈式的传言，说假如我的考试成绩跌出全级前十，那么我们学校就会死掉一名学生。

少年就是那么幼稚和无知，真是可笑至极，我怎么可能考不到全级前十呢？课本上的那些知识，对我而言实在是太简单了，一点挑战性都没有。

真正能让我感到兴奋的，是国际象棋赛场上瞬间万变的战局。我并不想当一名职业棋手，但我非常享受胜利的感觉，于是我不断地报名参加各级别的比赛，期待有一天能成为全国冠军。

十一岁的时候，我在全市青少年比赛中夺冠，并获得了代表D城参加全国大赛的资格。在次年举办的全国大赛上，我一路过关斩将，连续淘汰多位年龄比我大的棋手，杀进四强。那时候我还憧憬着自己能够再赢两场，拿下冠军，从此一鸣惊人，没料到在三番棋的半决赛中，却遭遇了一场惨败，我的对手似乎没费多少力气，就直落两盘将我彻底击败。

我们的棋艺不在同一个层面上。

接下来，我又亲眼看见淘汰我的那位棋手，在决赛的五番棋中以零比三惨败，全程几乎没有任何还手之力。最终，冠军是一位十五岁的男生，他在比赛的过程中表现得非常轻松，看上去他来跟我们下棋，就像玩过家家一样。

后来我才知道，夺冠的男生是在职业棋手的选拔赛中被淘汰下来的，难怪来参加业余比赛会显得那么轻松。但我也看到了，自己跟真正的职业棋手之间，到底存在多大的差距。

那是我第一次怀疑自己并不是天之骄子。

接下来，我放弃了挑战职业棋手的幻想，沉迷于在网络对战平台之中"虐菜"。我发现自己喜欢的原来不是国际象棋，只是胜利的感觉。

当然了，在学校里头，我依然可以轻易地找到属于我的优越感。

到了高中阶段，我把原本分配给学棋的时间全部调配到读书上面，因此成绩更加稳定了，大部分的考试中我都稳居全级前三，老师们都说，我的能力足以考上国内任何一所重点高校。

但到了高三报志愿的时候，我退缩了，我选择留在D城，接受D城大学的保送生名额。因为我害怕，害怕失败，害怕去了顶尖名校之后，我会再次品尝到那种天外有天、人外有人的感觉。

我只能接受胜利，而不能接受失败。

本科阶段，一切都波澜不惊，D城大学虽然也有许多优秀的学生，但我还是能够保持名列前茅。

大二的时候，我恋爱了。曾经我一直觉得恋爱只是浪费时间，从小学五年级开始就能熟练回绝女生追求的我，第一次感受到青春的悸动。比我小一岁的师妹茉莉，成了我的初恋女友。

成绩优异、家庭和谐，还有个温柔漂亮的女朋友，加上大四的时候，我早早就锁定了一个直接保研的名额，我依然是那个"别人家的孩子"。

所有的一切，在我读研究生的第一年崩塌。

我还记得，那是一个周六，同时也是我父母结婚三十周年的纪念日，父亲特意提前发了个短信给我，让我周末留校别回家了，他要跟母亲过二人浪漫世界。

每一年的这一天，他们都会"抛弃"我，我早就习惯了。

那天晚上大概十点钟的时候，我刚刚从图书馆自习完出来，就接到一个陌生号码的来电。电话那头很嘈杂，一个大嗓门的男人声嘶力竭地对我说，我家发生了严重火灾，有人员伤亡，让我赶紧回来一趟。

一开始我还觉得是诈骗电话，但拨打父母的手机都无人接听，我有点慌张，连忙搭上出租车赶回家。在小区门外，我已经能够听见警车和救护车的鸣笛声，也能看到直冲云霄的浓烟。那一刻，我就知道，那个电话是真的。

在一片混乱之中，我不记得自己去了什么地方，见了些什么人，说了些什么话，我整个人似乎失去了灵魂，只是一个扯线人偶，而扯动丝线的那只手，叫命运。

"卧室里有两个人……一男一女……"

"他们似乎是喝了红酒，睡得很死，没来得及逃出来……"

"你可以去看一下他们……"

我跌跌撞撞地穿过人群，来到救护车上，用颤抖的右手掀开其中一副担架上的白布。

那是父亲，他表情安详，似乎没有遭受任何痛苦。

我的眼泪夺眶而出，无声地悲泣起来。

另外一副担架上的白布，我竟然没有勇气掀开。

"冬麟！"突然有人喊我的名字。

我愣住了，那是母亲的声音。

"妈……妈？"

母亲扶着救护车的门边，大口大口地喘着气，她的头发被风吹乱了，一看就是急匆匆赶过来的样子。

"冬麟，你冷静点，听我解释。"

到底是怎么回事？

我飞快地掀开另外一块白布，看到一张年轻女生的脸庞，她的年纪应该跟我差不多。

跟父亲死在同一张床上的人，是谁？

我几乎是虚脱地瘫坐到了地上。

"不可能……发生了什么……"

母亲扶着我，说道："冬麟，你长大了，妈妈不想再瞒你了。"

我木然地看着她，她的样子变得好陌生。

"我跟你爸的感情，一早就破裂了。"母亲深吸一口气，艰难地说着，"但为了让你健康快乐地成长，这个家绝对不能散，我们只好一直瞒着你。"

"那是……什么时候的事情？"我发现我说话的声音干涩而低沉，几乎连自己都认不出来了。

"很早很早之前，我不知道该怎么说……"母亲长叹一声，沉默了一会儿，似乎在努力寻找合适的措辞，"你爸爸的身体，有点问题……"

这时候，我注意到一个站在围观群众当中头发灰白的男人，他以关切的目光看着我和母亲，这个男人我之前从未见过，但他的眉目却有种似曾相识的感觉。

父母结婚已经三十年了，他们那一辈人，基本上在结婚之后就会要孩子，可我今年才二十三岁。

所以他们努力了六年多才怀上我，而母亲说，父亲的身体有问题，他们之间的感情早就破裂了。

眼前那个陌生的男人，并不是像我认识的谁，而是像我。

就在那一瞬间，我明白了一切，我是个很聪明的人。

难怪父亲和母亲几乎不会一起出门旅行。

难怪他们似乎一直用各自的方式来陪伴我。

我有种反胃的感觉，这个家庭之前的感觉有多幸福，现在的感觉就有多恶心。

"不！"我怒吼一声，"闭嘴！别胡说八道！"

"冬麟，妈妈对不起你……"

"不，不可能！你滚开！"我疯了一样大喊大叫起来。

不可能是真的，不可能是这样子的。

我汪冬麟，怎么可能是这样的人？

我不记得自己当时还说了些什么，只记得自己粗暴地推开了母亲，撞开一切挡在我面前的人，拼命地往前跑。我好像跑到了公交站，下意识地跳上一辆刚靠站的公交车，坐了很久，才回过神来，发现自己恰好坐上了返回学校的线路。

我突然很想见一下茉莉，她因为准备考研，搬出了宿舍，在学校旁边租了一个小房子，那地方我也只去过两次。

这时候，我需要她的安慰、她的拥抱、她的身体。

我随身携带的书包里，有她留给我的备用钥匙。

于是我麻木地下了车，凭着依稀的记忆，花了不少时间，终于找到了茉莉的住处。

鬼使神差，我没有敲门，而是直接用钥匙开门进屋。小小的客厅并没有开灯，漆黑一片，而唯一的房间关着门，门缝处漏出光线。

借助微弱的光线，我看见了鞋柜上摆着一双不属于我的男式运动鞋。

怎么回事？我的脑袋一阵晕眩，胃部抽搐起来。

房间内，隔着薄薄的门板，隐约可以听见粗重的喘息声。

我机械地走到房门前，将耳朵贴在门板上。

"啊……好厉害……"那是茉莉。

"比你的书呆子厉害多了吧？"一个男声得意洋洋地说。

"当然，哎呀……你好坏……坏蛋！哎哟……"

我不知道原来清纯可爱的茉莉还能发出如此放荡的声音。

愤怒令我冲昏头脑，我用力撞开了房门，把那对正在床上缠绵的狗男女吓得一跃而起。然而他们看清楚来人是我之后，竟然不约而同地笑了。

"你来得正好，省去我不少解释的工夫，我们分手吧。"茉莉冷笑着说。

这还是我深爱的那个女生吗？

男人则露出轻蔑的笑容："你就是汪冬麟？你配不上茉莉，算了吧。"

"你们偷情还有理了？"我一阵无名火起，也不管对方是个精壮的肌肉男，扬起拳头就招呼过去。

男人提起膝盖，狠狠地撞了一下我的下身。

我痛得眼泪直流，眼前一黑，一口气没缓过来，差点昏死过去。

所有的愤怒和恨意，突然就转变成恐惧与屈辱。我弯下腰，捂着下身，久久不能站起来。

"就你这鸟样，想和老子抢女人？滚蛋吧，再不走就废了你！"

茉莉也附和道："对，快走吧，我们好聚好散，各不相欠。"

各不相欠？这可是我的初恋，我为之付出了全部的真心。

但我连一句话也不敢说，只能默默地扶着墙壁，忍着剧痛，一步一顿地走了出去。

我的另外一片天空也坍塌了，整个世界只剩下灰烬和残骸。

那天晚上，我在冰冷无人的街道上，漫无目的地走了很久、走了很远。

一夜之间，我从人人美慕的"别人家的孩子"，变成了大家口中的谈资和笑话。

二十三岁的汪冬麟，死了。

第二章
流窜的杀人狂

1

五月三十一日,下午三点,摩云镇。

摩云山脚的这个小镇,是远近闻名的网红和文青聚集地,也是 D 城旅游业的金字招牌。每当夜幕降临的时候,镇上的咖啡馆和酒吧就会张灯结彩,夜夜笙歌,那些日常生活得不如意的人,在此纸醉金迷,乐而忘返。

白天时,这座小镇不像晚上那么喧哗热闹,反而更添几分宁静。因此也有不少游客选择在咖啡馆的角落坐一整个下午,在慵懒的阳光底下窃窃私语。

路天峰和汪冬麟正在一家名为"猫窝"的咖啡馆里,讨论着那些不为人知的往事。

"路警官,这些东西对你有帮助吗?"汪冬麟刚刚说了一大通,觉得口干舌燥,喝下了一大口咖啡。

"暂时还不清楚,但我确实想更深入地了解你的过去。"

不知道是不是那杯咖啡忘了加糖,汪冬麟的表情也是苦涩的:

"这种事情，我在审讯时也没说得那么详细。"

"为什么？"

"因为他们根本不在乎，审讯我的警察只关心人是不是我杀的，他们一次又一次地追问我关于杀人的过程和细节。"汪冬麟的眼神突然又变冷了。

"那是他们的工作职责所在。"路天峰暗暗叹了口气，他非常清楚警察的工作压力，很多时候他们并不是不在意案件背后的故事，而是无暇顾及。

抓住凶手，尽快找到定罪的证据，尽早结案，然后集中精力应付下一个案子——这似乎是他们身为警察的宿命循环。

"我实在不明白，这案件应该跟你完全无关，你为什么非要蹚这浑水不可呢？"

"因为我收到可靠线报，知道有人想要杀你。"路天峰自然不愿多说。

"那你为什么要保护我呢？我只不过是一个逃脱了法律制裁的杀人凶手而已。"汪冬麟的声音低了下去，"杀人者，人人得而诛之，天经地义嘛。"

"我是一名警察，我只知道，没有任何人可以不经法律审判，剥夺另外一个人的生命。"

"真有意思。"汪冬麟的话里带着嘲讽的味道，"连我自己都觉得自己该死，你却要拼了命保护我。"

"因为这是我的职责。"

汪冬麟敲了敲已经空掉的咖啡杯，说："那么，我们是继续躲在这家咖啡馆里，还是应该转移阵地呢？"

路天峰看了一眼手表，大概两小时前，他们离开了铁道新村，也逃出了警方的封锁圈，而按照警方的惯例，必然会先排查治安监控和公共交通工具，而查到黑车头上，需要花费更多的时间。

但路天峰绝对不敢低估警方的办事能力，两小时的时间，足够让警方查找出他们逃跑的路线。

所以现在，轮到路天峰走下一步棋了。

"你知道大部分逃犯都是怎么被警方发现的吗？"路天峰问。

汪冬麟歪着脑袋想了想，答道："一不小心被治安监控镜头拍到了。"

"错了，他们是在和亲人或朋友联系时，被警方追踪和锁定的。"路天峰从腰包里掏出一部廉价手机，"所以我也要这样做。"

汪冬麟皱起眉头，他当然不相信路天峰会自投罗网，但又隐隐地感到不安。那是一种命运被他人掌控的无力感。

五月三十一日，下午三点十分，D城警察局办公室大楼。

会议室内，气氛剑拔弩张。

参与会议的警队高层正在为是否公开通缉汪冬麟而各抒己见，双方僵持不下。支持公开通缉的一派认为，汪冬麟案社会影响巨大，之前法院根据精神鉴定结果，宣判将其转送精神病院治疗的时候，已经引发了社会舆论的轩然大波；现在汪冬麟下落不明，如果不主动公布消息，被媒体记者抢先爆料的话，后果无法想象。

反对公开通缉的一派则认为，警方内部已经发布最高等级的通缉令，派遣足够的警力去追逃，一旦公开汪冬麟逃脱的消息，则很可能会引起社会恐慌，更担心有极端人士借题发挥，煽动群众情绪。这样不但对追捕逃犯的工作没有帮助，甚至可能导致形势进一步复杂。

作为第一次围捕行动的前线指挥官，程拓也不得不列席旁听。他的心里很不是滋味，铁道新村的行动失败，很大程度上是因为上级领导不愿高调行事，没有对相关区域实施全面戒严，以致路天峰有机可乘，能迅速抽身逃走。接下来的工作要是再这样畏首畏尾的话，估计还真不好办。

有趣的是，领导虽然狠狠训斥了程拓工作不力，却没有另派他人指挥行动。很显然，警方内部没有人想接手这个烫手山芋，只好让程拓继续负责。

在这个会议室里，程拓职位最低，人微言轻，一直没有任何发言的机会，越坐越是憋闷。这时候，一名年轻警员敲门进入会议室，走到程拓耳边，悄悄地说了几句话，程拓的目光突然就亮了。

"打断一下，各位领导，刚刚收到了关于逃犯的最新消息。"

程拓这话一出，会议室里立即安静了下来。

"说吧。"主持会议的罗局点点头。

"两分钟前，我们在陈诺兰的手机上截获了一条陌生号码发来的短信，怀疑是路天峰发给陈诺兰的暗号，正在积极破解中。"

"能追踪到发送短信的手机位置吗？"

"该手机的定位远在一千多公里之外的一个小村庄里头，那地方跟陈诺兰并无任何关联，所以我们推测是路天峰通过某些虚拟网关软件伪装的，以躲避我们的追踪。"

"短信的内容呢？"

"是一串数字。"

程拓熟练地操作着投影仪，在雪白的墙壁上呈现出神秘短信的内容：

203.13.14

102.6.9

2.4.8

88.16.19

492.3.3

103.7.14

35.6.10

"这是什么东西？"

"应该是一个索引表，需要找到对应的密码表来进行解码。"在场有人一语道破。

程拓点点头道："是的，目前我们工作的重点，是要找出这份密码表。另外，我想亲自去盯陈诺兰，因为她随时可能跟路天峰接头。"

刚才还在为是否公开发布通缉令而吵得不可开交的众人，一下子都沉默了。眼下尽快找到路天峰和汪冬麟的下落，才是真正解决问题的办法。

"程拓，你先去跟进一下这边的情况。"罗局终于开口了，这句话对程拓而言无异于赦免，他连忙向各位领导躬了躬身子告辞，快步离开。

其实，他对解开这个密码已经有了一定的思路，下一步，他需要和陈诺兰正面交锋。

2

五月三十一日，下午三点三十分，路天峰家。

程拓敲门后不到十秒钟，陈诺兰就把门打开了。她身穿一整套运动服，脸上表情平静，似乎对程拓的来访并不惊讶。

"诺兰，你好。"

"程队，辛苦你了。"两人曾经在警局同事的聚会上见过几次，好歹算是相识，但陈诺兰并没有因此而表现出任何特别的热情来。

"今天挺忙的吧？我的同事应该来过好几次了。"

"还好。"陈诺兰语气冷淡。

程拓当然明白自己不受欢迎，但他毫不在乎地坐在沙发上，单刀直入地提问："阿峰刚才给你发了一条短信？"

"没有。"陈诺兰立即矢口否认。

"那我换个说法，刚刚你的手机是不是收到了一条奇怪的陌生短信？"

陈诺兰倒也爽快，直接将手机放在程拓面前，并解锁了屏幕。

"反正你们也看过了吧。"她非常清楚警方的办案流程，自己手机上的信息，警方肯定二十四小时监控着。

程拓一点也不客气，接过手机，看着上面的一连串数字，问："这短信是什么意思呢？"

"不知道，可能是地下六合彩广告吧。"陈诺兰还是一脸漠然。

"不，我觉得这是路天峰发给你的加密信息。"程拓轻轻地放下手机，信步走到客厅角落的书架处，看似随意地浏览书架上的书籍，"如果我是他，我会跟你约定以一本书作为密码表。"

陈诺兰没说话，但不经意地轻咬着嘴唇，难掩紧张的情绪。

"每行数字分三段，其中第二、第三段的数字都没有超过 20。我觉得可能是用第一段表示页码，第二段表示行数，第三段表示第几个字，对吗？"

陈诺兰的脸色变得更奇怪了，目光游移不定。

程拓更加自信了，他用手指逐一扫过书脊，说："密码里面有个很重要的突破口，就是第五行的 492.3.3。如果密码表是某本书的话，那么这本书起码有 492 页。"

陈诺兰自暴自弃一样地苦笑起来。

"眼前这书架上厚度超过 492 页的书，我看只有不到十本吧？"程拓边说边拿起了其中一本书，"即使是把这些书都排查一次，也花不了多少时间，但如果让我赌一把的话，我会挑这本书。"

他手中的，是一本 D 城当地的旅游指南。

"为什么呢？"陈诺兰忍不住问了一句。

"因为传递信息时一般都要带上时间、地点，而这本书上充足的本地地名，不会找不到想用的字。"

陈诺兰木然地坐在一旁，程拓则把旅游指南翻到特定的页码，去尝试破解密码信息。

203.13.14，对应的字是"今"；102.6.9，对应的字是"晚"，破解出头两个字之后，程拓已经百分之百肯定，这本书是路天峰和陈诺兰提前约定的密码表。

于是他飞快地拼出剩余的字来——

2.4.8，"七"；88.16.19，"点"；492.3.3，"摩"；103.7.14，"云"；35.6.10，"镇"。

今晚七点摩云镇。

"路天峰在摩云镇？"这是一个疑问句，但程拓并不需要答案，他的电话正好在此时响起。

"程队，那条神秘短信的发送地点已经锁定了。"是技术组同事的汇报。

"在哪儿？"

"摩云山脚下的摩云镇。"

"知道了。"

程拓抛下了呆若木鸡的陈诺兰，快步离开。这一次，他的行动不容有失。

陈诺兰叹了口气，关上大门，嘴角才悄悄绽放出属于胜利者的微笑。

这一切，路天峰早就预料到了，所以他跟陈诺兰提前做好约定，当使用密码通信时，如果发过来的信息字数为奇数，那就是一条假消息；如果字数为偶数，说的才是真话。

虽然陈诺兰不知道路天峰到底身在何处，但她知道他绝对不在摩云镇。

五月三十一日，下午三点四十五分，D城警察局，局长办公室。

室内拉上了厚厚的窗帘布，昏暗的灯光让气氛更显凝重。

罗局坐在自己的座位上，紧锁眉头，看着手中的那份档案。办公桌旁，童瑶略显拘谨地站着，一副心事重重的样子。另外一张椅子上，坐着一个身材魁梧、其貌不扬的中年男子，他正是当初一直负责跟进汪冬麟连环杀人案，后来还亲手拘捕犯人的刑警大队第四支队队长严晋。

严晋作风低调，不声不响，在局里并无太强的存在感，很容易让人误以为他只是个没啥本领的人。但实际上经他手破获的疑难案件数量，一点都不比警队内部的几位"神探"少。

"这不是正式会议，大家可以畅所欲言，讨论一下这起案子是否还有没解决的尾巴。"罗局开门见山地说。

严晋脸上毫无波澜地说："关于汪冬麟案的一切资料，都记录在案了，我并没有什么特别需要补充的东西。"

"严队，你怎么看汪冬麟这个人？"童瑶问。

"非常冷血。"严晋毫不犹豫地说，"杀人犯我见过不少，但像他那么冷血的真是绝无仅有。"

罗局也被挑起了兴趣："具体说说看！"

"汪冬麟杀人的手法很'温柔'，他物色好受害者之后，会把对方哄骗回家用迷药迷晕，然后脱光受害者的衣服，将其放进浴缸里溺毙。杀人之后，又会将尸体洗刷干净，再将尸体穿戴整齐，才运到附近的湖里抛尸，全程不会对受害者进行任何形式的性侵犯。"

罗局和童瑶听得都有点不寒而栗，只有天天跟死亡、犯罪打交道的人，才知道汪冬麟这种充满仪式感的"温柔"背后隐含着多么可怕的冰冷意味。

极端的非暴力，比极端的暴力更恐怖。

严晋接着说："汪冬麟连续杀死了四个人，其中一位受害者还是他的前女友，如果不是第四起案件他选择在酒店客房而不是自家行凶的话，我们可能至今还不能抓住他。"

罗局敲了敲桌子："这一点，是否有点奇怪呢？关于这起案件，任何可疑之处都可以拿出来讨论，记住，是非正式的讨论。"

罗局再次强调"非正式"，就是希望严晋可以直言不讳。

严晋想了想，才说道："我确实是不明白，汪冬麟为什么要打破惯例，选择自己不熟悉而且遍布监控摄像头的环境作案，以致留下关键证据。"

"还有另外一点让我比较在意。"童瑶小心翼翼地插话，"汪冬麟在杀人之后，会将受害者身上的某件物品带走，用精美的盒子装起来，埋在不为人知的地方，他称之为'纪念品'。但最终我们只找到了属于其中两位受害者的物品，还有另外两件'纪念品'下落不明，汪冬麟对埋藏地点也绝口不提。"

"这些细节虽然奇怪，但汪冬麟就是杀人凶手的事实不可动摇，加上他的态度非常不配合，我们最终也没有办法再查下去。"严晋的语气中带着一股愤愤不平的味道。

罗局看了一眼童瑶，又看了一眼严晋，长长地叹了一口气，说："我找你们两个人来，就是想好好聊一下。据童瑶的秘密汇报，路天峰今天上午突然劫持囚车，带走汪冬麟的真正目的，就是想揭开这起案件背后隐藏的真相。"

即使是严晋那么沉得住气的人，也被这个惊人的消息吓了一跳，眼睛瞪大了一圈，难以置信地看向童瑶。

"这也……太莽撞了吧？为什么不按流程办事？"

"路天峰怀疑警队里有内鬼，因此擅自行动了。现在我只想你说一句心里话，汪冬麟的案件，到底有没有深究的必要？他是否还隐藏着什么关键信息？"

严晋沉默了，他知道自己接下来说出的这句话，可能会改变路天峰的命运。

如果他说没必要折腾下去，那么路天峰肯定会被通缉，甚至被定罪；而如果他说出案件的可疑之处，罗局可能会设法让路天峰的行动合法化。

但身为警察，他不可以纯粹为了包庇同僚，就说出违心的话来。

童瑶看着严晋，眼神中充满了期待和不安。严晋突然意识到，童瑶能够得知那么机密的信息，极有可能是她也参与到路天峰的劫车计划之中，搞不好她头上的警帽也不那么稳当了。

这句话，还真是不能随便说啊！

正当严晋犹豫不决的时候，桌上的内线电话响了起来，罗局拿起话筒，几秒之后，他的脸色变得相当难看。

童瑶和严晋心照不宣地交换了一下眼神，他们知道，一定是有什么重大的变故发生了。

罗局放下电话，重重地叹了一口气，说："汪冬麟逃脱的消息，被网友爆出来了！"

五月三十一日，下午四点，一辆由摩云镇开往D城的非法营运大巴上。

路天峰和汪冬麟竟然再度使用相同的方式折返D城。

"这样做不是很危险吗？"汪冬麟曾经表示质疑。

但路天峰回答："我们并没有任何真正安全的路可走，只能选择尽量令人难以捉摸的方案。"

所以两人在离开猫窝咖啡馆后，特意在摩云镇上转了一圈，买了一些干粮、饮用水、帐篷、野炊炉具等露营设备，做出一副准备潜入摩云山躲避的假象。

路天峰很清楚天网监控的威力，即使他们俩戴了墨镜和太阳帽，又做了一些简单的化装处理，警方依然可以通过人脸识别技术找出他们的行踪。

目前摩云山只有一小部分区域被开发成旅游景点，同时还有着上百平方公里的原始山林，吸引着诸多极限运动爱好者。如果他们真的潜入深山之中，那么即使警方的人力充足、设备先进，想要抓住他们还是要花费一番工夫的。因此由摩云镇逃往摩云山，是一个非常合情合理的选项。

正因为合情合理，所以被路天峰否决了。

"常规战术一定会被识破的，我们要兵行险着。"

"有意思，我下棋时也最喜欢这样。"汪冬麟笑了笑。

于是两人拦下了一辆黑车，钻到最后一排座位上。虽然车子又脏又破，座位靠背好像几年没洗过一样，油腻得发亮，但他们丝毫不介意，甚至像阔别多年的好朋友一样，天南地北地聊起了家常。

两人之间轻松愉快的气氛，一直持续到车厢内响起电台新闻播报之时。

"各位听众朋友，本台记者刚刚收到的消息——"原本只有司机一个人在听的电台，突然变成了全车广播，看来是发生了什么不得了的大新闻，司机才特意这样做的。

路天峰和汪冬麟下意识地交换了一下眼神，他们最担心的大新闻，就是他们自己。

"日前受到社会广泛关注的汪冬麟连环杀人案，汪冬麟虽然承认了杀害四名无辜女性的罪行，但最终却被裁定为具有重度精神分裂症，无须承担任何刑事责任，转入精神病院接受治疗。然而就在今天上午十一时许，汪冬麟在转移到精神病院的途中潜逃，其间还造成了数名警卫人员受伤。警方已经向全社会发布公开通缉令，能够提供汪冬麟下落信息者，将获得最高十万元的悬红奖金……"

"真会吹牛，这听起来就像我单枪匹马搞定了一大堆警卫似的。"汪冬麟不满地嘀咕道。

"嘘，别说话。"

"……据警方透露，汪冬麟很可能往摩云山方向逃窜，请广大市民务必注意，一旦发现可疑人物，迅速报警。同时，本台提醒各位女性同胞，出门请注意自身安全，慎防陌生人尾随，汪冬麟是高度危险的逃犯，具有很强的攻击力和犯罪倾向……"电台的新闻播音员还在绘声绘色地说着，越说越带劲。

"妈的，烦死了！"汪冬麟的拳头握得紧紧的，路天峰不无担忧地看了他一眼，却发现他眼中流露出的情绪并不是愤怒，也不是不安，而是一种轻蔑。

"稳住情绪。"路天峰再次提醒。

电台开始播放其他新闻，车上的乘客忍不住议论纷纷。有人说，汪冬麟这种变态就应该直接枪毙掉才对；有人说，汪冬麟肯定是假装精神病，只是为了逃避牢狱之灾；还有人说，汪冬麟可能是富二代，花钱摆平了一切，现在又花钱买通守卫，畏罪潜逃……

这起案件不愧是近日城中的热点谈资，原本素不相识的乘客，竟然兴致勃勃地相互争论起来。幸亏路天峰和汪冬麟坐在最后一排，前面两排座位都是空的，也没有人找他俩说话。

汪冬麟沉着脸，一声不吭，依然是不屑的表情。

车子即将驶入 D 城市区，路天峰用手肘碰了碰汪冬麟，说："我们准备下车，这附近的监控比较少。"

汪冬麟点点头。

"师傅，前面十字路口停一下。"路天峰站了起来，朗声道。

这种非法营运的大巴都是随叫随停的，司机连正眼都没看一下路天峰，方向盘一甩就靠边停车了。

路天峰心想，人与人之间的冷漠，也是他们能够顺利逃脱的关键要素之一。

下车后，两人头也不回地融入了人潮之中。

3

五月三十一日，下午四点十分，D 城警察局，停车场。

童瑶终于获得了罗局的特批，可以尝试去接触路天峰，条件是不能帮助他逃跑，也不能将警方行动信息透露给他。唯一能够做的，是协助路天峰查明汪冬麟案可能存在的内情，尽快将汪冬麟带回警局，结束这起事件。

为了确保行动的私密性，也避免童瑶跟负责抓捕工作的其他同事产生立场冲突，罗局表面上宣布了童瑶暂时调离工作岗位。

私底下，他也语重心长地告诉童瑶，万一事件得不到妥善解决，别说她的复职有困难，罗局自己搞不好也要提前退休。

"罗局，既然风险那么大，为什么你还允许我执行任务？"童瑶有点困惑。

"被网友抢先爆料后，事态发展已经迅速失控，接下来我们还需要应付媒体和上级各部门的压力，工作中必定会捉襟见肘。因此我希望你不受约束的话，会成为我们的奇兵。"

童瑶似懂非懂地点了点头。

"更何况我觉得路天峰是个不可多得的人才，不能轻易地放弃他。"罗局自知这话说得有点立场不对了，顺势摆摆手，让童瑶赶紧去找路天峰。

于是童瑶没有跟任何人打招呼，连电梯都没有搭，静悄悄地通过消防楼梯走到停车场，直至上了自己的车后，才从怀里拿出一张小字条，上面潦草地抄写着路天峰发送给陈诺兰的密码，这也很可能是她从警方正式渠道所获取的，关于本案的最后一项资料。

    203.13.14
    102.6.9
    2.4.8
    88.16.19
    492.3.3
    103.7.14
    35.6.10

其实这段密码里，还藏着一个只有童瑶才知道的小秘密。

路天峰上午曾经告诉她，他准备了一些全新的不记名电话卡，供紧急联络使用。当时发送信息给陈诺兰的手机号码在用过一次之后就会弃用，以防被追踪。而这段信息当中，隐含着另外一个号码——路天峰说过他的电话卡全是"1770"开头的虚拟号段，而接下来的七位数字，正是密码信息中每一行的第一个数字：17702128413。

这就是路天峰目前的联系方式。

童瑶掏出手机，正犹豫着要不要现在就打电话联络时，停车场里突然出现了另外一个身影，她赶紧把写着密码的字条和手机收回口袋里。

定睛一看，来者是她的上司兼师父，第一支队副队长吴国庆。

"师父？"童瑶有点愕然。

"怎么一声不吭就走了？"吴国庆站在车外，一手搭在车窗，看似随意地问了一句。

"我……有点事情。"童瑶有点左右为难，对于吴国庆，她自然是百分之百放心和信任，但肩上负担的任务却要求她不得不保密。

"没事，我明白的，老罗当年还在刑侦一线时，在破案工作中也不喜欢循规蹈矩。"吴国庆笑了笑，"我只想提醒你一件事。"

"师父请说。"

"你知道负责追捕汪冬麟的同事早些时候在跃龙大厦天台上发现了一具男尸吗？我负责追查死者的身份和来历，发现了一件很奇怪的事情。"吴国庆轻轻地叩击着车窗玻璃，停顿了一下才说，"死者年龄在三十到三十五岁之间，身体健壮，肌肉结实，从手上的茧判断，应该是长期接触枪械和刀具的专业人士，身上有多处旧伤痕迹，其中一些伤势还挺重，估计是在与人搏斗时留下的。但这样的一个人，却查不到任何犯罪和医疗记录，也不是曾经登记在册的警察、军人，我怀疑他可能是偷渡进境的雇佣兵，专门为汪冬麟而来。"

"雇佣兵？"童瑶皱了皱眉，路天峰也说过，那伙劫囚车的人火力十足，手段血腥残忍，绝对不是乌合之辈。

"想请得动雇佣兵，不仅需要财力，还需要有黑道的关系网。对付一个残杀女人的汪冬麟，为什么要如此兴师动众呢？"吴国庆将问题抛给了自己的徒弟。

童瑶想了想，恍然大悟："难道是汪冬麟杀害的某位女性，跟黑道组织有关联？"

"光看档案没有发现相关迹象，但我的直觉告诉我，汪冬麟案件的背后一定还有不得了的隐情，你要小心应付。"

童瑶心下凛然，对自己的师父更是佩服得五体投地。路天峰是因为自身能够穿越时间，严晋是因为对案情了然于心，这两个人对汪冬麟案抱有怀疑，寻根问底的行为很容易理解，但吴国庆仅凭档案上的信息加上自己的推理，就看出案件背后大有玄机，实在是目光如炬。

"其实，我还有一句话想说……"不知道为什么，吴国庆说话变得吞吞吐吐起来。

"师父？"童瑶自然也看出了师父的神色不寻常。

"你要提防路天峰。"

"为什么？"童瑶愕然。

"一个出动雇佣兵来对付汪冬麟的计划，必定是周详严密的，但很显然，路天峰破坏了他们的计划，双方爆发了激烈的冲突。让我百思不得其解的问题是，路天峰是如何识穿对方行动计划的呢？"

童瑶一时无语，这次可没法再用"线人"这个幌子糊弄过去了。

"我……不知道……"

"唉，万事小心吧，希望路天峰是个好人。"吴国庆长叹一声，担忧之色溢于言表。

"我明白了，我一定不会掉以轻心。"

童瑶内心虽然对师父有点愧疚，但终归是替路天峰保守了秘密。因为这个秘密一旦公开，将会引起无法预料的连锁反应。

"出发吧。"吴国庆拍了拍车子，又意味深长地看了童瑶一眼，才转身离去。

童瑶总有一种错觉，仿佛师父能看穿自己心里的一切，只是不说破而已。

但她也突然领悟到一点，就是联系路天峰的时候，不能用自己的手机。

五月三十一日，下午四点三十分，D城市郊，黄家村。

黄家村早就不是村庄了，这里同样是高楼林立、车水马龙，还有新开通的地铁站和轻轨站。虽然房价比起市区低了一大截，但生活配置样样齐全，因此吸引了不少来D城闯荡的外地人。

或者说，黄家村就是一个面积更大、外来人口更多、治安情况更复杂的"升级版"铁道新村。

所以黄家村周边有不少只需几十块就能住一晚的小旅店，甚至如有特殊需求，再多加二十块就可以免除身份证登记手续。这些地方都是滋生犯罪的温床，每次严打整顿时就纷纷关门大吉，过一段时间换个地址和招牌又死灰复燃，让管理部门头痛不已。

现在路天峰和汪冬麟就在其中一家小旅店的房间内。旅店的名字叫"幸福旅舍"，然而看着那发霉的墙壁、渗水的天花板和脏兮兮的被铺，真不知道幸福感从何而来。

"这地方我们可以待多久呢？"汪冬麟一屁股坐在床上，床板立即发出难听的吱吱声。

"两三个小时应该没问题，等天黑下来我们再转移吧。"路天峰并非信口开河，他相信在七点之前，警方的监控重点都会集中在摩云镇，他们只要在七点前离开就足够安全了。

"可这样一味逃跑也不是办法啊！"汪冬麟伸了个懒腰，"累死了，还不如待在精神病院里省事。"

"我就怕你不能活着走进精神病院。"路天峰检查了一遍房间的门窗，确认没有异常后，拉过一张凳子到床边坐下，"赶紧继续说你的故事吧，我们要尽快找出想杀害你的幕后黑手。"

"没问题，刚才说到——"

路天峰怀里的手机突然响起，这铃声让汪冬麟吃了一惊。

"你的手机居然还开机？"

"放心，这是没有其他人知道的新号码。"路天峰看了一眼，知道电话那头的人就是童瑶。

"谁打来的电话？"

"我的同伴。"路天峰接通了电话，"喂，你好？"

"是我。"电话那头果然是童瑶的声音。

这时候，汪冬麟对路天峰做了个手势，表示他要去一下洗手间，路天峰也没多想，点头同意了。

刚进门的时候路天峰已经检查过洗手间——窗户已经生锈了，

只能推开一条小缝，也不怕汪冬麟会逃跑。

路天峰压低声音问童瑶："情况如何？"

"一言难尽，但我能够自由行动。我们可以见面吗？"

"好的。"路天峰想了想说，"见面时间定在晚上吧，你替我准备一个可以过夜的地方。"

"汪冬麟那边，打探出什么新线索了吗？"

"还没有，不过他渐渐开始信任我了……相信只要有耐心，我能够在一天之内问出我们想知道的一切。"

"那太好了！路队，见面的时间、地点，由你决定吧？"

"今晚七点半，新时代广场。"路天峰选择了一个人流量极大的场所，方便应变。

"OK，到时见。"两人心照不宣地长话短说，降低被追踪的可能性。

路天峰挂断电话后，又拿出随身携带的 D 城旅游手册和地图，研究了一下今晚去与童瑶见面时的路线规划。

不知不觉过了好一阵子，路天峰心头警觉突现——在洗手间里头的汪冬麟也太安静了吧？

"汪冬麟，你还好吗？"路天峰大力地敲打着洗手间的门，然而里面并未有应答。

"汪冬麟！"路天峰情急之下，也不去撬锁了，肩膀沉下，把洗手间的门狠狠撞开。

狭窄的空间内，根本没有汪冬麟的影子。而那扇无法打开的窗户，因为转轴位置锈蚀严重，竟然被人用暴力硬生生拆了下来。

路天峰把头探出窗外，这里虽然是三楼，但可以轻松地通过排水管道往下爬，半分钟之内就可以到达地面，因此汪冬麟早就逃得无影无踪了。

路天峰脑门一阵发热，有一股想直接跳下去，然后在小巷内狂奔数百米的冲动。不过内心还有一个理性的声音在告诫他，他根本无法判断汪冬麟往哪个方向逃跑了，盲目去追的话也于事无补。

现在一定要冷静，冷静下来，想出解决方案——

路天峰的胃部一阵抽搐，莫名的剧痛排山倒海般袭来，他双眼发黑，手脚无力，趴在马桶上干呕了起来。

难道真的是药物的副作用吗？

路天峰瘫坐在冰冷的地板上，过了大概五分钟，才重新缓过气来。他艰难地站起身，用冷水洗了个脸，又狠狠赏了自己两个耳光。

痛，但清醒了，也冷静了。

路天峰看了一眼手表，四点四十二分，预计汪冬麟逃脱已经超过十分钟。

他别无选择，只能拨通了童瑶的手机。

"是我。"路天峰的嘴里还残留着苦涩的味道。

"怎么了？"童瑶跟上次通话时一样，没有喊出路天峰的名字。

"大鱼脱钩，逃跑了。"

电话那头安静了好久，路天峰似乎能听见童瑶倒吸一口凉气的声音。

"你在哪儿？"她用尽量平静的声音说。

"黄家村购物中心。"

"我半小时，不，二十分钟之内到。"

"好的。"路天峰挂断电话，这才注意到自己的右手在不停地微微颤抖。

不，我不可以认输。

路天峰用左手紧紧抓住自己右手手腕，右手的颤抖才停止下来。

我不会输。

他在心里又重复了一次。

4

汪冬麟的回忆（二）

那个令人心碎的夜晚，夺走了我的一切。

我变得沉默寡言，不愿意再跟人打交道。我觉得每个人都在背后指指点点，在嘲讽和耻笑着我的软弱和无能。

是的，无能。

被那个男人狠狠地踹了一脚后，我的下半身隐隐作痛了大半个月，连小便都会觉得难受。

一个月后，痛感终于彻底消失。但我却发现，自己失去了作为一个男人的"能力"。只要一看到暴露的美女图片，或者一想到男女之事，我就会恶心、反胃，想起那晚茉莉看着我的时候，那副鄙夷的表情，又想起母亲跟我坦白的时候，她那充满怜悯的目光。

这两个无耻的女人，让我对"女人"这个词产生了生理上的反感。

我又尝试了好几种方法，终于确认自己是完全没有办法"硬起来"了。

这样的我，还能算是男人吗？

对生活已经自暴自弃的我，天天躲在宿舍里面，睡觉、打游戏，直到饿得不行的时候，才会叫个外卖。也不管是白天还是黑夜，我都泡在网上，跟人对战国际象棋。

我不断地申请新的小号，让自己的等级积分停留在新手场，然后狠狠地虐杀新人，一次又一次压倒性的胜利，才能让我稍感安慰。

这好像是我唯一能够做到的事情了。

母亲大概是通过道听途说，知道了我的状态。于是三番五次地打电话给我，表面上是要向我道歉，请求我的原谅，实际上不断地暗示我，我再这样下去，这个硕士学位就别想要了，我的人生就彻底毁了。

实在是太讽刺了，难道她认为我的人生还没有彻底毁掉吗？

原来她根本没有意识到，自己到底做了些什么。

母亲还是隔三岔五地联系我，我觉得她不仅恶心，而且很烦，真想找个方法让她闭嘴，再也别来烦我。

而当她提出她可以带着我，像小时候一样，两个人出外旅游的时候，我犹豫了一会儿，终于勉强同意了。但我说，我想出国，可以去马来西亚，或者泰国，但我们不去热门旅游景点，找个环境幽静的海岛度假村住几天，享受一下安宁的生活。

母亲答应了，我觉得无论我说去哪里，她都会答应。她将预订酒店行程的任务交给我，还说钱不是问题，只要舒服就好了。

最后，我选择了马来西亚的沙巴，预订了一家价格昂贵、游客相对稀少，但环境和私密性绝对一流的海岛度假村。

母亲看了度假村的介绍后，非常高兴，认为我挑选了一个相当不错的目的地。我勉强地笑了笑，她永远不会明白，我选择这个地方的原因。

这一趟沙巴之旅，我努力饰演着一个"好儿子"的角色，让母亲深信，我们母子之间的裂隙正在飞快愈合。

所以我也有点任性的小要求，让母亲穿上泳衣陪我游泳，跟我一起划着小艇出海，参加浮潜活动，在清澈的海水里观察珊瑚……母亲原本不是好动的人，也不熟悉水性，游泳技术相当一般，但为了迁就我，她没有拒绝我的任何一次邀约。

入住度假村的第三天晚上，星空特别美，坐在沙滩上，可以清楚地看见漫天繁星。我向母亲提议下海游泳，在海水里看星星。母亲犹豫了一下，还是答应了。她换上黑色的泳衣，跟我一道慢慢地走进海中。

入夜的海水有点冷，但母亲不想扫我的兴，一直没说什么。陪我游了一小段后，她停下来，站在齐胸深的海水中。而我依偎在她的身旁，指着天空，教她辨认星座，她则像小孩子一样好奇地问东问西。

"妈妈，你后悔过吗？"我突然抛出一个问题。

"后悔？"

"后悔和一个没有生育能力的男人结婚，后悔在这个家庭里假装爱我，假装了二十多年。"

"不，冬麟，妈妈真的爱你。"母亲无力地辩解着。

"但我不爱你。"

先前在沙滩上，我已经用旧袜子做好了一个沙袋，并一直随身携带着。用沙袋敲击人的后脑勺，可以将人打晕，几乎不会留下任何痕迹。

母亲根本没有预料到我会突然袭击她，一下子就结结实实地中了一招，双眼翻白，晕厥过去。

我轻轻地扶着她，然后将她的脑袋按到海水下。

银白色的星光，真美。

昏迷的母亲只是徒劳地挣扎了几下，很快就没了动静。当然，我很有耐心，等她在水里足足泡了十分钟，没有任何生还的可能性之后，才将她抱出水面。

只见她瞳孔散开，嘴巴张得大大的，脸上的表情极其痛苦。

看着这副痛苦而扭曲的表情，我感到前所未有的愉悦、畅快。

剩下的事情太简单了，我解开袜子，将沙子倒入海中，让凶器消失得无影无踪，接着大呼小叫起来。一边叫喊着，一边慢腾腾地将母亲的尸体拉回岸边。

直到我爬上岸，才有人注意到我的呼救，前来援助。我一边暗暗感谢他们的姗姗来迟，一边扑在母亲的尸体上痛哭流涕，完美地扮演了在异国痛失母亲的儿子角色。

沙巴的警方似乎完全没有怀疑过事有蹊跷，很快就以意外事故结案，度假村则坚持认为我们下海的那片沙滩并非他们划定的游泳地点，因此拒绝了我的高额索赔要求。实际上，我根本不需要什么赔偿金，只是为了不让人生疑，才花了好几天时间闹腾，一边说要请律师，一边又去找大使馆求助，最后成功勒索了五万马币的精神安慰金，哭哭啼啼地将母亲的骨灰带回国。

直到踏上祖国土地的那一刻，我的心才真真正正地踏实下来。

母亲的问题，彻底解决了。

运气来临的时候，真是挡也挡不住。大概是我失恋的消息慢慢传遍了朋友圈，有一位叫王小棉的师妹，突然跑过来向我表白，说她暗恋我已经有好几年了。

如果是以前，我会对这种表白一笑置之，客客气气地拒绝，但如今不一样了，我需要一份爱情来帮助我重拾自信。

准确来说，是不是爱情无所谓，我需要一个女人，一个听话的、可以让我耍威风的女人。

而小棉人如其名，是个像棉花一样软萌的妹子，恋爱经验一片空白，时常用崇拜的眼光看着我，正是我最需要的那种女人。

我接受了她的表白，同时我也想测试一下自己的"能力"有没有恢复，所以我们确立关系之后没几天，我就把她带进了学校门外的小旅馆。

她真的什么都不懂，尤其不懂拒绝，很快就被我哄得神魂颠倒，被剥光衣服的她紧闭眼睛，平躺在床上，像羔羊一样乖乖任人宰割。也幸亏如此，她竟然没有发现我的那玩意儿一直是软塌塌的。

我有点慌了，但幸运女神再次向我露出了微笑，不知道为什么，当我注意到身下的小棉羞答答地把眼睛睁开一条线，然后又慌忙闭上的时候，我的脑海里却突然闪现出母亲溺毙时的表情。

小棉和母亲那两张脸孔幻化着、交织着，最后重叠在一起。

于是我作为一个男人，在小棉身上重振雄风，高调地宣告了自己对这个女人身体和心灵的所有权。

缠绵过后，小棉带着心满意足的微笑，昏昏沉沉地睡了过去，而我却还是相当兴奋，整晚都没睡着。

因为我知道，汪冬麟终于重获新生。

我收获了爱情，赢回了学业，在毕业的时候，还顺利留校担任教职工。虽然我并不任教，但仍然变成了深受学生尊敬和爱戴的汪老师。

汪老师，我喜欢这个称呼。

5

五月三十一日，下午五点零五分，黄家村购物中心。

路天峰坐在购物中心入门一侧的咖啡店内，心不在焉地搅拌着面前那杯咖啡。虽然他并没有和童瑶约定具体的见面地点，但他相信童瑶只要抵达现场，就可以在一分钟内猜出他的位置。

因为这家咖啡店既是附近的最佳观察点，也拥有最为灵活多变的逃跑路线。

"我来了。"果然，童瑶直接坐在了路天峰对面的座位上，她戴了一副平光眼镜，又简单地卷了卷头发，整个人的形象气质顿时改变了不少。

"对不起，这是我的严重失误。"路天峰诚心向童瑶道歉。

童瑶摇摇头。

"你那边情况如何？"路天峰又问。

童瑶言简意赅地说了警方内部调查的情况，还有罗局对自己布置的特别任务。原本她的计划是和路天峰碰面之后，联手审讯汪冬麟，然而现在一切都要推倒重来了。

"我们必须尽快找到汪冬麟。"童瑶说道。

她没说出来的后半句话是，如果汪冬麟就此逃脱，很多人的命运将会迎来毁灭性的打击，包括她自己的。

"你通知罗局了吗？"路天峰心底在隐隐作痛，那么多人信任他，他却把事情搞砸了，这种感觉太难受了。

"发短信告诉他了，他还没回复。"

没有回复，也是对他们的一种信任，否则罗局就该下令让童瑶将路天峰带回警局了。

路天峰喝了一口咖啡，缓缓地说："我们要抢在警方前面找到汪冬麟，否则今天的一切努力都白费了。"

"我突然想起一个人。"童瑶说，"他曾经是我们局里追捕嫌疑人的第一高手，不过后来因为跟领导闹矛盾，辞职离开，自己开了一家侦探事务所……"

"我知道你说的是谁。"路天峰无奈地苦笑起来，"'猎犬'章之奇，据说没有那家伙找不到的人，也没有他挖不到的料，但他好像很讨厌警察吧？"

"他只是讨厌警察，但并不讨厌钱。"童瑶指了指窗外，黄家村购物广场门前的大屏幕上，正转播着本地电视台的号外新闻。

屏幕的下方，一行红色的硕大字体写着——汪冬麟逃狱案，警方将悬红奖金增加至三十万。

"你知道他的侦探事务所在哪里吗？"路天峰问。

"一个租金便宜、鱼龙混杂的地方，群贤大厦。"童瑶在手机上打开导航软件查了查，"步行距离十五分钟。"

"那还等什么，走！"

五月三十一日，下午五点二十五分，群贤大厦，章之奇侦探事务所。

这家所谓的侦探事务所，其实只是个十二三平方米的玻璃隔间，玻璃门上贴着开始褪色的"章之奇侦探事务所"几个大字，里面也只有一张办公桌、一台老旧的电脑和堆积如山的报纸杂志。

章之奇连个助手都没有，倒不是因为他穷，而是因为没有人能忍受这里的工作环境。再说，他也不喜欢跟不如自己聪明的人一起工作。

但在章之奇的眼中，跟他一样聪明的人实在太少了。

所以他成了同行口中的"独行侠"，不过他更喜欢自己在警队工作时获得的那个外号——猎犬。

一只从来不会错过任何猎物的猎犬。

章之奇的收费价格要比其他大型事务所贵一倍以上，加上他那副平平淡淡的长相，就像个扔进人群里都找不回来的普通大叔，让不少委托人提前就打起了退堂鼓。

章之奇一点都不介意这种状况，他甚至觉得这样也挺好的，能替自己过滤掉不少不够聪明的客户——笨蛋总是特别麻烦，干脆全心全意去赚聪明人的钱。

这里的营业时间也很随缘，没有调查工作的时候，章之奇每天早上睡醒了就跑过来，待在小小的办公室里上网、聊天、玩游戏，觉得累了或者困了，就马上关门，回家睡觉。

"准备回家吃饭吧……"章之奇伸了个大大的懒腰，正准备关上电脑离开的时候，有一男一女颇为不讲礼仪地直接推开玻璃门，闯入了他的领地。

"对不起，这里刚刚关门了。"章之奇微微皱起眉头，语气依然平静。

"前辈您好，我之前跟您见过一次……"童瑶忙不迭地说。

"我记得你，童瑶对吧？"章之奇打断童瑶的话，站起身，并没有招呼两人的意思，"那你也应该记得我上次说过，凡是警方正在侦查的案件我都没有兴趣掺和。"

"这次不一样。"童瑶直接将手机摆在章之奇面前，屏幕上是警方的最新悬红公告，"这次可是有三十万奖金的大单子。"

章之奇看了一眼，嗤之以鼻："警方的套路我还能不懂吗？这里写奖金最高三十万，又不是保证能给三十万。"

"你帮我们抓住汪冬麟，我保证悬红能给足三十万。"进门后一直没说话的路天峰终于开口了。

章之奇上下打量着路天峰，嘿嘿一笑："请问你是哪位呢？"

"路天峰……"

"D城刑警队第七支队副队长，正停职接受调查。"没料到章之奇替他说完了后半句话。

路天峰愣了愣。

"你认识我？"

童瑶碰了碰路天峰的手肘，在他耳边轻轻地说："他的黑客技术很厉害的，应该能够进入我们的内部数据库。"

"那么夸张？"路天峰咋舌。

"这不都是基本操作吗？"章之奇不以为然地摆摆手，"路天峰，我关注过你负责的案件，不得不承认，我根本猜不到你在办案过程之中，是怎么获得那些几乎不可能外泄的绝密情报的。"

对这种问题，路天峰自然是避而不答。

章之奇又在自己的电脑上认真看了一下汪冬麟逃脱的相关新闻和公告，随后陷入了沉思。

良久，章之奇才问："警方已经发布全城通缉令了，怎么还会派你们两个人来找我这个不入流的侦探？难道局长觉得我们几个人比全市的警察加起来还厉害吗？"

"我是以个人身份来这里的。"路天峰不得不简明扼要地说了一遍今天发生的事情，只隐去了关于时间倒流的部分。

章之奇安静地听着，一直没有打断路天峰的叙述。更难得的是，他全程连表情都没有发生任何变化，好像根本没有任何事情值得他惊讶。

"难道你从来没想过，汪冬麟可能会独自逃跑吗？"

"一开始我是提防着他的，但后来就……"路天峰叹了口气，原来当他觉得自己开始获取汪冬麟信任的时候，实际上正好落入了汪冬麟设下的陷阱。

"这个男人居然能骗过你？有意思，很有意思。"在听路天峰说话的同时，章之奇已经打开了警方内部关于汪冬麟连环杀人案的档案，不紧不慢地看着。

童瑶的猜想完全正确，这个男人不知道通过什么手段，可以轻松进入警方的数据库系统。

路天峰看了一眼手表，距汪冬麟逃走已经整整一个小时了。

"事不宜迟，如果你愿意帮忙的话，我们马上开始行动，最终能够抓住汪冬麟的话，所有的悬红奖金都归你；如果你没兴趣的话，我们就此告辞，不再打扰。"

章之奇淡淡地说："还说什么废话呢，我不是已经在研究汪冬麟的档案了吗？不过我事先声明，就算最后我们拿不到警方的悬红，你也得支付聘请我的酬金。"

"没问题。"路天峰一口答应。

"你最好先了解一下我这里的价格。"章之奇扔过来一张过了塑的 A4 纸，正是事务所的价目表。

路天峰只是随意地瞄了一眼，就说："这个价格很合理。"

"哦？"

"你有惊人的记忆力，能够记住只见过一面的童瑶，还能在茫茫的警员资料中记住我的个人信息；你有超乎寻常的黑客技术，可以在警方数据库里来去自如；你的心态很稳定，跟我们说话的时候几乎没有情绪波动；另外你的相貌很平凡，平凡到能够出现在任何地方都不显违和。你是一名天生的调查员，这个收费标准可以说是很优惠了。"

"路队过奖了。"章之奇仍然是那副宠辱不惊的样子，但语气明显客气了不少。

"希望我们能够合作愉快。"路天峰伸出手，跟章之奇快速地握了握。

站在一旁的童瑶偷偷地笑了起来，想起上次自己在章之奇这里吃过的闭门羹，心里就更佩服路天峰了。

"那么，接下来我们应该去哪里呢？"路天峰问。

"就留在这里。"章之奇指了指电脑屏幕，"我们先要彻底了解汪冬麟这个人，才能预测他的行为轨迹，而想查清楚一个人的底细，互联网就是最好的工具。"

"好，听你的。"

"不过，网络上倒是刚蹦出来一条关于你的新闻，看看吧！"

路天峰定睛一看，那是一篇社交网站的热搜文章，标题为"汪冬麟逃狱案，竟有警方内部人员暗中协助？我们还能相信 D 城的警察吗？"。

点开文章，里面不但有福和路案发现场的图片，还有路天峰的资料照。文中指名道姓地说，汪冬麟能够顺利逃脱，跟正在接受停职调查的路天峰有莫大的关系。

文章的下方，一大堆不明真相的网友群情激愤地留言评论，要求警方高层出面澄清事件真相，尽快捉拿凶手。更有人评论道，如果路天峰跟案件无关的话，请他立即露脸，以打消大家的顾虑。

"这招真狠。"路天峰苦涩地摇摇头。

"你知道是谁干的?"章之奇问。

"应该就是想杀死汪冬麟的那伙人吧……"

"我想起来了,汪冬麟逃脱的消息同样是被匿名网友抢先爆料的。"童瑶拍了拍脑袋,恍然大悟,"原来敌人一直在暗中放枪,真是卑鄙。"

章之奇敲打着键盘,若无其事地说:"放心吧,有我在,一定能把他们查出来。对了,这可是要另外收费的。"

6

五月三十一日,下午五点三十五分,路天峰家。

陈诺兰睡了个心满意足的下午觉,精神抖擞地走出家门。她准备开车前往摩云镇,虽然明知道路天峰不在那里,但如果她不在七点钟"赴约"的话,警方一定会生疑的。

只是她没料到刚下楼,就有一个戴着眼镜、手里拿着话筒的男人窜了过来,粗鲁地将话筒递到她面前。

"陈小姐,请问路天峰先生在家吗?"

怎么回事?陈诺兰莫名其妙地瞪了一眼这个男人,不加理会,转身就走。

然而一个身材矮小、文质彬彬的女生又挡住了她的去路。

"陈小姐,我想问一下,你今天见过你的男朋友路天峰吗?"

陈诺兰皱起了眉头,她已经看见至少有十个人从四面八方涌过来,他们手中拿着话筒、手机或者 DV,自己一下子就被团团围住。

"网上的传言是真的吗?"

"路天峰为什么会被停职调查?"

"据传路天峰是因为不满停职处理，所以故意放走汪冬麟，以报复社会？"

"陈小姐，你知道些什么，请正面回应！"

七嘴八舌的声音吵得让陈诺兰的脑袋都大了一圈，她还没有看到网上传播的消息，也搞不清楚为什么记者会对她围追堵截。但从这乱七八糟的只言片语之中，她大概猜到发生了什么。

"对不起，我什么都不知道。"陈诺兰扔下这句话就想突围而去，但哪有那么容易？有人甚至放肆地伸手拉住她的上臂，阻止她离开。

"陈小姐，你现在要去哪里？"

"你是否正在接受警方的调查？"

"有什么话想对网友说的吗？"

陈诺兰连连摇头，但这帮人还是像蝗虫一样缠着她，一时之间，她无法脱身。

这时候，突然有人大喝一声："干什么呢？要不要跟我回警局慢慢聊？"

众人被吓了一跳，回头一看，一个男人正气势汹汹地往这边冲过来。

陈诺兰看到来者是余勇生，提着的一颗心终于放了下来。

"散开，都散开，我要带陈诺兰回去问话。"余勇生扮演起老本行，毫无破绽。

"这位警官，你不能干涉我们的采访权……"有个胆大的记者抗议道，然而余勇生狠狠地瞪了他一眼之后，他就把后半句话吞回肚子里了。

"你们这些家伙，谁有正儿八经的记者证？有就拿出来，没有就请自觉散退，别逼我来真的，可以吗？"余勇生强硬地说，目光一一扫过众人的脸。

他看准了这些一窝蜂跑来挖料的所谓记者，基本是没什么资质的网络媒体，哪可能有什么记者证。

果然，此言一出，一群人的气焰顿时下去了。余勇生趁势分开人群，帮陈诺兰脱困。

"什么情况？"陈诺兰小声地问。

"边走边说。"余勇生脚下没有停步，"来这里的路上，我用手机刷了一下新闻，发现有人在网上抹黑老大。"

"难道是把他跟汪冬麟硬扯在一起了？"陈诺兰聪慧过人，一点就透。

"是的，恐怕这下子逼着警方把老大也列为通缉犯了。"余勇生叹气道。

"那你没事吧？"陈诺兰知道余勇生的任务，也知道出事后警方肯定会对他好好审问一番，没想到他那么快就能全身而退。

"我是诱饵。"余勇生苦笑了一下，指了指脚下，"他们在我身上问不出什么东西，干脆放我出来，指望我会去找老大接头，现在我的鞋底就有个追踪器。"

"你明知道有追踪器，干吗不拆掉？"

"我故意按兵不动，让他们觉得我只是个莽夫。"余勇生耸耸肩，"诺兰姐，你觉得我跑去什么地方比较好呢？"

陈诺兰眼珠一转，笑道："真巧，你正好可以跟着我一起去摩云镇。"

五月三十一日，傍晚六点，摩云镇，猫窝咖啡馆。

程拓坐在几小时之前路天峰和汪冬麟坐过的卡座上，心不在焉地看着窗外。夕阳西下，夜色将至，摩云镇的街道也慢慢热闹起来。

但眼前的热闹，却驱不散程拓心头的冷意。

他觉得自己很可能上当了。

猫窝的老板娘，一眼就认出了照片和通缉令上曾经在这里喝过咖啡、密聊了一个多小时的两个男人，并说他们俩看起来关系很好，像是相识多年的老朋友。

而派到附近调查的同事们也有所斩获，户外用品店的老板说路天峰曾经来买过帐篷，面包店的服务生见过汪冬麟，说他买了一大堆面包，书店店员则说有个很像汪冬麟的人在店里买了一本越野专用的摩云山详细地图册。

种种迹象表明，路天峰和汪冬麟准备潜入摩云山地带，而他们一旦进入这片山脉的未开发地区，那么想要找出二人，无异于大海捞针。

"程队，陈诺兰正在开车前来摩云镇，另外，我们发现余勇生也在她的车上。"一名年轻下属急匆匆地跑过来汇报最新情况。

"他们俩怎么一起过来了？"程拓的眉头锁得更紧。

"估计是要跟路天峰碰头吧？我们正好将他们一网打尽。"

"陈诺兰明知道我们一直盯梢她，还大摇大摆地跟路天峰见面？再说，余勇生也不是傻子，我们在这个节骨眼上放了他，到底是什么原因他会不明白吗？"程拓长叹一声，"这地方越来越不对劲，我们很可能又要白跑一趟了。"

"程队……"年轻人似乎还想说点什么，但又不敢说。

"继续搜索吧，我联系一下总部，其他部门的工作也不能停歇，别光指望我们这里收网抓人。"

程拓的手机响起，他一看，是罗局，赶紧接通了电话。

"罗局，请指示。"

"最新消息，路天峰和汪冬麟两个人已经不再一起行动。汪冬麟很可能不在摩云镇，而是在 D 城。"

"罗局，您的消息来源可靠吗？"程拓背后惊出了一身冷汗，他在前线指挥依然感觉迷雾重重，坐在办公室里头的局长怎么会有如此精确的情报呢？

"绝对可靠，马上调整人手安排。"

"明白！"

程拓挂断电话，无奈地摇摇头，摩云镇的行动已经是箭在弦上，不得不发，他又能怎么调整安排呢？

这件事真是水太深了。

五月三十一日，傍晚六点十分，群贤大厦，章之奇侦探事务所。

章之奇在噼里啪啦地敲打着键盘，切换操作着屏幕上同时打开的四个不同的程序窗口，此刻他绝对不希望被其他人打扰。

因此路天峰和童瑶都很自觉地坐在一旁，默不作声，各拿着一本过期杂志，漫无目的地翻看着。

键盘敲击的声音突然停了下来，路天峰下意识地抬起头，正好迎上章之奇的目光。

"怎么样？"路天峰问。

"有点眉目了。"章之奇的语气依然平静。

"说说看！"路天峰有点激动。

他非常清楚追查汪冬麟的难度，而章之奇只不过用了大半个小时，能够气定神闲地说出"有点眉目"，已经很不简单了。

"其实只要找对了突破口，这事并不算很难。"章之奇的脸上终于露出了一丝笑意，"两位觉得，突破口在哪儿？"

没想到章之奇还会卖关子，路天峰愣了愣，看了一眼童瑶，童瑶也是一脸无奈。

章之奇继续说："突破口其实就在路队身上。"

"在我身上？"

"没错，路队这次行为是早有准备的，然而汪冬麟并没有准备啊。一个没准备的人，怎么会突然抛弃有充分准备的同伴，独自逃亡？他身上连一分钱都没有，可以往哪里逃呢？"

路天峰突然想明白了为什么自己对汪冬麟的戒心一直不重，因为他觉得汪冬麟必须依附于自己，才能顺利逃亡。

　　只是汪冬麟用实际行动告诉路天峰，他想错了。

　　"所以我的推论有两点：第一，一定存在一个汪冬麟绝对信任的人，让他可以放心去投奔；第二，汪冬麟必须解决交通问题，或者弄到一点应急的零钱。"

　　"相比之下，还是零钱稍微好解决一点。"童瑶说。

　　章之奇点点头："我也是这样想的，路队，如果你遇到类似的情况，会怎么样解决？"

　　"我大概会想办法偷一点钱吧。"路天峰讪讪地说。

　　"汪冬麟也很可能用类似的办法，不过从他之前的犯案记录来看，他更习惯利用个人魅力去达成目标。如果我是汪冬麟的话，我会想办法哄骗一个小孩子，拿走他的交通卡。"

　　路天峰不由得暗暗称奇，这方法不但更安全，而且成功率高，确实很符合汪冬麟的风格。

　　"汪冬麟逃跑的钟点，恰逢附近两所小学和一所中学的放学时间，因此我搜索了一下城市交通卡的数据库，列出那三所学校当中所有申请了学生优惠卡的人员名单，一共八百三十五人。"

　　普通的交通卡是不记名的，但学生卡因为乘车时有半价优惠，所以需要实名申请，以保证使用者是学生。章之奇的这个思路，一下子将调查范围明确下来了。

　　"在下午四点半之后，有使用记录的学生卡一共有一百七十三张。我提取了这些交通卡的使用信息，再对比卡主的家庭住址和历史使用记录，基本上能够确认其中的一百七十张交通卡并无异常，有可疑的就这三个。"

　　章之奇说起来轻描淡写，但实际上他需要翻查好几个地方的数据库，再用巧妙的方法做出对比筛选，才能那么快地锁定目标。轻松完成这一切的他，真不愧猎犬之名。

路天峰看了看，其中一张交通卡是在地铁上使用的，从黄家村入站，在 D 城大学出站；另外两张交通卡是在公共汽车上使用的，两人乘坐的都不是平日乘坐的线路。

"这两个人好像乘坐的是同一辆公共汽车？"童瑶问。

章之奇定睛一看："是的，238 路，是同一辆。"

"看一下交通卡的登记信息。"

"杨建、庞菲菲，两人都是黄家村中学的初三学生，同班同学。"

"一男一女吗？那会不会是小情侣一起偷偷溜出门玩耍？"童瑶笑着说。

路天峰指着那一条乘坐地铁的使用记录，说："还是这个最可疑，别忘记了，汪冬麟跟 D 城大学可是有千丝万缕的关联。"

童瑶犹豫了一下，说："但他应该知道，自己工作和生活的地方会受到严密监控，跑回大学未免太危险了吧？"

"兵行险着，我们首先要确认一下，使用这张交通卡的人是不是汪冬麟。"

路天峰看了一眼章之奇，章之奇则耸耸肩，做了个无奈的手势。

"别催，我正在想办法看地铁上的监控，再给我五分钟……"

话音未落，室内的灯光突然全灭了，眼前顿时漆黑一片。

停电了。

"你这里经常停电吗？"路天峰警觉地问。

"不，第一次。"章之奇拉开了抽屉，拿出某件东西递给路天峰，"我知道你在担心什么，拿好了，电棍。"

"小心点。"路天峰叮嘱童瑶，而童瑶更是将佩枪拔了出来。

群贤大厦内部几乎没有自然采光的设计，停电之后到处都是黑乎乎的，走廊上连最基本的应急灯都没有。虽说现在已经六点多，但不少公司的员工还在加班，于是抱怨的声音此起彼伏，还有些人不知道为什么相互吵起架来。

"安全出口在哪里？"路天峰压低声音问。

"有两个，出门左拐、右拐都可以，一直走就是。不过现在外面似乎有点混乱，我建议先按兵不动。"章之奇冷静地说。

"不，我们去隔壁。"路天峰当机立断，领着两人出门。

隔壁是一家电子商务公司，面积有章之奇事务所的三倍大小，章之奇认识他们的前台，简单打个招呼后，也不管对方介意不介意，径直走进去。

"奇哥，这是怎么一回事啊，突然之间就停电了？"年轻的前台妹子问。

"我也不知道，不过我需要暂时借用一下你们的办公室。"章之奇故作神秘地说，"我这两位顾客都是贵人，我那边地方太小了，一停电没了空调就特别憋闷。"

章之奇边说边塞了点什么东西给前台，那女孩笑了笑，就当什么都没看见。

走廊上人声鼎沸，吵吵闹闹，依稀还能听到有人在斥骂。

"你瞎啊你，怎么走路的！"

"喂，有没有素质？"

然而被责骂的人却什么都没有说。

"小心点，很可能是敌人。"路天峰提醒道。

三道手电筒的光芒来到走廊处，紧接着，耳边传来玻璃碎裂的声音，来者直接踢开了事务所的玻璃门。

"这玻璃门的钱还要另算啊！"章之奇小声嘀咕着。

来者面对空无一人的事务所，竟然是一声不吭。沉默过后，又迅速地撤退。

路天峰并不愿意轻易放过他们，向童瑶打了个手势后，悄然无声地回到走廊上，借助黑暗和混乱跟了上去。

"这个时机选得真好。"章之奇轻声赞扬了一句，竟也蹑手蹑脚地跟在后头。童瑶当然不可能一个人留在这里，只好一起行动。

漆黑的走廊上，三道来势汹汹的影子分开人群，往安全出口方向奔去。

毫无征兆地，其中一道影子不再移动。

路天峰知道几米开外的敌人大概是察觉到自己正被跟踪，但他却丝毫没有犹豫，以原先的速度继续向前走着，边走边说："劳驾，请让一下，谢谢。"

那男人的身高和路天峰差不多，几乎是下意识地往旁边挪了挪身子，好让路天峰通过。

而正在路天峰与男人擦身而过的瞬间，路天峰猛地出手，直取对方的喉头。

昏暗光线之下，电光石火间，男人竟然没有被一下子击倒，而是用粗壮的手臂格挡住路天峰的攻击。

一流的身手，专业的招式，路天峰几乎可以断定这就是下午在铁道新村袭击自己和汪冬麟的那伙雇佣兵。

说时迟，那时快，其他人可都没有闲着看热闹。章之奇反应最快，滑步上前，一记扫堂腿，攻击的正是对方最难防备之处；而童瑶和另外两个雇佣兵，不约而同地摆出准备射击的姿势。

路天峰怕误伤群众，连忙大喊："快躲开！"

童瑶当然不会随便开枪，然而对方可不管那么多——"砰！"

在这狭窄而封闭的走廊上，子弹出膛的声音震耳欲聋。

与此同时，章之奇恰好将敌人扫倒在地，路天峰不等对方有挣扎的机会，狠狠地踢在那家伙的后脑勺上，直接把对方踢晕过去。

"躲开！"

"砰！砰！砰！"

又是三枪，路天峰和章之奇狼狈地往两旁打滚，以求自保。

童瑶开枪还击。她的优势在于敌人的位置更接近安全出口，环境光线相对要充裕一些，有利于她瞄准。

但另外一把冲锋枪的声音打破了看似均衡的局势。

"突突突——"

尖叫声、哀号声、玻璃碎裂声、物品摔破声，仿佛是无数个声音同时响起，充斥了整个空间。

路天峰将身子紧贴到墙边，等待一梭子弹扫射完的空隙，他才铆足劲，将手中的电棍飞甩出去。

"咣当——"电棍重重地砸在安全出口的铁门上。

虽然没有击中敌人，但对方为了闪避，暂时让出了最有利的攻击位置。

敌人攻势一缓，路天峰和章之奇立即心意相通，同时伸出手抓住那个昏迷倒地的男人的脚踝，用力地将他往回拉。

只要能抓住活口，好好审问，一定可以查出对方是什么来头。

"童瑶，掩护我们。"

"收到！"

童瑶不再吝啬子弹，连连开枪，实行火力压制，好让路天峰和章之奇能够顺利带走嫌犯。

对方很清楚此地不宜久留，于是也拼了命一般开枪还击。一轮枪林弹雨过后，两名雇佣兵从安全出口逃跑，而路天峰也不敢追赶，赶紧打开手电筒，查看四周状况。

到处都是玻璃碎片，不少人倒在地上，脸上和手脚都沾有鲜血。但幸运的是，伤者似乎只是被碎玻璃划伤，并没有人中枪。

唯一中枪的人，是那个失手被他们抓住的男人，他的胸前有两个黑黝黝的弹孔，大腿上也中了一枪，浑身是血，看样子已经没救了。

"下手真狠。"路天峰知道，这是另外两名雇佣兵撤退时，将子弹全部往同伴的身上招呼，杀人灭口。

章之奇探了探那人的鼻息，又摸了摸脉搏，摇头道："死了。"

"报警，叫救护车，然后我们赶紧走。"路天峰的胸口突然一紧，讨厌的阵痛真是如影随形，挥之不去。

"接下来去哪儿？"童瑶问。

"D城大学。"路天峰心想，现在得分秒必争了。

7

汪冬麟的回忆（三）

或许我就是一个被诅咒的人，幸福这种东西，注定与我无缘。

在别人眼里，我已经从几年前父母双亡的阴影之中完全走出来了，我有一份稳定并受人尊敬的工作，住在学校分配的房子里，有一个对我千依百顺、已经谈婚论嫁的女朋友。在工作之余，我利用大量的空闲时间，重新拾起了荒废多年的国际象棋，甚至在一些低级别的业余比赛里斩获过冠军。

他们说，这样的生活，真是美煞旁人。

而只有我最清楚，真正的阴影一直没有散去。

每次跟小棉在一起的时候，我都要去回想母亲溺亡的那一幕，才能成为真正的男人。但随着时间的推移，那一幕的记忆也在渐渐褪色。

小棉也察觉到我对她的"兴趣"似乎在逐渐降低，不过她以为我只是有点厌倦而已，所以她使出浑身解数，想重新激发起我对她的热情。

可一旦她发现问题出在我身上，她会怎么想？

当年茉莉说过的刻薄之词，依然在我的耳边回响着。

我绝对不能破坏自己在小棉心目中的完美形象，但我又有什么办法呢？

我只能眼睁睁地看着我们之间的裂隙越来越大，再这样下去的话，我会失去她的。

更可怕的是，我担心她知道了我的秘密后，会将这件事当作茶余饭后的笑话一样，告诉其他人。那样一来，全世界都知道我只是个懦弱、无能的男人。

我开始借助酒精来麻醉自己，小棉每隔一两个周末就会回一次住在邻市的父母家，而每当她不在家的时候，我就会一个人开着车，去离学校很远的地方喝酒。

酒后驾驶当然是件危险的事情，但我每次都只喝一两杯，不让自己失去意识。这种违反规则的快感，能让自己感受到莫名的刺激。

我需要刺激，需要更强烈的刺激。

命运女神终于给了我一次机会。

那一天，小棉不在家，我跑到南郊一家刚开张的夜场里尝鲜。那里的年轻人比较多，音乐也有点吵闹，我只点了一杯莫吉托，就慢腾腾地喝了一整夜。

当我离开的时候，才发现天空飘着细细的雨丝，露天停车场的地面变得泥泞不堪，我不禁咒骂自己，明明全市有那么多酒吧、夜店可以挑选，今晚为什么非要来这里呢？

然后，我得到了答案。

我远远地看见一个身穿红色衬衫、牛仔短裙的女生，一手拿着雨伞，另外一只手扶着我车子的后视镜，姿势别扭地踮起脚尖，好像要趴到引擎盖上一样。我估计她已经醉得七七八八了，雨伞根本就没能遮住身子，上半身的衣物几乎湿透了。

"这位小姐……"我还是客客气气地向她打了个招呼。

"啊，老师，果然是你！"女生回过头来，是一张有点熟悉的面孔，但我一时记不起她的名字了。

"你好……"我犹豫地说。

即使是在如此昏暗的光线下，也能看出女生的脸红扑扑的，她笑着说："我就记得老师的车子是这个颜色的，然后看到那个……我们学校的通行证……"

我顺着她的手指看过去，哦，原来是D城大学的内部停车证。

"你也是我们学校的吧？我好像见过你！"

"嗯，哲学系大三学生，江素雨，去年在学生处勤工俭学。"说着说着，她身子打了个哆嗦。

我连忙打开车锁，邀请她上车："很晚了，你要回学校的话，我送你一程吧？"

江素雨也不跟我客气，点了点头就开门上车。让我没想到的是，她刚在副驾驶座上坐稳，眼泪就噼里啪啦掉下来了。

"呜呜呜——"她不停地哭，我一边开车一边劝说她，却毫无效果。

没办法，我只好找了个偏僻的地方将车子停下来，好好劝慰她。十分钟后，她终于稍微平复了心情，断断续续地说出了自己今晚为什么会出现在这里。

原来江素雨突然被相恋多年的男朋友抛弃了，在狠狠骂了一顿渣男之后，伤心欲绝的她跑出校门，随便跳上一辆公交车，一口气坐到了终点站，又刚好看见这家灯红酒绿的夜店，于是人生第一次踏入酒吧的大门。她数了数身上的现金，将酒单上的鸡尾酒都点了一遍，把自己这个月的生活费都喝光了。

喝得半醉半醒的她，才发现公交车早就已经停运，身上的钱又不够打车回学校，更倒霉的是，早先跟男朋友翻脸时她摔坏了自己的手机，连开机都开不了。大概是酒后壮胆的缘故，她居然冒雨跑到停车场里，准备随便搭讪某个司机，哀求人家送她回学校，正是这时候，她认出了我的车子和学校的通行证。

"素雨，你的运气真好啊！"

"呜呜呜……运气好……就不会……遇到渣男了啊……呜呜呜……"她大概是哭累了，加上酒精的作用，说话的声音渐渐低了下去。

"别哭了，休息一下，这里回学校还要大半个小时呢。"

"嗯……呜呜……"

"你冷吗？"我看她在瑟瑟发抖，顺手将我的外套披到她身上。

江素雨没有回答，她已经歪着脑袋，靠在座椅上睡着了。

我的耳边突然响起另外一个声音，声音的主人是一个男人，一个冷静、无情、恶魔般的男人。

"带她回家吧。"那个男人说。

"不，我对她没兴趣。"我争辩道。

"你没有，但我有。"

接下来，我似乎成了旁观者，眼睁睁地看着那个男人开着车，将昏睡的江素雨带到自己的家里。

我完全阻止不了那个男人。

我曾经抱怨过学校分配给我的房子在宿舍区的最角落处，还是最为潮湿的一楼，还抱怨过上一任屋主在面积并不大的浴室里装了个华而不实的浴缸。

没料到这一切，反倒成就了那个男人的邪恶计划。

他将车子停在家门口的棚子底下，这样就可以在不被任何人看见的情况下，把江素雨带到屋内。

换了别的男人，可能会将昏迷不醒的女生抱到床上，但那个男人却毫不犹豫地直奔浴室，托着她的腋下，吃力地将她放进浴缸里。

江素雨梦呓般哼了两句，没有醒来。

那个男人开始脱掉她的衣服，再整齐地叠在一旁，而她浑身软弱无力，下意识地配合着男人的动作。

女孩很快就恢复了出生时不着一物的状态。浴缸一直在放水，水温不冷不热，正适合泡澡，睡梦中的她大概也感受到了舒适和温暖，红着脸，露出幸福的笑容来。

那个男人也绽放出灿烂的笑容。

"不要，不要这样！"

我拼尽全力呐喊着，却没能发出任何声音。

浴缸的水位越来越高，那个男人也越来越兴奋，越来越激动。

他温柔地抚摸着少女的身体，又拿来沐浴液，替她仔细地拭擦着每一寸肌肤。他的动作很轻很轻，生怕会弄醒熟睡的她，从而破坏了美好的气氛。

终于，浴缸的水满了，少女也洗得干干净净，一尘不染。

他吻了吻她的额头，然后按住她的双肩，将她整个人压到水面以下。

水流涌入呼吸道的瞬间，少女惊醒了，她恐惧地睁开双眼，无法相信面前正在发生的一切。她胡乱地蹬着双腿，试图挣扎，但尚未开始真正发力，无助的挣扎就宣告结束了。

少女瞪圆双眼，静静地泡在水中。

她好像在问我——为什么不救她？

"我没有办法啊！"

因为我就是那个男人，那个男人就是我啊！

我终于长舒一口气，杀死江素雨的过程，比当初杀死母亲要刺激一百倍。

我希望这一剂猛药，足够我跟小棉好好过完这一辈子。

于是我坐到浴缸边上，拉着少女余温尚存的手，轻声地说："谢谢你，江素雨同学，我会永远感激你的。"

8

五月三十一日，傍晚六点二十分，摩云镇，警方指挥车上。

程拓愁眉深锁，一直在想着罗局对自己的叮嘱，却越想越觉得不对劲。罗局那句"马上调整人手安排"，可以有很多种不同的理解方式，领导该不会是想要撤销在摩云镇的行动吧？

"程队，陈诺兰的车子到摩云镇了。"下属的汇报让程拓回过神来。

"具体位置！"

"她在酒吧街附近放下了余勇生，然后……往老区方向去了。"

摩云镇的新区是热闹的游客聚集地，而老区那边则都是居民住宅，程拓没想到陈诺兰和余勇生会兵分两路，更没想到陈诺兰会直奔老区。

"她是不是有什么亲戚朋友住在老区？赶紧查一下！"程拓心中暗暗叫苦。

"陈诺兰有两个姨妈住在摩云镇……"

"糟糕！"程拓狠狠地拍了拍大腿，"立即派人去她姨妈家，严密监视。"

另一边，跟踪余勇生的同事回报，余勇生好像是随意挑选了一家酒吧，坐下来点了一杯啤酒，正慢条斯理地喝着，一点也不像在等人的样子。

"程队，陈诺兰已经到她姨妈家，我们用望远镜可以看得很清楚，屋内一共有四个人，陈诺兰、她的姨妈姨丈，还有一个小男孩，应该是陈诺兰的表弟。没有发现路天峰或者汪冬麟的踪影。"

汇报信息接踵而至，但都不是好消息。

完全上当了。这时候，程拓怀里的手机振动起来。

"我是程拓，请说。"

"程队，出事了，黄家村的群贤大厦刚刚发生枪战。"电话那头是吴国庆。

"枪战？"程拓还没搞懂这跟自己有什么关系。

吴国庆飞快地说："是的，有监视视频可以证实，当时路天峰出现在枪战现场。"

程拓自嘲地笑了，他在摩云镇布下的天罗地网，最终还是竹篮打水一场空。

那条狡猾的鱼儿，早就溜走了。

五月三十一日，傍晚六点四十五分，D城大学，教工宿舍区。

"汪冬麟的家就在那边。"童瑶指着不远处的那栋楼说，"一楼最角落的单元，在大路这边看不见。"

路天峰观察着四周的状况，目光最终停留在路边的一辆白色面包车上，说："这样一来，可以选择的监视地点并不多啊。"

章之奇同样盯着那辆车，对他们这些经验丰富的警察而言，只要看一圈现场，就能猜到警方布置盯梢的位置。换句话说，他们也能够对此做出针对性的战术布置。

"所以，我们要尝试进去吗？"童瑶问。

"汪冬麟的妻子王小棉应该还住在这里，汪冬麟跑来这里，会不会就是去找她呢？"章之奇推测道。

路天峰摇摇头："汪冬麟应该很清楚，自己的妻子一定会被严密监视，去找她的话等于自投罗网。"

"或者他们之间有某种特殊的通信方法？"

路天峰和童瑶对视一眼，确实，汪冬麟这个人有可能足够聪明，早就准备好跟妻子秘密通信的办法了。

这时候，章之奇有意无意地说了句："王小棉这个女孩子也不简单，汪冬麟闹出那么大的事情来，她不但没有变成他的前妻，居然还敢继续住在杀人现场，真是心大啊！"

路天峰心中泛起一股怪异的感觉，章之奇的话真是一针见血，王小棉的所作所为确实不是普通女生能做到的。如果说她会舍命保护汪冬麟，那也很合理。

看来，他们必须想办法会一会王小棉。

几分钟后，童瑶敲了敲那辆白色面包车的车窗。

车内两名年轻的警员看见一张陌生的脸孔，顿时紧张起来。

"刑警大队第一支队，童瑶。"童瑶出示了警官证，"汪冬麟的妻子出过门吗？"

这种没有任何铺垫和解释，一上来就直奔主题的气势，反而让两位年轻人放下了戒心。其中一人老老实实地答道："她一直待在家里，没有出门，也没有可疑人物靠近过。"

"那就好……"

童瑶话音未落，突然有一辆自行车飞快向她冲来，眼见就要撞上她。童瑶惊叫一声，猛地往旁边跳开，自行车的骑手也失去了平衡，跌倒在地，自行车则狠狠地撞上停在路边的面包车。

"你搞什么啊！"童瑶怒斥。

自行车骑手唯唯诺诺地向童瑶点头哈腰，嘴里不停说着对不起。而这冒失的男人正是章之奇。

接二连三的意外变故分散了两位年轻警察的注意力，虽说他们很快就重新投入监视工作之中，但路天峰已经抓住这小小的空隙，溜到宿舍楼里头。

路天峰轻轻地敲了敲门，很快，一位面容憔悴、身材娇小的女子打开了门。

"谁啊？"

"警察，来找汪太太了解一些情况。"路天峰扬了扬证件。

王小棉也没细看，垂着头应了一声"哦"后，就请路天峰进门。也许是因为她接受了太多次警察的盘问，对此早已麻木了。

"汪太太最近过得还好吗？"

王小棉愣了愣，没想到这位警察会以这样一句话作为开场白。

"还可以。"她犹豫着回答。

"今天压力应该挺大的吧？"

王小棉看不穿眼前这位警察的来意，越发谨慎了，一言不发地咬着嘴唇。

路天峰又抛出一个假鱼饵："汪冬麟今天逃跑后，警方目前能够掌握的信息显示，他最后一次出现的地点是 D 城大学。"

出乎意料地，王小棉听了这话，脸上流露出一丝恐惧的神色。

"他回来干吗？"

"有可能是想联系你，因为他身无分文，根本跑不远。"

王小棉向后缩了缩身子，连连摇头。

"不，他不可能来找我……就算找我，我也不会帮他！"她有点歇斯底里地喊道。

"为什么？他毕竟还是你的丈夫——"

"我恨他！"王小棉咬牙切齿地打断路天峰的话，"难道你们不明白吗？他根本不爱我，他只想要一个对他死心塌地的女人，'娶妻生子'是他自认为需要完成的人生成就，而我不幸成了牺牲品。"

"那你为什么不离开——"

"离开？我能去哪里？"王小棉凄然地笑了起来，"那家伙被抓起来的时候，我们才结婚不到半年，我的父母原本就反对这门婚事，东窗事发后更是不再认我这个女儿；亲戚朋友都把我当作瘟神一样，避之不及。我连一份稳定的工作都找不到，想出去另租一个房子，避开媒体的关注，却根本拿不出那个钱来。你以为我喜欢住在这里吗？浴室里面可是有三位无辜女生的冤魂未散啊……"

王小棉越说越激动，面红耳赤，胸部不停地起伏着，像是压抑了很久的话，终于能够一吐为快。

路天峰心里有点相信她的话是真的，汪冬麟应该没有回来过。

但他为什么要特意跑到 D 城大学地铁站？

胸口忽然一阵发闷，路天峰想到了一种更可怕的可能性——汪冬麟正在模仿自己的战术，他只用了短短几个小时，就在自己身上学会了所有逃脱警方追捕的思路精髓。

他出现在附近的唯一原因，就是要误导路天峰。

"如果真是这样的话，这个男人实在太恐怖了……"路天峰自言自语道。

"不对，我觉得他根本不是人。"王小棉流着泪，冷冷地说。

五月三十一日，晚上七点，D 城北郊。

僻静的河边，有一辆红色小轿车歪歪扭扭地停在公路桥底，四下无人，车子则在不停地微微晃动着。

终于，晃动停止了。

衣冠不整的女人喘着大气，瘫在后座上，满脸红晕。

"坏蛋，刚才还骗人家，说你想去酒吧散散心，结果——"女人娇嗔着说。

"在这里散心也不错嘛。"汪冬麟笑着，把手探入女人的上衣。

"嗯……可人家还是想去摩云镇见识见识呢。"

"好啊，我保证，等会儿就带你去。"汪冬麟边说，边低头亲吻怀里的女人。

他早就知道，他的外在魅力就是他最大的武器之一，千万不要随便浪费。

一阵热吻过后，女人浑身发软，娇滴滴地呢喃道："够了……

快上路吧……"

"真的够了吗？"汪冬麟坏坏地盯着她。

女人羞涩地转过头去："嗯，够了，换你来开车吧？"

"好的，让我来送你上路。"

女人欣喜地点了点头。

汪冬麟心中暗暗叹息，这世界人的笨女人怎么那么多？

趁着女人低头扣纽扣的机会，汪冬麟举起右手，用手掌边缘狠狠地砸向女人颈脖后方。

"呜——"女人怪叫一声，整个人向前扑倒，脑袋撞在前座椅的后背上。

她只觉得一阵天旋地转，还没搞清楚到底发生了什么，后脑勺又被砸了一下，随即眼前一黑，失去了知觉。

汪冬麟扶着昏迷不醒的女人，将她拖下车，再慢慢地带到河边。

晚上的河水看上去是黑色的，比夜更黑。

"下辈子可不要轻易相信男人了哦。"汪冬麟蹲下身子，凑在女人的耳边，用最温柔的语气说。

女人似乎意识到什么，右手挣扎着抓住了汪冬麟衣服的一角，身体动了动，但没能醒过来。

而且再也没有醒来的机会了。

汪冬麟用力地将她的脑袋按到河水里头，然后哼起了儿歌：

"一闪一闪亮晶晶，满天都是小星星……不对，今晚可没有星星呢。"

没有星星，没有月光，头顶的天空和汪冬麟的内心一样，只有一片黑暗。

没多久，女人的手渐渐松开，无力地垂入河水之中。

四周一片寂静，衬托得汪冬麟的呼吸声格外粗重。

第三章
两个变量

1

五月三十一日，晚上七点三十分，D 城大学，教工宿舍区。

已经退休的袁成仁在楼下散完步，回到自家刚坐下不到两分钟，一壶热茶尚未泡好，门铃就响了。

"谁啊？"袁成仁一边问，一边慢吞吞地踱步去开门。

"袁老师，是我，章之奇。"

袁成仁打开门，看着门边的章之奇，先是愣了愣，然后哈哈大笑起来。

"哎哟，几年没见，怎么成熟了那么多呀！"

章之奇讪讪地笑着说："老师，我这不叫成熟，叫老了。"

"胡说八道，在我面前你有资格说'老'这个字吗？"袁成仁拍着章之奇的肩膀，师徒两人有说有笑地走进屋内。

袁成仁是国内排得上名号的犯罪心理学专家，当年章之奇在 D 城大学心理学系就读时，袁成仁是系主任，同时也任教本科生的犯罪心理学课程。

那时候的章之奇别的科目成绩平平，唯独犯罪心理学学得特别带劲，每次课堂讨论和做课题论文时，总是能拿出让人眼前一亮的观点。

有一次课间休息的时候，章之奇拿着一个美国案例找袁成仁讨论。袁成仁说了一番自己的观点后，又随口问道："章之奇同学，你对这门课程特别感兴趣吗？"

"是啊，我的梦想就是当一名犯罪侧写师。"

"呵呵，可是国内现在还没有专业的犯罪侧写师啊！"

"那就让我来当第一个呗！"章之奇的回答充满了年轻人特有的自信和激情，也让袁成仁记住了这名学生。

因此时隔多年，两人相见仍然十分亲切，没多少客套和寒暄，就直奔主题。

"之奇，你今天特意跑来这里，不会只是想跟我这个老头子叙旧吧？"

"实不相瞒，我现在靠干私家侦探的活儿混饭吃，而我今天接到的委托，是要追查这家伙。"章之奇把汪冬麟的照片摆出来，"警方的悬红金额已经到三十万了，这可不是一笔小钱啊！"

"汪冬麟？"袁成仁皱起了眉头，他也在电视上看到了汪冬麟逃脱的新闻，只是没料到自己的学生会加入追捕行动之中。

"袁老师，我看过汪冬麟的档案，他被国内三家专业机构鉴定为重度精神分裂、人格分裂、妄想症。其中一家鉴定机构，正是我们学校的犯罪心理学研究室——"

"我知道你想问什么，我确实参与了鉴定工作，在不涉及机密信息的前提下，可以回答你的某些问题。"袁成仁沏了两杯茶，笑着说，"当然了，这要看你提问的技巧如何。"

章之奇不由得想起了当年那个喜欢在课堂上用各种刁钻问题来锻炼学生的老师。

"以前都是您来提问，今天总算轮到我了啊！"章之奇想了想，才说，"我的问题只有一个，假如现在由您来担任追捕行动指挥官，您会怎么办？"

袁成仁先是愣了愣，然后哈哈大笑起来，为自己学生的狡黠而感到自豪。这只是一道情景模拟题，无论怎么说都不可能直接泄密，但要想好好解答的话，他又需要有意无意地使用自己掌握的内部信息，真是个怎么都不会亏的提问。

章之奇正是看准了袁成仁对犯罪心理学的敬畏，还有他那老顽童一样的个性，无论如何也不会含糊应付自己。

"我这把老骨头，还当什么指挥官啊！"袁成仁一口喝完手中的茶，叹气道。

章之奇自然听得出老师话中有话，也不多嘴，只是微微一笑。

袁成仁放下茶杯，眼中闪露出了气势逼人的锋芒。像他这样的人，必须要投入工作和思考之中，才能实现真正的自我价值。

"我觉得，在这种紧急情形下，汪冬麟会按照他的思维惯性行动，甚至很可能再次犯案，因此我会根据以下几个关键词去追查——第一个关键词是'水'，汪冬麟只以溺毙的方式杀人，他对'水'有着绝对无法释怀的执念。"

"那意味着河流或者湖泊，不过循着河流逃跑的可能性更大，毕竟这样能跑得更远，也更难被发现。"章之奇的脑海中已经浮现出整座城市的地图，按照袁成仁的推论，汪冬麟最有可能选择的路线莫过于沿着横贯 D 城的白云河逃亡。

"第二个关键词，是'人'，汪冬麟的个人魅力极强，口才出众，选择人口密集的地方，不仅易于隐蔽行踪，并且可以利用周边的人群替他打掩护。"

袁成仁边说边闭上了眼睛，他的脑海里面也像章之奇那样"挂起"一张地图，而在这张虚拟的地图上，白云河流域的人群密集点都被标上了记号。

"第三个关键词，你觉得是什么？"袁成仁还故意卖了个关子。

章之奇有着过目不忘的能力，汪冬麟的档案信息他记得一清二楚。四名受害者之中，有三人是在醉酒状态下被汪冬麟带走的，剩余一人则是喝下了掺有安眠药的鸡尾酒。

"是'酒'，汪冬麟喜欢在酒吧物色作案对象。"章之奇打了个指响，白云河沿岸、人来人往的场所、酒吧集中地，这三条线索都指向同一个地方。

摩云镇。

章之奇露出了恍然大悟的神情，袁成仁也赞许地点了点头。虽然师徒两人什么都没说，但他们都很清楚，对方已经懂了。

"老师，我还有一个疑问，您为什么觉得汪冬麟会继续按照固有模式犯案，而不会远远地躲开呢？"这是袁成仁分析推论的大前提，但章之奇对此并未能完全信服。

袁成仁竖起了大拇指："我之所以会做出这样的判断，是因为我在鉴定的过程中跟汪冬麟聊过好几次，很清楚他是个非常奇怪的病例。"

"奇怪？"

袁成仁一时半会儿没说话，似乎在斟酌着用词，过了好一阵子才再次开口："你还记得课本上关于人格分裂的描述吗？"

"解离型间歇性人格分离，患者体内存在超过一个以上的人格，表现特征通常有奇异的观念行为、反常癖好、言语怪诞、超自然感觉、冷漠、缺乏情感体验、孤僻等等。"

"不错，你还记得人格之间能够相互感知和沟通吗？"

"在大部分情况下，每一个人格会在特有时间段内占有主导地位和控制权，此时其余人格将形同消失；原始的第一人格或称主人格，很可能不知道其余次人格的存在，但次人格则通常都知道主人格的存在。次人格之间相互沟通交流的情况比较常见，但主人格与次人格之间的沟通则较为罕见。"

袁成仁点点头："但汪冬麟的情况不一样，他身上有两个人格。主人格缺乏自信，比较懦弱、友善，我将其称为'天使'；次人格则极度狂躁、性格暴虐、破坏欲强，我将其称为'恶魔'。他能够同时唤醒自己的两个人格，因此每一次犯罪，都像是'天使'与'恶魔'的合谋，这就是他能够骗取女性信任的重要原因。"

章之奇惊愕万分，说道："之前有过这样的案例吗？"

"美国曾经有类似的案例，但最终未能得到确切的证实，因此我对汪冬麟这个案例也很有兴趣。"

"那……他会不会只是假装自己具有多重人格，以逃避法律惩罚？"章之奇的这个疑问，其实也正是网上一直流传的说法，虽然有点哗众取宠，但乍听起来又似乎不无道理。

"不可能，汪冬麟的'天使'人格甚至要求法官判决自己死刑，坚决否认另外一个人格的存在，实际上他又能和'魔鬼'人格沟通……这种混乱的分裂导致他的精神状态极度不稳定，但光看外表的话，他比大部分人都更彬彬有礼、斯文优雅，具有很强的迷惑性。"

"所以目前他的状态已经是彻底失控了？"即使章之奇见惯了大风大浪，想到这里时仍然难免心头一凛。

"是的，我觉得他会继续杀人，直到被警察抓住，或者被别人杀死为止。"袁成仁重重地叹了一口气，不知道是不是因为无奈。

章之奇猛地站起身，坚定地说："老师请放心，我一定会将汪冬麟绳之以法。"

袁成仁笑了起来，用力地拍了拍章之奇的肩膀，说："加油，我相信你，相信这个世界一定是邪不胜正。"

章之奇点点头，笑容里却有种莫名的伤感。

五月三十一日，晚上七点四十分，摩云镇，酒吧街。

余勇生喝完了今晚的第三杯啤酒，放下杯子的时候，他才发现自己对面的座位上多了一个人。

程拓沉着脸，冷冷地盯着桌面上的空杯子。

"执行任务的时候，不应该喝酒。"

余勇生哑然失笑："程队，你怎么没喝酒反倒醉了？现在我既不是警察，也不是在执行任务。"

"路天峰交给你的任务呢？"

余勇生向酒保打了个手势，示意再来一杯，然后说："程队你误会了，我今天晚上来这里，纯粹是为了喝酒散心，根本没有什么任务。"

"那你为什么跟陈诺兰一起行动？"

"她要来摩云镇，我搭个顺风车呗。"

"大概一小时前，在黄家村群贤大厦发生激烈枪战，情报显示路天峰似乎也在现场。"

余勇生的表情毫无变化："哦，是吗？"

程拓知道自己无法从对方口中套取情报，叹了口气道："勇生，你没必要对我充满敌意，你们到底有什么想法，也可以跟我说……"

"程队，我真的只是来喝酒的。"余勇生敲了敲面前的酒杯。

"劝你们一句，收手吧，趁事情还没发展到不可收拾的地步。"程拓站起身来，余勇生却是安坐原位，一动不动。

程拓走出酒吧大门，守候在一旁的一名年轻警察立即上前，低声询问："程队，还需要继续盯梢吗？"

"留两个人在这里待命，其余人收拾一下，全部跟我走。"

"我们去哪儿？"

"立即赶回 D 城。"程拓咬牙切齿地说。

2

五月三十一日，晚上七点四十五分，D 城大学后门外。

路天峰一行三人坐在一家生意冷冷清清的奶茶店里面，每人面前都摆着一杯珍珠奶茶，却几乎没有动过。

童瑶一边听着路天峰和章之奇两边打探回来的消息，一边用吸管不停地搅动着她的那杯奶茶。

"所以袁老师认为，汪冬麟很可能往摩云镇方向逃去，并再次犯案，而这个可能性也完全符合路队的分析——他在模仿路队的逃亡战术。"

两个男人不约而同地点了点头。

"那么问题来了，我们为什么不立即动身赶往摩云镇？"童瑶略带焦急地说。

"有两个原因，第一点，我想等程拓的人收队了再过去，他们误以为我约了诺兰七点钟在摩云镇碰头，诺兰也肯定会配合我演戏。而当程拓发现上当后，他应该会将主力部队带回 D 城，再留下几个人在摩云镇继续监视。"

"有道理。"章之奇表示认同。

"第二点，我希望从这一刻开始，将我们跟汪冬麟之间的较量视为一盘棋。在棋局对战之中，不仅要看清楚对手走出了哪一步，还得想明白这步棋的用意；现在，我们除了要推测汪冬麟'在哪里'之外，还需要努力思考一下，他到底想'做什么'。"

"在哪里？做什么？"童瑶轻轻重复了一遍，脸上露出思索的表情。

章之奇哼了一声，说："我觉得事情很简单，他只是想杀人，因为他知道自己身上有精神鉴定结果这道免死金牌，就算再多杀几个人，被警方抓回去，也不会被判死刑。"

"所以他逃跑的目的，只是为了再次作案？"路天峰摇摇头，表示不同意，"我觉得汪冬麟的所作所为并没有那么简单。"

"路队认为他别有所图？"章之奇问。

"我一直很在意之前案件中那两件不知所终的'纪念品'，汪冬麟死活不肯说出把东西埋在哪里了，证明那对他有着非常特殊的意义。这次他选择冒险逃跑，会不会跟'纪念品'的下落有关？"

童瑶插话道："难道他把东西埋在摩云山里头了？"

"汪冬麟之前埋藏'纪念品'的地点，都在湖边……"章之奇显然也是想起了什么，若有所思地说。

"摩云山脚下，有白云河的源头，白云湖水库。"路天峰颇为肯定地说，"我猜汪冬麟的目的地可能在那里。"

童瑶面露难色："可白云湖水库面积有数百平方公里之大，湖岸地形复杂，光凭我们三个人怎么可能找到汪冬麟？"

"不管他想去哪儿，也一定要等明天白天才能行动。"章之奇打了个清脆的响指，"白云湖水库是重要水源保护区，晚上实施清场管理，人迹罕至，因此无论是开车还是步行靠近，都非常容易被发现。我觉得以汪冬麟小心谨慎的性格，他一定会等到明天白天再以游客身份进入湖区范围。"

路天峰连连点头："有道理，因此今天晚上，汪冬麟毕竟还是需要找个地方过夜，但他身上应该没有任何证件，也没有现金。"

"所以最方便的办法，还是去摩云镇的酒吧街上泡一个妹子。"

童瑶皱皱眉，露出厌恶的神色。但她也不得不承认，章之奇所说的办法，是最符合汪冬麟性格特点的。

路天峰叹气苦笑道："现在我倒希望程拓能多留点人手在摩云镇了。"

其实他还有一点担忧没说出口，他知道陈诺兰也在摩云镇，原本想让她远离旋涡中心，没想到阴差阳错之下，反倒令她置身最危险的境地。

窗外的空气极其闷热，一场真正的暴风雨即将到来。

五月三十一日，晚上八点。

城际高速公路上，几辆警车正在往 D 城方向疾驰。

程拓托着下巴，把手肘支在车窗边，出神地看着无数雨点碰撞在玻璃上。他一言不发，其余下属更不敢轻易开口，车厢内的气氛冷到了冰点。

这时候，程拓的手机突然响起。他的嘴角抽搐了一下，是罗局的来电。

"罗局，请指示。"

"你的位置在哪里？离小石桥有多远？"罗局直截了当地问。

小石桥并不是一座桥，而是 D 城北郊的一处地名。程拓看了一眼车内的 GPS 导航，快速地估算了一下时间，然后回答。

"八分钟内可以抵达。"

"很好，你亲自过去一趟，我把具体的定位信息发给你。"

"罗局，到底是怎么回事？"程拓忍不住发问。罗局说话没头没尾的，可一点都不像平日的作风。

"小石桥附近发现了一具年轻女性的尸体，死亡时间在一小时以内，死因初步判断为溺毙，尸体身上没有施暴痕迹。当地的派出所民警勘查现场后，联想起汪冬麟一案，因此第一时间将案件上报到市局了。"

程拓的嘴角连连抽动："汪冬麟竟然还敢杀人？"

"先去现场看看，随时汇报情况。"

"收到！"程拓挂断电话，向司机大喝一声，"下高速，立即赶去小石桥！"

远方天边划过一道长长的闪电，雨势渐渐变大。

五月三十一日，晚上八点十分，D城北郊，小石桥。

程拓赶到案发现场，眼见一片红蓝相间的警灯在不停地闪烁着，他忍不住低声骂了一句。

"难道不能低调点吗？"

吐槽归吐槽，程拓的动作可丝毫没有怠慢，手里随便扯了一件一次性雨衣套在身上，就急匆匆地跳下车，顾不上满地的泥泞往前跑去。

守着警戒线的当地民警，一看程拓的架势就知道是刑警大队的人，连忙客气地上前迎接。

"什么情况？"程拓直奔主题。

"一具年轻女性的尸体，是路人偶尔发现的……"

程拓看了看周边环境，僻静的公路、冷清的桥底涵洞、黑漆漆的河水，大晚上的，尸体应该很难被发现才对。

"尸体死亡时间只有一小时左右，这路人来得也很凑巧嘛。"

民警尴尬地挠了挠头："是附近镇子上的一对小情侣，本来是想来这个隐蔽的地方卿卿我我一番的，没料到……"

"行了。法医怎么说？"程拓的脚步一直没慢下来，这时候已经能够看见几名穿着黑色警用雨衣的身影，在河岸边上忙碌着。

"法医刚到，我不太清楚……"

"行了，我自己问吧。"程拓撇下那个民警，直接上前朗声道，"我是市刑警大队程拓，请问哪位可以汇报一下这里的情况？"

一名中年男子转过身来，向程拓点点头："我是小石桥派出所的肖冉，我们在七点四十二分接到报警电话，一对年轻情侣声称在桥底涵洞的河边发现了一具女性尸体，七点四十九分，我们抵达现场并进行了封锁。证据保全状态良好，死者身上衣物完好，没有明显的暴力痕迹，也没有能够证明她身份的资料。经法医初步鉴证显示，死者的死亡时间在七点前后，死因为溺水引起的机械性窒息，尸体后脑部位有撞击痕迹，非致命伤，但有可能导致昏迷，目前的判断是凶手先打晕了死者，再将其摁入河里淹死。"

程拓一边听，一边弯下腰，近距离观察着尸体身上的细节。

整齐的衣物、没有明显的外伤、溺毙的杀人手法，还有……程拓的目光锁定在女尸的左手手腕处，那里的皮肤有一道颜色稍浅的印痕，从形状看来，死者应该有长期佩戴手表的习惯。

"在附近发现死者的手表了吗？"

"已经认真搜索过一遍了，并没有发现。"

纪念品。程拓的脑海里浮现出如同魔咒一般的三个字。

"你觉得是汪冬麟干的？"

肖冉愣了愣，没答话，他知道自己只是个派出所民警，不应该对案情胡乱发表意见。

程拓苦笑了一下，又问："现场还有什么线索指向汪冬麟吗？"

"暂时没有，需要等待进一步的鉴证结果。"

程拓拍了拍肖冉的肩膀，以示感谢，他知道接下来的工作重任就落在自己身上了。然而，他始终无法相信，汪冬麟在仓皇出逃的过程中还会出手杀人。

除非那家伙有一个不得不杀人的理由。

如果有的话，那到底是什么呢？

程拓默默地站在河边，陷入了沉思，夜风裹着冷雨扑打到他的脸上，他却岿然不动。

五月三十一日，晚上八点十五分，城际高速公路，D城往摩云镇方向。

路天峰全神贯注地开着车，副驾驶座上的章之奇在低头玩着手机，而童瑶坐在后排，打开了车内的夜灯，正认真地阅读着汪冬麟一案的相关资料。

　　大家都是一副心事重重的样子，车厢内除了汽车引擎的轰鸣声之外，就只有雨点打在车顶的噼里啪啦的声响。

　　突然，章之奇"咦"了一声，但当路天峰把询问的目光投向他的时候，他却没吭声。

　　"怎么了？"路天峰问。

　　"我正在努力地组织语言，要不，你在前面出口下高速吧。"章之奇指着高速公路的出口标志牌答道。

　　路天峰知道章之奇并不是那种吞吞吐吐故弄玄虚的人，因此也不多说话，方向盘一甩，车子就顺势驶入匝道，离开城际高速。

　　直到汽车拐进公路旁的加油站，在休息区停下来后，章之奇才将手机屏幕朝向路天峰，缓缓地说："刚刚在警队内部系统里发布的最新公告，汪冬麟出逃事件升级，有一名疑似受害者出现。"

　　路天峰和童瑶根本没空追究章之奇是怎么进入警队内网的，两人异口同声地反问："受害者？"

　　"是的，汪冬麟好像没等到摩云镇，就已经动手杀了一个人。"

　　路天峰心头一紧，问："案发地点在哪里？"

　　"小石桥，离这儿并不远。"章之奇敲了敲车窗，"现在的问题是，我们到底要不要过去一趟？"

　　"即使去了现场，我们也无法进行调查工作吧？"童瑶不解地问道。

　　章之奇神秘地笑了笑："放心吧，小石桥发生命案，地方派出所很可能会由所长亲自出警，凑巧的是，小石桥派出所所长肖冉正是我的好哥们儿。"

　　路天峰眼前一亮，双手紧捏着方向盘，沉默不语。

"路队？"童瑶不无担忧地看向路天峰。

路天峰心情沉重地说："一般而言，凶手犯案越频繁，就越容易落网，因为会留下更多的线索，但我很担心汪冬麟正是利用了这一点，来拖延警方的追捕进度。"

"什么意思？"

"他可以在杀人后，故意在犯罪现场留下误导警方调查的线索，从而为自己争取更多的时间和空间。"

"这……有可能吗？"童瑶觉得简直是匪夷所思，汪冬麟该是有多大的勇气，才敢以杀人的方式来干扰警方的追捕工作？

但看着路天峰一脸严肃的表情，再看看章之奇的脸上同样写满了不安，童瑶心里也不禁动摇起来。

"所以我们是继续赶往摩云镇，还是去小石桥？"章之奇淡淡地问了一句。

"兵分两路。"路天峰终于做了决定，"我和童瑶继续赶往摩云镇，你去小石桥探查一下情况。"

"可我们只有一辆车。"章之奇看着窗外的雨帘，愁眉苦脸道。

说话间，正好有两辆鸣着警笛的警车，一前一后地从他们身边疾驰而过。

"警方会对小石桥周边进行严密搜查，我不能接近那里。"路天峰道。

章之奇耸耸肩，勉强一笑："希望你们能说话算数，把悬红奖金留给我。"

说完这句话，章之奇从副驾驶座前方的储物柜里拿出一把破旧的黑色雨伞，然后打开车门，头也不回地冲进雨中。

"他能打探到消息吗？"童瑶忧心忡忡地问。

"当然可以，要不怎么配得上'猎犬'的称号？"路天峰突然叹了一口气，"我倒是有点担心摩云镇那边的情况，或者，我应该先提醒一下诺兰注意安全。"

童瑶反应稍微慢了半拍，但很快就明白了路天峰的意思："但他们一定还在监控诺兰姐的手机通信。"

"所以还得想想办法……"路天峰沉吟道。

远处灰沉的天边，传来一阵轰隆隆的闷雷。

3

五月三十一日，晚上八点三十分，摩云镇，酒吧街。

即使是滂沱大雨，也无法浇灭这条街道上的热闹气氛。

原本最受青睐的露天座位无法使用，让顾客都挤到室内去了，反而让不少店家的生意看起来比平日更为火爆。

不过人气这种东西也是挺玄妙的，即使在远近闻名的摩云镇，依然存在一些生意普普通通的店家。

比如转角处有一家叫"黑与白"的酒吧，门外涂刷成钢琴黑白键相间的图案，看似是走音乐主题的路线。不过当你推门进去，就会发现里面以梅花间竹的方式铺设着黑砖和白砖，墙上挂着欧洲中世纪风格的铠甲和武器，服务生则打扮成车、马、兵等不同棋子的模样，这里真正的主题是国际象棋。

大概是门外的招牌比较低调的缘故，店内的客人并不多，直到这个钟点还有不少空的座位。而酒保也闲得有点发慌，不停地拭擦着柜台上一直十分干净的玻璃杯。

一个男人推门而入，手里拿着一把跟他不太搭的大红色雨伞。他环顾四周，最后选择了一个角落的位置坐下，这个座位正对着挂在墙上的液晶电视，上面播放着本日最热门的话题：汪冬麟出逃案。

而这位刚进来的顾客，正是汪冬麟。

"先生，请问要喝点什么？"一名打扮成棋子"马"的男服务生上前招待汪冬麟。

"来一杯苏打水。"

"好的。"服务生的语气难免略为冷淡，在酒吧喝水的客人始终有种违和感。

然而正当服务生转身准备去吧台拿苏打水的时候，汪冬麟突然又问了一句："你们酒吧那位美女调酒师呢？"

"朱迪吗？她今天晚上九点钟上班，应该差不多到了。"

"好的，谢谢。"汪冬麟没再说什么，服务生挠挠头，走开了。

汪冬麟掏出口袋里的女式手表看了一眼，现在刚过八点半，最多也就等半小时罢了。反正这里客人并不多，光线也比较昏暗，总算是个藏身的好地点，唯一的问题是不知道除了正门之外，还有没有别的出入口。

他决定再坐一会儿，然后趁着去洗手间时再去考察周边环境。

汪冬麟不经意间抬起头，看着大屏幕上自己被捕时的档案照片，不禁笑了起来。

这照片拍得他目光呆滞，一副傻乎乎的样子，跟现实中的自己相差太远。

"……特别提醒，逃犯汪冬麟是高度危险人物，身负多条人命，而且精神状态极不稳定。劝告各位市民一旦发现他的行踪，立即报警并远离此人，保证自身安全，切勿尝试跟踪或对峙……"

"先生，您的苏打水。"服务生回来了。

"谢谢。"他接过杯子，彬彬有礼地说。

那一瞬间，有一束灯光恰好打在汪冬麟的脸上，虽然只有短短的一秒钟，但汪冬麟感觉到服务生的动作似乎停顿了一下。

"请慢用。"服务生转身离去的步伐看起来有点僵硬。

汪冬麟紧紧盯着那位服务生的背影，突然冷哼一声。

"老子连警察都不怕，还怕你吗？"

汪冬麟一想到自己布下的层层迷局，成就感油然而生——最笨的警察，大概还在D城大学附近折腾；悟性稍高一点的话，也许注意到小石桥的女尸跟自己有关了，正在那附近进行地毯式搜索；再进一步，足够聪明并懂得所谓犯罪心理学的人，能够追踪到摩云镇已经是他们的极限了。

追踪者的目光应该会聚焦在"纪念品"上面，而不可能猜到他的真正目的，只是来这家酒吧见一名女调酒师。

正如在错综复杂的棋局之中，有显而易见的意图，也有隐藏的后手，更有对手几乎无法提前意识到的真正杀手锏。

能够彻底看穿棋局的人，才能跻身绝顶高手之列。

汪冬麟觉得，在这盘棋局里头，没有人够资格充当自己的对手。

也许路天峰原本有成为挑战者的潜力，但他已经是自己的手下败将了。在黄家村小旅馆里的那场正面交锋，肯定会对他造成极大的心理打击。

"我一定会是赢家。"汪冬麟想到这里，一口气喝掉了半杯苏打水。

放下杯子的时候，他恰好看见一个男人推门进入黑与白。一个他今天早上曾经见过的男人。

汪冬麟全身上下的血液凝固了。

五月三十一日，晚上八点四十分，摩云镇，酒吧街。

余勇生推门走进了黑与白酒吧。

二十分钟前，陈诺兰突然跑到酒吧街找他，说有紧急状况需要和他商量，根本顾不上两人身后还有虎视眈眈的盯梢者。

"出了什么事？"余勇生未曾在陈诺兰的脸上见过如此严肃的表情。

"我收到了这样一条短信。"

余勇生一看，屏幕上是一串数字：

29.11.6

98.3.5

"这是你跟老大约定的密码？"

"是的，暗号翻译过来就两个字。"陈诺兰轻轻地说，"回家。"

"回家？"这两个字太过简单，反而让余勇生一时没反应过来，"老大的意思是让你回 D 城吗？"

"应该是的。"

"那我们现在就走吧。"余勇生一边说，一边急匆匆地起身。

"我看到短信后的第一反应也是立即离开，但仔细一想，他为什么要让我这样做呢？他让我来摩云镇就是为了迷惑警方，拖延时间，可我们现在就马上折返 D 城的话，岂不是前功尽弃？"

余勇生默不作声，他还是第一次真正地见识到陈诺兰的聪慧，也更明白路天峰为何深深迷恋着眼前这位女子了。

"诺兰姐，你有什么建议？"

"我觉得最大的可能性，就是他觉得我留在摩云镇会有危险。"

"危险？我们可是警方的监视对象，比普通人要安全多了，除非是……"余勇生说到一半的话卡住了，他已经想到了那个最可怕的可能性。

"那个恶魔来了摩云镇。"陈诺兰沉声说出自己的推测。

"老大怎么会知道的呢……唉，不管那么多了，如果汪冬麟真的在这里，老大肯定也会赶过来，我们应该留下来帮忙才对。"

"我有个大胆的想法。"陈诺兰看了一眼不远处盯梢自己的便衣警察，"你猜汪冬麟会躲在哪里呢？"

"人多眼杂的地方，比如……这条酒吧街就挺不错的。"

"我们有没有办法把他唬出来呢？比如说，假扮成便衣警察进行搜查。"

余勇生皱起眉头："诺兰姐，这也太危险了吧？"

"大庭广众之下，他还能动手杀人吗？如果汪冬麟发现有警察，只会灰溜溜地逃跑，这就是他露出马脚的时候。"

余勇生虽然心里觉得还是有点不妥，但实在说不过陈诺兰，更何况他也不怕跟汪冬麟正面交锋。一个只会欺负女人的家伙，算什么男人呢？

于是余勇生按照陈诺兰的建议，专门找那些生意一般般的酒吧，以"便衣警察"的身份，拿着汪冬麟的照片询问店员有没有见过这个人；陈诺兰则埋伏在门外，留意观察有没有人偷溜出来。

万一有意外发生，两人身后还有真正的警察在盯梢追踪呢，他们还能向警方求助。

黑与白是余勇生走进的第四家酒吧。

店里客人稀少，余勇生随便扫一眼，就知道汪冬麟不在这里。但他依然习惯性地拿起照片，询问一位装饰成棋子"马"的服务生。

"我是警察，你见过这个人吗？"

服务生看着照片，神色有点不自然。

余勇生原本只是随口一问，但对方的反应让他察觉到情况有异，连忙追问道："你见过他？这家伙是个极度危险的人物，如果你有什么线索千万不要隐瞒。"

"刚刚有个客人……看起来，样子有点像……"服务生怯生生地说。

"他在哪儿？"余勇生顿时警觉起来。

"就在那边的角落里……咦？人呢？"

服务生所指的方向，只有一张空荡荡的桌子，桌面上放着半杯苏打水，椅子旁还摆着一把红色的雨伞。

"奇怪啊，一分钟前他还在这里的。"服务生自言自语地说。

"你们酒吧有后门吗？"

"那边的走廊通往洗手间，再往后走就是员工通道和员工专用的出入口……"

没等服务生说完，余勇生已经一个箭步追了过去。

"刚才有人走过来吗？"余勇生冲到洗手间门前，逮住一个清洁大婶就问。

"有个奇怪的家伙，硬闯到员工通道那边去了，现在的年轻人啊，真是没素质……"

余勇生哪里还有耐心听大婶吐槽，赶紧大步流星地奔向员工通道，而当他远远地看见员工专用出入口那扇铁门时，正好有个黑色的人影闪出门外，关上铁门。

"别跑！"余勇生大喝一声，便以百米冲刺的速度冲上前，一把拉开铁门。

门外是扑面而来的狂风暴雨，前方那个没撑伞的人影，已经拐进了一条小巷。

余勇生来不及多想，拔腿就追。地上坑坑洼洼全是积水，但丝毫没影响他奔跑的速度。

"啊！救命！"

巷子里隐隐约约传来了一位女生的呼救声。

余勇生咬咬牙，汪冬麟你这个变态，这种时候还敢伤害无辜女性吗？

他循声追进那条灯光昏暗的小巷里，看见有个娇小的身影蹲在墙脚处，瑟瑟发抖。

"你没事吧？"余勇生看不见汪冬麟逃向何方，只好先把那位女生搀扶起来。

"刚才有个男人把我撞倒了，膝盖好痛，呜呜……"女生几乎要哭出来了，那张精致的脸庞看上去楚楚可怜。

"别害怕，你看见他往哪里逃跑了吗？"

"我不知道，呜呜，好痛啊……"

"来，扶着我的手臂——"

让余勇生始料未及的是，女生顺势扑入他的怀里，紧紧地搂住了他。他感受到了年轻女性温热的身体、清幽的发香，还有对方身上几乎湿透的衣物。这突如其来的举动令他有点手足无措。

余勇生下意识地想推开她，但又觉得这样做有点过于粗鲁。正在犹豫之际，胸膛处突然传来一阵冰冷的刺痛。

"啊！"余勇生惊呼一声，正想发力挣脱她的怀抱，没想到她竟然手足并用，整个人贴上前，像毒蛇一样紧紧缠绕住他的身子，鲜艳的红唇更是用热吻封住了他的嘴巴。

即使有路人注意到屋檐下的这对男女，也只会以为他们是在雨中缠绵。

余勇生脑海里一片天旋地转，双眼发黑，他感到自己的胸口处好像破了个洞，浑身上下的力气全部被抽空，很快连站都站不稳了。

他用尽最后的力气，狠狠地咬住对方湿滑的舌头。女生痛叫一声，往后退缩，这记毒蛇之吻才告一段落。

"哎哟，小帅哥，你还真不给面子哦。"女生擦了擦嘴角上的血迹，咯咯地笑了起来。

余勇生努力地张了张嘴，却说不出任何话来，最终只喷出一大口鲜血，身体颓然向前扑倒。

"真的是，这种时候还想着占我的便宜啊！"她笑眯眯地扶住余勇生，让他的脑袋靠在自己胸前，又伸手揉了揉他的一头乱发。

眼前这番景象，就像一位善解人意的女孩子在安慰自己喝醉酒的男朋友一样，看上去颇为温馨浪漫。

只有余勇生真切地感受到，此时此刻是一种怎样的绝望和无能为力。

视线蒙眬，他注意到女生胸前工牌上的名字，Judy。

他还认出了女生衣服上，印着黑与白酒吧的 logo。

黑与白，这是余勇生这辈子所看到的最后两种颜色。

4

五月三十一日，晚上九点，摩云镇，酒吧街。

几辆警车停靠在某条后巷的巷口处，车顶的警灯疯狂闪烁着，透露出一股肃杀的气息，让路人不自觉地绕道而行。

百米开外，路天峰停下了车子。

"我们还是来迟了一步吗？"路天峰狠狠地拍了一下方向盘。

童瑶却是若有所思地说："按道理来说，汪冬麟不应该那么频繁地出手杀人吧？他在这里犯事的话，小石桥的案件就立即失去干扰作用了啊！"

"难道我们想错了？"

"别担心，也许只是碰巧遇上别的案件呢？我去看看吧。"童瑶提议道，如今路天峰的身份是逃犯，不能随意在警方面前出现。

路天峰点点头，心内不祥的预感越来越强烈。

他原本是个非常有耐性的人，但童瑶只是离开了五分钟左右，他却觉得自己好像在车里等了好几个小时，每一秒都是煎熬。

而童瑶回来时脸上悲伤的表情，更让路天峰的不安到达了顶峰。

"怎么回事？"他迫不及待地问。

童瑶没回答，而是用双手轻轻地捂住脸，低下了头。

"对不起，老大。"

路天峰的心脏似乎被什么东西攥住了，因为童瑶以前从来不会用"老大"来称呼自己，都是规规矩矩地喊他"路队"。

"到底怎么了？"

"是勇生出事了。"童瑶深深地吸了一口气，"胸口中了一刀，已经救不回来了。"

路天峰呆住了，他觉得一定是自己的耳朵有问题。

余勇生为什么会出现在摩云镇？又为什么会出事？以他的身手，别说汪冬麟了，即使遇上了白天那帮凶残的雇佣兵，应该也不落下风，怎么可能那么轻易地被人刺中要害？

最令人难以接受的是，为什么死去的人是余勇生？

路天峰艰难开口了，他的声音变得异常干涩："原本在今天死去的人，应该是汪冬麟。"

童瑶沉默不语。

"但我却救下了汪冬麟，让一个又一个无辜者牺牲。"

童瑶轻声说："暂时还不能确定勇生的死和汪冬麟……"

"别骗我，也别骗你自己。"路天峰厉声打断了童瑶的话，"勇生的死，一定跟汪冬麟脱不了干系。"

"但光凭一个汪冬麟，能在正面搏斗中杀死勇生吗？"童瑶也提高了音量，迎上路天峰的目光。

路天峰的嘴角抽搐了一下，叹道："勇生用自己的生命，给我们传递了一条非常关键的信息——汪冬麟的背后还有人。"

"那会是谁呢？"

"无论是谁，我们一定要把他查出来。"路天峰紧握方向盘的双手颤抖起来，"一定要……"

"老大……"童瑶想伸手去拍一下路天峰的肩膀，但又觉得不太适合，一只手尴尬地悬在半空中，也不知道该怎么安慰他。

"我没事，只是——"

这时候，突然有人敲了敲车窗玻璃。

站在雨幕之中的，是连伞都没有打的陈诺兰。

五月三十一日，晚上九点零五分，摩云镇，酒吧街附近。

车内后座，浑身湿透的陈诺兰蜷缩着身子，低着头，一言不发。而一向对女朋友关怀备至的路天峰，竟然连一句最基本的问候都没有。最后还是童瑶实在看不下去了，转身将自己的外套递给陈诺兰。

"诺兰姐，冷吗？披上吧。"

陈诺兰摇摇头，并没有接衣服，只是呢喃着道了句谢谢。

车厢内再次沉默。

"老大，接下来……"

童瑶原本想问的是"我们去哪儿"，结果一句话没说完，路天峰却毫无征兆地开口了。从他嘴里发出的声音是冷冰冰、硬邦邦的。

"我的短信，你收到了吗？"路天峰虽然眼睛盯着正前方，但这个问题明显是抛给陈诺兰的。

"嗯。"她低声而清晰地回答。

"根据我们之前约定的密码，短信的内容是什么？"

"回家。"

"对，你应该回家。"路天峰只是叹了一口气。

陈诺兰咬着嘴唇，双手十指交叉紧扣着，肩膀在微微颤抖，但她总算是忍住了，没有哭出来。

童瑶看着这两人，感觉压抑极了。要是他们俩能够不那么克制自己的情绪，无论是痛哭流涕，还是破口大骂，又或者是通过肢体语言把内心的愤怒爆发出来，应该都会比眼前的情况要好受一些。

然而路天峰并没有指责陈诺兰，也没有继续追问下去，而是突然转移话题，向童瑶说："开车，回去接上章之奇。"

"但汪冬麟可能还没跑远……"童瑶惊愕万分地说。

"这一回合下来，我们损失惨重，而汪冬麟一方的底牌尚未知晓，如果冒进，很可能会全军覆没。"路天峰大口大口地吸着气，竭力让自己的情绪平静下来，"接下来，即使再不情愿，我们也只能选择撤退，跟章之奇会合后再做打算。"

"好的，我明白了。"

"还有一件事……童瑶，你来开车。"路天峰说完这句话，眼前一黑，晕倒过去。

五月三十一日，晚上九点十五分，小石桥派出所。

肖冉回到自己的办公室内，一屁股坐在椅子上，长舒一口气。

今晚的案件已经完全移交给市刑警大队跟进，他反而乐得清闲，不过放松之余，心里也有一点小小的不甘。

如果不是他触觉足够敏锐，将案发现场的蛛丝马迹与汪冬麟联系起来，侦查的进度能有那么快吗？可是自始至终，居然没有任何人表扬一下他的专业素质，这让他颇有点不爽。

"肖大哥，你终于回来啦？"

肖冉吓了一跳，立即坐正，定睛一看，这位敢直接推门闯进来的家伙，原来是章之奇。

"章之奇？什么风把你吹到这里来了？"

"我是来替肖大哥排忧解难的。"

虽然章之奇在路天峰面前夸下海口，说肖冉是自己的哥们儿，但实际上两人只是曾经在某起案件之中合作过，并无深交。不过那一次，章之奇还算是立了一功，替肖冉找到了杀人潜逃的嫌疑人，因此这次他很有信心自己不会被肖冉拒绝。

"我最近好得很，并没有什么忧心事啊。"肖冉说这话时难免有点底气不足。

章之奇一针见血地说："今天晚上不是刚出了个命案吗？"

"呵呵，你这家伙真不愧是'猎犬'啊，闻风而动的速度也太可怕了吧？不过案件已经移交到市刑警大队，跟我没什么关系了。"

"怎么效率那么高？一般来说，这种案件都会拖上半天才上报市里面的吧？"

肖冉正巴不得章之奇问这个问题呢，他干咳一声，清了清喉咙，才说："因为现场情况有点诡异，看上去可能是'纪念品杀手'汪冬麟所为……"

"谁的眼光那么毒辣？我看应该就是肖大哥你吧，哈哈！"

"别乱拍马屁。"肖冉虽然是这样说，但脸上还是露出了笑容。

章之奇察言观色，立即顺着话题说下去："明明是肖大哥辖区里的案子，干吗要让市局的人独占功劳？"

肖冉眯起眼睛打量着章之奇，有点猜不透他的用意何在。

"小弟除了擅长找人之外，也略懂一些推断死者身份的技巧。如果肖大哥能抢在市局之前做到……"

章之奇知道，话说到这一步就够了。

果然，肖冉的眉头上挑，有点犹豫地说："先别说让你参与调查是否合规，现在尸体和现场证据都已经送到市局里了，你就算是有通天的本领，也无从查起。"

"肖大哥开玩笑了，我可没有什么本领，我只靠这里。"章之奇指了指自己的眼睛，"现场的图片证据你肯定留有一份吧？"

"光看图片，能行？"肖冉将信将疑地问。

"试试看呗，反正你不会有任何损失，对吗？"章之奇笑道。

"不能带走，只能在我的电脑上看。"肖冉最终还是松了口。

"没问题！"

章之奇大大咧咧地坐了下来，在键盘上运指如飞。肖冉虽然还是有点担心，但一想到这可能是个能够让自己吐气扬眉的机会，也就不再纠结了。

"呀，这位女生家境不错呢。"章之奇指着屏幕说，"你看，她穿的上衣是时尚高端品牌，裙子是定制品牌，内衣是……肖大哥，这些牌子你都不知道对吧？"

"是的。"肖冉只好老老实实地承认。

"没关系，现在大大小小的服装品牌都搞会员制，受害者身上一共有五个不同品牌的服装，因此我可以对比一下这五家的客户数据库……"章之奇一边说着，一边飞快地操作着电脑，只见屏幕上打开了若干个不同的窗口，无数行代码在滚动刷屏。

"等等，你操作的是什么玩意儿？我的电脑上还有这种软件吗？"肖冉其实不太懂电脑技术，但自己的电脑上到底安装了什么软件他还是能认得出来的。

"别慌，这是我专用的数据库提取软件，全程云端操作，绝对不会影响你电脑上的资料……看，有了！"章之奇兴奋地大喊道，"同时在五个品牌开通了会员卡的手机号码，一共有二十九个。"

"不多嘛，逐一排查也花不了多少时间。"肖冉也难免兴奋起来。

"放心，有我在嘛。"章之奇越发信心十足，"首先排除掉年纪超过三十岁的这几个，然后你看看受害者的鞋码，是38，可以将这几个人排除了……然后可以通过衣服的尺码继续排除……嗯，很好，最后剩下来的人选只有两个。"

"两个人？"肖冉看了一眼时间，章之奇一共才花了不到十分钟，就把原本是大海捞针的局面变成了二选一，真是名不虚传。

"再稍等一下，这两个人当中，有一个人名下没有汽车，没有考取驾照，根据案发现场的线索显示，受害者和凶手是一起乘车抵达现场的，既然汪冬麟不可能有车，那么车属于受害者。综上所述，受害者有非常大的可能性是这位——"

电脑屏幕上，显示着一张身穿学士服的毕业照，照片上的女孩笑得非常灿烂。虽然已经是好几年前的照片了，但从眉目间依稀可以认出，她跟今晚惨遭杀害的女生相似度极高。

"杨雅姿，二十七岁，毕业于D城大学，两年前嫁给了一位房地产商的儿子，现在是自由职业者，偶尔做做网络直播，还注册了兼职顺风车司机。目前看起来她完全符合受害者的特征。"

"我立即联系市局。"肖冉转身冲出办公室，然后就像想起了什么似的，又折返回来，一脸严肃地说，"章之奇，你也该走了吧？"

"那当然，我的任务已经顺利完成了。"章之奇微笑着站起身来，伸了个懒腰。此时他怀里的手机，正在不停振动着。

5

汪冬麟的回忆（四）

这个世界上，是否真的有幸运女神呢？

如果有的话，我倒想问问她，为什么在我生命中的前二十多年，要给予我那么多虚假的幸福，而在此之后，又给予我那么多的苦痛和磨难？

我以为江素雨是彻底改变我命运的一剂良药，而且很幸运的是，我的杀人抛尸过程出奇顺利，完全没有人将她的失踪与死亡跟我联系起来。警方似乎一直在错误的方向上进行侦查，而我却从未进入他们的视线范围。

提心吊胆地过了一段日子后，我那颗悬在半空的心放下来了，我确信自己的罪行永远不会暴露。

但倒霉的是，原来这一剂"特效药"，是有时间限制的。

三个月后，我的精神开始逐渐低落，对小棉的兴趣也直线下降。我只好以胃部不适为由，暂时推搪过去，可是我很清楚，找借口只能拖延一时半会儿，真正要解决问题的话，我得想办法去吃"药"。

我是病人，不吃药又怎么会好起来呢？

然而"药"可不是那么容易找到的，我的行动需要保证自己绝对安全，不能因为急躁而犯下任何错误。

天时、地利、人和，缺一不可。

所以我很有耐心，一直潜伏在灯红酒绿之中，寻找下一剂"特效药"。

我知道，耐心总是有回报的。

同样是一个下雨的周末，凌晨时分，我在一间酒吧的后门外遇到了宋玥。

清秀可人的宋玥是那家酒吧的驻场歌手，偶尔也会帮忙推销一下啤酒，赚点外快，而推销的过程中，难免会被别有用心的客人灌酒。她其实不太会喝酒，但越是这样，客人就越是刁难她。

那一天，她喝多了，站在后门外的雨篷下，扶着墙壁吐了一地。

"你还好吗？"我注意到四下无人，才敢上前跟她搭话。

她看了我一眼，大概觉得我没有恶意吧，只是礼貌地笑了笑，又摇摇头。

"给，擦擦嘴角吧。"我递给她一块洁白的手帕。

"谢谢。"这次她开口说话了，清脆悦耳的声音，就像她唱歌时一样好听。

"刚才对你灌酒的人其实是我的朋友，很抱歉我没能阻止他……"我撒了个无伤大雅的谎，主动把责任揽到自己身上，因为我知道女人天生就对"道歉"这种事情缺乏免疫力。

"没关系，又不是你的错。"她果然上钩了，脸上的表情缓和了不少。

"要不，我送你一程？别担心，我是D城大学的老师，绝对不是什么坏人。"我干脆把工作证拿出来给她看。

宋玥只是随意地瞄了一眼，摆摆手："证件没准是假的，但我觉得你这个人挺真诚。我们走吧！"

"嗯，你可以拍个照片，发个朋友圈之类的，更能保证自己的安全。"我很清楚女孩子的心态，要是你这样说了，她肯定不会照做，否则就太没面子了。

"哼，别磨磨蹭蹭了，你的车子呢？"宋玥打了个酒嗝，歪歪斜斜地迈步往前走。

"在那边……你还能走路吗？"

"当然……能……"宋玥嘴上在逞强，身体却不停地往我这边靠。于是我干脆环抱着她的腰肢，搀扶她前行。

"小心点，地上有积水。"

"我没事啦……在酒吧混的人……怎么可能喝不了这几杯啤酒……哈哈……"

我没再说话，而是警惕地打量着四周。之前试过好几次，猎物已经乖乖上车了，却被偶尔路过的人碰见，一旦发生这种情况，我就会乖乖地将她们送回家，绝不碰她们一根毫毛。

然而今天，我的运气终于来了，没有人看到我们俩一起上车。

宋玥坐在副驾驶座上，满脸绯红，看她的样子虽然迷迷糊糊，但尚未完全醉倒。

不过我自然是早有准备，递给她一瓶矿泉水。

"喝点水清清喉咙，会舒服一点。"

混迹酒吧的宋玥也并不傻，先是警惕地检查了一下瓶盖，确认没被打开后，才拧开瓶盖，咕噜咕噜地喝了一大口水。

"感觉如何？"

"嗯，好多了……"

她万万没有想到的是，我提前用最细小的针筒，通过瓶身往水里注射了足量的安眠药。

我边开车，边跟她有一搭没一搭地闲聊着，一开始她还对答如流，几分钟后，整个人恍惚起来，说话前言不搭后语，脑袋不停左右摇晃着。

"我……有点头晕……"她按住太阳穴，吃力地说。

"酒劲还没过去吧？要不再喝两口水？"

"嗯……好……"她将水瓶举到嘴边，正想再喝一口时，突然手一软，瓶子滚落，冰凉的矿泉水洒了她一身。

而她只是轻轻哼了一声，就这样浑身湿漉漉地昏睡过去了。

"睡吧，亲爱的宝贝。"我爱怜地摸了摸她的头发。

一小时后，当我把沉睡的宋玥轻轻地抱出浴缸时，注意到她的脸上还挂着幸福的微笑，美得让人心碎。

我又服下了宝贵的"特效药"，顿感身心舒畅。

有了上一次的经验，这次我把宋玥的尸体处理得更加天衣无缝，直到一个星期后，我才在报纸的角落里看到一篇小小的新闻报道，说城西的湖里发现了一具无名女尸。

警方依然没有怀疑我，我就像个没事人一样，每天正常上班工作，下班就回家跟小棉过我们的二人世界，商量领证、结婚、摆酒、度蜜月等各种大小事宜。

我的生活看起来幸福美满，波澜不惊，而只有我自己才清楚，最大的危机正在快速地迫近。因为我察觉到，宋玥带来的"药效"以飞快的速度在减退，短短一个月之内，"药效"就几乎完全消失了，而之前江素雨的"药效"可是持续了将近三个月的。

这意味着，我必须提高狩猎的频率，同时也会面临更大的风险。而我最担心的事情是，如果"药效"持续时间越来越短的话，后果不堪设想，我总不可能隔三岔五就出门狩猎吧？

这病到底有没有根治的办法？

在百无聊赖刷朋友圈的时候，我从一个不太熟悉的师弟那里，得知了茉莉即将嫁人的消息。那一瞬间，我突然想起一句话：解铃还须系铃人，心病还须心药医。

我很清楚自己的病灶在什么地方，治好它，也许需要的不是"特效药"，而是真正的"心药"。

于是我开始策划一场真正的救赎行动，目标是我那个负心的前女友，茉莉。

我非常清楚，茉莉一旦遇害，我很可能成为警方调查的对象，因此这次行动要比之前两次凶险得多，不容有失。

我按捺住动手的冲动，让自己冷静下来，仔细策划行动的每一个环节。我要在适当的时间和地点，制造一场偶遇，让茉莉毫无戒心地跟我走。最后我还决定，借助小棉来让我的计划变得更加天衣无缝。

行动的那一晚，天空飘着细雨，我知道茉莉在D城大学附近的KTV与同学叙旧聚会，而我则在那里假装偶遇她，并巧妙地把话题引向婚礼筹备方面。我向她重点介绍了我和小棉去拍摄婚纱照的工作室，我吹得天花乱坠，她也听得兴致勃勃，主动提出要跟我回家看照片。

我假装不乐意，她还笑起来，说我是不是怕老婆，所以不敢把前女友带回家。这一下正合我意，我也挑衅地问她敢不敢不告诉其他人，偷偷溜出去跟前男友幽会，她果然中了激将计，一把扯着我的手就往外走。

我小心翼翼地选择了一条没有治安监控摄像头的小路，将茉莉带回家中。出门前，我在家中的茶壶里倒入了安眠药，因为小棉每晚都有喝茶的习惯，所以当我回家的时候，她已经睡着了，根本不知道我多带了一个人回来。

茉莉也同样毫无戒心地喝下加料的茶水，没一会儿就捧着精美的婚纱照相册，靠在沙发上昏睡过去。我将茉莉抱进浴室，却没有急着动手，而是先返回卧室强行叫醒了小棉，趁着她迷迷糊糊之际，和她发生了关系，并特意跟她提及了现在是晚上九点半。

缠绵过后，小棉在药效的作用下再次陷入梦乡，这时候我才返回浴室，将茉莉放进浴缸，将她的脑袋摁到水中——温水涌进呼吸道的瞬间，她猛然清醒过来，拼命地挣扎，但我紧紧地按住了她疯狂扭动的身子。

很快，茉莉就安静下去了。

她的一双大眼睛瞪得浑圆，那表情既有惊愕，也是恐惧。

结束了。

我疲惫地靠在墙壁上，大口大口地喘着气。休息了片刻，我再次回到卧室，将呼呼大睡的小棉弄醒。

"好困……别吵我……"小棉连眼睛都没睁开，梦呓一般说着。

"亲爱的，现在是晚上十点半。"

"嗯，我知道……"

"来，跟老公亲热一下吧。"

"不，不要……"小棉想拒绝，但是拗不过处于极度兴奋状态的我，最终还是乖乖就范了。

这一次，我感觉自己发挥得淋漓尽致。

也许困扰我多年的魔咒，今天才真正药到病除。

小棉再次乏力地昏睡过去，而我并没有掉以轻心，赶紧跑到浴室里头，以最快的速度继续进行善后工作。

两小时之后，完成了抛尸工作的我气喘吁吁地赶回家，第一时间再次弄醒了熟睡的小棉。这一晚多次被我打断了睡眠的她，显然已经有气无力，但我根本不在乎这些，我只要她记得，她被我折腾了一整晚，这就是我的不在场证明。

第二天，是我彻底重生的第一天。

6

五月三十一日，晚上九点三十分，摩云镇，某廉租公寓内。

汪冬麟坐在硬邦邦的折叠椅上，双手神经质地摆在膝盖附近，时不时地用力搓手，一副坐立不安的模样。

耳边传来哗啦啦的水流声，有人在浴室里洗澡。

浴室、洗澡。

一想到这两个词，汪冬麟就浑身发烫，心内有什么东西在蠢蠢欲动。他只好闭上眼睛，强迫自己深呼吸。

水流声终于停止了，一阵窸窸窣窣的布料摩擦声过后，朱迪穿着运动T恤和牛仔裤，一边用毛巾擦着头发，一边念念有词地走出浴室。

"总算是洗干净了，真麻烦。"朱迪甩了甩头，拿起桌面上的杯子，咕噜咕噜地喝了一大口凉开水。

汪冬麟目不转睛地看着她湿漉漉的头发和玲珑有致的身段，不禁用力吞了吞口水。不过他也很清楚，眼前这个女人绝非善类，他惹不起。

朱迪似乎习惯了男人的这种目光，笑了笑，放下杯子后毫不在意地坐在床边，从柜子底下拉出一个行李袋，开始收拾行装。

"你准备带我去哪里？"汪冬麟忍不住开口问。

"什么？"朱迪瞪大眼睛反问，"我要带你去哪里？"

"你……难道不是'组织'安排的接头人吗？"

朱迪脸色一寒，沉声道："如果你还想活下去，就不要随便说出'组织'这两个字。"

"为什么……"汪冬麟话说到一半，心念一转，硬是把问题吞回肚子里。

他之前就已经察觉到气氛的不寻常，这时候说错一句话，很可能会丢掉一条命。

见汪冬麟不再说话，朱迪倒也不理不睬，弯下腰自顾自地继续收拾行李。

汪冬麟低垂着头，脑袋却是飞一样疯狂地运转着。"那个人"明明和我说好了，只要来这家酒吧，找到这个人，说出接头暗号，她就能带我去安全的地方，但为什么她好像对此完全不知情？

难道我被"那个人"欺骗了？

但如果只是普通的骗局，何必搞那么复杂，忽悠我去找一个根本不存在的人不就可以了吗？

"如果你还想活下去，就不要随便说出'组织'这两个字。"朱迪的这句话，在汪冬麟的耳边不断地回响着。

到底是哪里出错了？

"好了，我要走了，你也赶紧离开吧。"朱迪提起行李袋往肩膀上一甩，大步流星地往门外走去。

汪冬麟依然坐在原处，一动不动，他目不转睛地看着朱迪，留心观察她的每一个动作细节。

这时候，朱迪怀里的手机响起信息提示音，她只是低头看了一眼，又把手机收了回去，嘴里嘀咕了一句："烦人的广告。"

汪冬麟心头一紧，他注意到，朱迪看手机的时候，虽然脸部表情毫无变化，但瞳孔一下子扩大了不少。他曾经为了能够在下棋时读出对手的心声而特意潜心钻研过微表情观察术，很清楚这是朱迪看到了重要信息时的反应，绝对不可能是什么广告。

那句欲盖弥彰的解释，更证实了汪冬麟心内的疑窦。

"那个人"安排他到这里来，并不是为了帮助他逃脱，而是想控制他的逃跑路线。

"组织"的真正目的，是要他的命。

汪冬麟顿时想明白了一切，今天上午的袭击者，很可能也是"组织"派来的。

杀人灭口。

因为对"组织"而言，他已经失去利用价值了。

汪冬麟抬起头来，目光锁定已经走到门边，下一秒就能离开的朱迪。她现在依然犹豫不决地站在门前，大概在思考到底怎么才能安全稳妥地干掉自己。

"你不是要走吗？"他主动出击。

"我仔细想想，还是把你一起带走更安全一些，要是你落入警方手中的话，我可就难办了。"朱迪故作轻松地说，"来，跟上。"

"好，我们去哪儿？"汪冬麟毫不迟疑地说。

"跟我走就是了。"朱迪没解释什么，推门离去。

汪冬麟懵懵懂懂地紧随其后，看上去一点戒心都没有。

这栋廉租公寓并没有安装电梯，楼梯上的灯也是时亮时灭，闪动着诡异的光芒。朱迪在前方带路，头也不回地走得飞快，完全不管汪冬麟是否能够跟上。

"嘿，能慢点吗？"汪冬麟喘着大气喊。

朱迪冷哼一声，没搭理他，反倒又加快了速度，拐进一条幽暗的小巷内。

汪冬麟只好气喘吁吁地跑了起来。

然而他刚拐进巷子，就看到朱迪站在拐角处的墙边，等他一出现就飞扑上前。如果没有提前准备的话，大概没有几个男人能躲开这位美女突如其来的热情拥抱，更无法躲开她藏在手中的锋利匕首。

汪冬麟也没躲开。

"咚！"朱迪清晰地感觉到，直取胸膛的匕首并没有刺入汪冬麟的身体，而是插在一块硬邦邦的东西上，震得她手腕一麻，匕首随即脱手掉落。

朱迪反应奇快，也不管到底发生了什么，身子立即往后一跳，避开了汪冬麟对准她下巴的一记上勾拳。

"身手很不错嘛！"汪冬麟冷笑着，从地上捡起了匕首。

朱迪倒也不慌不忙，慢条斯理地说："你身上居然还藏着一块铁板？太夸张了吧！"

"在你洗澡的时候，我闲得发慌，就提前做了点准备。"汪冬麟从衣服下方拿出一个饼干罐的盖子，扔到一旁，"毕竟你之前那杀人不眨眼的手段让我挺害怕的。"

"你以为你拿着匕首，我就打不过你？"朱迪咄咄逼人地说，"汪冬麟，就凭你也想和我们作对，太天真了啊！"

"谁要跟你们作对呢？但你不给我活路走，我也不会让你好过。"汪冬麟咬牙切齿地说，"想要老子？没那么容易。"

"那就试试看呗。"朱迪举起双手，摆出了作战的架势，"我今天就让你死得明明白白。"

"带我去见'组织'的人，我可以考虑放你一马。"汪冬麟冷冷地说。

"笑话！"朱迪娇叱一声，正准备冲上前用空手入白刃的手法夺回匕首，脚下却绊了个踉跄，差点摔倒在地。

她尴尬地扶着墙边，惊讶地发现自己的身体有点不受控制了，头昏昏沉沉的，四肢软弱无力。

"怎么……回事……"

"知己知彼，百战不殆。"汪冬麟咧开嘴巴笑了，"你知道我是谁，就应该知道我之前是怎么样杀人的。"

朱迪先是愣了愣，然后脸上浮现出惊恐的表情来。

"想起来了吗？你从浴室出来之后，喝下的那杯水，里面有安眠药。"

"不……不可能……"

"你一定不明白，那时候我应该有求于你，为什么会在你的水里下药呢？这不符合逻辑吧？"汪冬麟伸出手，托着朱迪的下巴说，"因为我这辈子都不会再相信女人了。"

朱迪倒退两步，避开汪冬麟的手，但她再也站不稳了，背靠在墙边，慢慢地坐了下去。

"你……逃不了的……"

"我给你最后一次机会，把关于'组织'的事情告诉我，我可以饶你一命，否则的话——你还记得其他女人是怎么死的吗？"

朱迪不禁打了个冷战。

汪冬麟把匕首架在朱迪的脖子上，问："想清楚了吗？"

"汪冬麟……你会后悔的。"

朱迪说完，身体猛地向前一扑，用自己雪白的脖子迎上锋利的匕首。汪冬麟连忙缩手，却还是迟了一步，匕首割开了朱迪的喉咙，她的颈脖上先是出现了一道暗红的血痕，几秒钟后，血如泉涌，她也随之颓然倒地。

朱迪很快就气绝身亡，而汪冬麟呆呆地看着她的尸体，觉得自己仿佛也死了一大半。

因为他终于感受到，朱迪背后的"组织"到底有多可怕，也意识到自己之前到底犯下了怎样的错误。

最大的错误，就是他背叛了唯一一个真心实意想帮助他的人，路天峰。

五月三十一日，晚上十点，市郊，某汽车旅馆。

路天峰缓缓睁开眼睛，看着陌生的房间，回想起失去知觉前最后的画面，有点茫然。

他感到口干舌燥，艰难地说了一句："这是哪儿？"

"一家汽车旅馆，很安全。"

路天峰没想到有人会立即回答他的问题，更让他惊讶的是，坐在自己床边的人，竟然是章之奇。

"是你？"

"是我。"章之奇干脆利落地答道。

"她们呢？"

"在隔壁房间，你女朋友也已经平静下来，刚刚睡着了。"

路天峰挣扎着坐直身子，揉了揉发痛的太阳穴，说："现在情况如何？"

"你倒是先说说自己的情况如何吧。"章之奇拍了拍路天峰的肩膀，"怎么突然之间就晕倒了？"

"大概是太累了吧……"其实路天峰一直怀疑是自己喝下的神秘药水的问题，但找不到实质性的证据。

"不要给自己太大压力，很多时候命运并不会给我们选择的机会，别责怪自己了。"

路天峰脸色一变，章之奇这句话是为了安慰他，没想到却反倒在他的心窝里狠狠地捅上了一刀。

而章之奇也敏锐地捕捉到路天峰的表情变化，愕然地问："我说错什么了吗？"

"没有，错的是我，不是你。"路天峰长叹一声，闭上了眼睛。

章之奇当然听得出路天峰是有心事瞒着自己，但也很清楚，想撬开他的嘴巴就绝对不能硬来。

"我总觉得，你跟别人不一样。"

路天峰诧异地睁开眼睛，望向章之奇："有什么不一样？"

"你特别有责任感，一种超越了普通人认知的责任感。有时候我会觉得，你就是蜘蛛侠本人。"

"蜘蛛侠？"路天峰皱起眉头，没有听懂这个梗的意思。

"能力越大，责任越大嘛，哈哈！"章之奇轻松地笑了起来，也许是受到了感染，路天峰脸上的表情也缓和了一些。

"说正事吧，小石桥的案子是怎么一回事？"

"很可能是汪冬麟做的。死者的资料我查到了，跟汪冬麟并无任何牵连，我估计是汪冬麟随机勾搭上的姑娘而已。"

路天峰一阵胸闷难受，嘴角抽搐起来："唉，又一个被我害死的无辜者……"

"谁知道事情会发展成这样呢？"

"我知道。"路天峰一字一顿地说，然后又补充道，"准确来说，我知道事情本来不应该发展成这样。"

"难道你会算命？"

"不，我亲眼见证过未来。今天、明天和后天，我曾经经历过……算了，你就当我是胡说八道吧。"路天峰苦笑着摇了摇头，这些东西他并不指望章之奇能理解，只不过是头脑一热就说出来了。

没想到，章之奇的脸色变得前所未有地沉重，他甚至伸出了双手，紧紧搭上了路天峰的双肩。

"你刚才说什么？"

"你就当我是胡说八道……"

"不是这句，是前面一句。"

"……我亲眼见证过未来。"

章之奇额头上瞬间冒出了冷汗："你的意思是不是指你能够穿越时间？"

"具体情况有点复杂，但你可以这样理解。"

章之奇的脸色越发难看，他用力地吞了吞口水，罕见地流露出紧张的表情，一副欲言又止的模样。

路天峰的好奇心完全被勾起来了，这可是面对山崩地裂都能脸不改色的"猎犬"章之奇啊，为什么像是被这一句看似异想天开的话夺走了魂魄？

"我想跟你分享一个故事，一个悲伤的故事。"章之奇过了好一阵子才恢复常态，却随即说出一句莫名其妙的话来。

"谢谢你。"路天峰也给出了一句莫名其妙的回答。

然后两个人就像相识多年的老朋友一样，微微相视一笑。

7

章之奇的故事

我出生在一个普通的家庭，父亲是一名刑警，母亲则体弱多病，生下我之后更是常年与中药为伴，最后干脆放弃了出门工作，当上了全职家庭主妇。

在我十岁的时候，母亲终于还是熬不过病魔，撒手人寰。父亲为了能够有更多时间照顾年幼的我，主动申请调岗到清闲的文员职位上，从而放弃了他最擅长的刑警工作。

我们父子俩相依为命，在某次饭后闲聊的时候，他说希望我长大之后能报考警校，继承他的衣钵。但当时的我根本不喜欢警察这个职业，父亲的提议让我反感，甚至说出了绝对不会当警察的狠话。

高一的时候，我从影视作品中接触到微表情学，并为之着迷，后来便开始钻研那些大部头的心理学书籍，立志要当一名心理医生。

然而在高三下学期，高考前几个月，我的家中突生变故，父亲在公园散步时被身份不明的歹徒袭击，后脑重伤，陷入昏迷状态，成了植物人。警察调查之后抓获了行凶者，审问后得出的结论却是行凶者仇视社会，所以随机袭击路人。我虽然无法接受这个解释，但也束手无策。

没多久，行凶者在拘留所内莫名暴毙，父亲也被医生宣告脑死亡，我只好选择放弃治疗，这起案件就这样草草结案了。

那是我这辈子第一次感觉到，一起案件的真相到底有多重要。人死不能复生，但假若案件最终能够水落石出的话，对受害者的家属而言就是最大的安慰。

我改变了志向，决心专攻犯罪心理学，希望自己能够成为国内最顶尖的犯罪侧写师。我成功考上了 D 城大学的心理学系，从入学第一天开始就玩命一样疯狂学习，两年之内，所有本科的基础课程我都已经自学完毕，然后我再转攻更高深的学术领域，甚至捧着字典去读那些尚未有中译本的国外最新研究成果。

当时我的目标，是要考上国内犯罪心理学第一人——"犯罪建模"理论创立人袁成仁的研究生。没想到在我大四的那一年，袁老师因为身体原因申请提前退休，不再带研究生。我在失望之余，也留意到在公务员招聘信息之中恰好有警察局的信息分析员岗位，对口专业为心理学。

于是我决定踏入实战领域，以笔试、面试均为第一名的成绩顺利考进了警队，从而实现了自己和父亲的心愿。

接下来这几年关于日常工作的东西就不多说了，我想说的是，我为什么最终选择离开警队。

因为发生了一件诡异的事情，动摇了我的信念。

我有个关系很要好的表妹，是我姨妈的女儿，比我小四岁，自幼就是个聪明伶俐、能歌善舞，同时学习成绩优异的标准好学生。她大学毕业后顺利进入了一家本地的大企业工作，虽然起始职位并不高，但发展前景无可限量。

然而某一天，表妹突然哭着打电话给我，说她不想活了。我一听她的声音都变了调，心知事情不妙，一边好言劝慰她，一边拿着电话飞奔前往她家。

"别哭啊，你哥可是警察呢，放心吧！"她一直喊我哥而不是表哥，这也让我们之间的关系显得特别亲密。

"呜呜……哥，这一次……连警察也没用……呜呜呜……"

"我马上到，你千万别挂电话！"

"呜呜呜……哥……我想去死……"电话那头的她，已经是泣不成声。

我像个疯子一样一路冲刺，以最快速度赶到表妹家中，看见她的那瞬间，我整个人都呆住了。

这还是我那个活泼可爱、聪慧迷人的表妹吗？

眼前的她，脸上两道泪痕，眼圈又红又肿，一张原本俏丽的脸庞更像是瘦了两圈似的，苍白得不见半点血色。

"哥……"她直接扑入我的怀里，泪水打湿了我的衣襟。但数秒之后，她又猛地用力推开了我，惊恐地往后退缩。

"不！你别过来！"

那一刻，我恨我曾经学过的心理学知识，因为我几乎马上猜到了表妹应该是受到了男人的侵害。

"乖，没事的，哥在，乖……"

"呜呜呜！"她失声大哭，怎么劝都劝不住。

不知道过了多久，直到她哭累了，才有气无力地垂着头，用几不可闻的声音说："哥，我被人侵犯了……但我没有任何证据……"

我抱着她，轻轻地拍打着她的后背，让她冷静下来："没事的，你能够说出来就是很勇敢的行为，再也没有人能够伤害你。"

"不，哥，你听懂了吗？我没有证据……因为，因为那个男人，是在另外一个时空内侵犯我的……"

我愣住了，下意识地打量着她的脸，以判断她的神志是否清醒。

她虽然面无表情，却不像是失去了逻辑思维能力，但说出来的每一句话，我都听不明白："那个人，他是我的老板……时间会在同一天内多次循环，因此他一次又一次地污辱我，伤害我……可是在最后一次循环的时候，他又会恢复衣冠楚楚的模样，扮演一个好人的角色……我受不了这种生活了……"

"妹妹，别激动，慢慢说，一句一句说。"

"哥，你不相信我，对吗？我就知道没有人会相信我。"她没能平静下来，反而越来越激动，声嘶力竭地大喊着，空洞无神的眼睛里布满了血丝。

"我相信你，但我真的听不明白……"

"那家伙是个超能力者，他将我带到了不存在的时空内，接二连三地对我施暴，但在现实世界里面，我却没有受到任何伤害。"她一本正经地说着。

"所以说，如果你报警，让法医进行验伤的话……"

"哥，在这个时空里，我还是处女。所以我才说，我没有任何证据。"

我沉默了，表妹的言辞是典型的被迫害妄想症，但她似乎比一般的妄想症病人要更清醒，言论也更奇怪。我不知道在她身上到底发生了什么，才让她变成现在这样子。

我只知道这个问题很棘手，绝对不是三言两语就能解决的，我得劝说她去找正规的心理医生进行治疗。

"妹，要不这样子，周末我带你去看一下医生……"

"不，我不需要医生，我需要你保护我。"她紧紧抓住了我的手，"哥，我要辞职，我不想再见到他了。"

"没问题，辞职就辞职，在家休息一段时间也好。"我虽然这样说，但心里还是非常纳闷，平日完全没听她说过工作上有什么特别不顺心的地方，按道理不应该给她带来那么大的心理压力啊。

"哥……我该怎么办……现在我晚上根本睡不着，还有，这种事情我没办法跟父母开口说……"

"还是去看一下医生吧！可以给你开点安眠药，帮助你入睡。"

"我不要！"她的反应非常激烈，"医生会把我当作神经病，关进疯人院的，我绝对不去看医生！"

我苦笑着，她说得没错，换了我是心理医生估计也会做出同样的诊断，因为她的病情已经不适宜在家治疗了。

我花了好几个小时陪她聊天，才稳住了她的情绪，然后哄她吃下一些安神镇定的药物，让她好好睡一觉，放松紧绷的情绪。趁着她睡觉的时机，我联系了几位颇有经验的心理医生，向他们简单介绍了一下情况，每位心理医生都认为表妹需要立即进行心理治疗，让我尽快安排时间带她去医院。

没想到表妹一觉睡醒后，还是坚决不肯去医院。我有点束手无策了，又担心使用过于强硬的手段会有适得其反的效果，只好暂时放弃，准备第二天继续劝说她。

这可能是我人生中犯下的最大错误。

第二天一大早，表妹的电话又来了，她的声音格外平静。

"哥，我又陷入了时间循环，这已经是我第五次经历今天，也是我第五次给你打这个电话了。"

"是吗？很抱歉，我并不记得……"

"哥，谢谢你。"她说完，竟然直接挂断了电话，我再回拨的时候，她已经关机了。

我心神不宁，立即赶往表妹家，在那里等待我的是一具悬在半空，早已冰凉的尸体。

一贯爱美的她，选择了自缢这种极其难看的死法。

书桌上，有表妹写下的遗书，只有短短一行字："其实死亡并不痛苦，因为我已经尝试过了。哥，请相信我，我说的一切都是真的。"

泪水模糊了我的双眼，也许我应该相信她，因为我是她在这个世界上，唯一能够信任的人。但我又能怎么做呢？

表妹出事后，我将自己关在房间内，思考了两天两夜，最终决定向单位提出辞呈。离职后，我把所有的时间和精力都投入对表妹老板的调查上。

那是一般人想象不到的艰辛，我每天跟踪着他，观察他的一举一动，调查他所接触过的每一个人，逐项分析他的履历，还收买了他身边的人，获取关于他个人隐私的情报。为了更好地进行调查，我还认真去学习各种最先进的黑客技术，在那几年，我甚至歪打正着，在国内最大的黑客社区里头混成了别人眼中的"前辈高人"。

我的调查工作足足持续了三年，一千多个日日夜夜，足以发掘出一个人内心深处最为阴暗的秘密。我找出了那个男人包养的三个情妇，另外还有十四个跟他有过暧昧关系的女人；我翻出了他旗下三家公司的隐藏账本，里面有多年来合计逃税过亿的证据，至于内幕交易、贿赂、违反劳动法等大大小小的问题更是层出不穷。

但即使我把他的公事私事查了个底朝天，却依然找不到能够证明表妹指控的蛛丝马迹。那家伙虽然风流成性，不过从来不用暴力手段强迫女性就范，也许，是因为他根本不需要使用暴力。

我嘲笑着自己，这个世界上怎么可能有什么超能力、时间循环之类的东西？表妹所说的，只不过是她的妄想而已。

三年的时间，终于让我接受了这个现实。虽然仍然心有不甘，但我结束了对那个男人的调查，用匿名的身份将一切资料公之于众，然后冷眼旁观网络舆论那疯狂的力量，将那个男人吞噬。

可惜他的身败名裂，也换不回我表妹的性命。

我开办了自己的事务所，连续解决了数起错综复杂的事件后，在这行里头的名气越来越响亮，大家都将我称为"猎犬"，将我的搜查技巧吹捧得神乎其神，而我为了能更好地包装自己，也坦然地接受了这一切赞美。

但我非常清楚，表妹之死就是我这一辈子都无法解开的心结。

8

五月三十一日，晚上十点三十分，城郊汽车旅馆。

路天峰一直安静地听着章之奇的叙述，没有打断和提问，直到章之奇以一声长叹结束了这个伤感的故事，他仍然没有开口。

房间内，只余下两个男人的呼吸声。

良久之后，还是章之奇首先打破沉默："你真的能穿越时间吗？"

"我可以替你解开心结。"路天峰缓缓地说，"你的表妹并没有妄想症，也没有骗你，她所说的一切应该都是真的。"

"是吗？"章之奇轻轻地反问了一句。

"这个世界上，确实有极少数人可以感知时间循环，而每当时间循环发生时，同一天就会重复五次……"

路天峰对章之奇的理解能力很有信心，因此没有做过多的停顿，一口气把关于时间循环的秘密和盘托出，包括自己之前如何通过这种感知能力破案，又是如何遇上了同样具有感知能力的骆滕风，以及两人之间针锋相对的激烈较量。当然，他也把自己初次接触时光倒流的经历简要地说了一遍。

章之奇听得瞪大了眼睛，不知道该摆出怎样的表情来面对这一切。路天峰的描述虽然匪夷所思，违反科学常识，但跟表妹当年所说的细节完全吻合，而且可以清楚地解释自己这些年来对表妹之死的所有疑惑和困扰。

最后，章之奇只能再长叹一声，感慨道："如果能够早点认识你就好了。"

"所以你表妹的老板是利用感知者的特殊能力，在那些不会留下任何痕迹的循环时空当中，侵害女性，以满足他那变态的欲望。"

"但……既然不会留下任何痕迹，我表妹……又为什么会记得被侵害的经过？"

"我不知道……我怀疑你表妹也可能在这个过程中成为了感知者，而她无法承受这种变故，获得感知时间循环的能力，反倒将她推上了绝路。"

"这种奇怪的能力，到底是怎么出现的？"章之奇说话的速度越来越慢，他的心中充满了匪夷所思的可怕答案。

路天峰停顿了一下，道："我也想知道。"

章之奇沉默良久，最后只能再长叹一声，感慨道："如果能够早点认识你就好了。"

"那样的话，你倒未必会相信我所说的话。"

"不，我会相信的。其实当初在浏览警方数据库时偶尔看见了你的资料，我的第一反应就是，这家伙该不会是有超能力吧？从那时开始，我就对你的名字留下了印象，只不过没有主动去找你罢了。"

"难怪你会毫不犹豫地接下我们的委托。"路天峰恍然大悟，"除了钱之外，还有这一层的原因吧。"

"老实说，我并不太在乎钱，想认识你才是唯一的原因。"

路天峰主动伸出了右手："很高兴认识你！"

"我也是。"章之奇用力地握着他的手，"对了，如果今天还会重来一次的话，希望你能够继续来找我。"

"但今天并不是会发生时间循环的日子……咦？"路天峰像是想起什么似的，整个人愣住了。

"怎么了？"

"让我整理一下思路——"路天峰举起右手，做了个暂停的手势，然后闭上了眼睛，无数思绪的火花在他的脑海里闪过。

他很确定，今天，五月三十一日，并不会发生时间循环。

不过他是从六月二日"穿越"回来的。

六月二日晚上出现的那伙神秘人，不知是什么来头，他们手中有一种药水，可以让人获得感知时光倒流的能力。

但光有感知能力显然是不够的，还需要时间真的发生倒流才行，而当时那个威胁自己的歹徒信誓旦旦地说，他们能够启动时间倒流。

这样说来，如果找出那帮人，迫使他们再次启动时间倒流呢？余勇生和今天死去的其他无辜者，是否就可以逃过一劫了？

路天峰猛地睁开眼睛，目光如炬。

"想到什么了吗？"章之奇问。

"长话短说，我想请你帮我找一个人。"

"汪冬麟？"

"不，另外一个人，一个我也不知道他是谁的家伙。"

章之奇先是愣了愣，然后反倒笑了："那肯定很有意思。"

"是的，真正的关键人物并不是汪冬麟。"路天峰突然恢复了信心和体力，从床上一跃而起，在房间内兴奋地来回踱步，"但我们还是得先找到汪冬麟，因为他是最有用的诱饵。"

"没问题，不过现在有一件更重要的事情需要你去做，那就是休息。"章之奇搭着路天峰的肩膀说，"童瑶跟我说了，你今天一整天身体状况都不太正常。"

"那是药水的副作用……"

"现在已经是深夜时分，汪冬麟肯定正躲在某处过夜呢，我们也需要养精蓄锐，才能迎接接下来的挑战，你总不可能连续几天不休不眠吧？"

路天峰想起之前每次遇上时间循环的时候，自己都可以完全不睡觉硬撑下来，因为每当"一天"结束的时候，他的精力和体力似乎都会补满。

然而他不得不承认，这次是章之奇说得对，他和大家一样，都需要休息。

"休息对我而言，是奢侈品。"

"那今晚就奢侈一把吧，明天早上几点起床？"

"我习惯了六点半起床。"

"真是个工作狂，我习惯睡到自然醒，那才是最符合人体工学的作息时间。"章之奇笑着说。

"开什么玩笑，调个七点的闹钟吧。"

"没问题。"

路天峰重新躺倒在床上，他突然觉得脑袋很沉，而身体变得轻飘飘的，看来自己的体力确实是严重透支了。

意识渐渐模糊，陷入梦乡的那一瞬间，他好像听见了敲门声。

但他实在是太累了，累得已经没有办法睁开眼睛去看一看。

整个世界安静下来了。

五月三十一日，晚上十一点，D城警察局，会议室。

程拓面无表情地看着大屏幕上的三张案发现场图片，心里一阵阵说不出口的郁闷。

第一张图片是在小石桥发现的女尸，稍早时候已经确认了死者身份，杨雅姿，衣食无忧的富家少奶奶；第二张图片是余勇生，程拓之前的下属，同时也是身上带着警方跟踪器的"鱼饵"；第三张图片上的死者是一位叫朱迪的女调酒师，在黑与白酒吧工作，然而经初步调查发现，朱迪的所有身份文件都是假的，暂时不清楚这女人的真实来路。

这三起案件中的任一起，都足以引爆目前有关汪冬麟出逃事件的舆论，更何况是在数小时内连续死了三个人。

"关于下一步的调查方向，各位有何建议？"罗局的问话让程拓稍稍回过神来，他看了看四周，只见会议室内的每位同僚都和自己一样，心事重重，沉默不语。

"程拓，你来说几句。"罗局眼见大家都不说话，只好点名。

"目前还没有证据证明后两起案件跟汪冬麟有关，我们是否并案调查，需要谨慎考虑。"程拓心内苦笑，是福是祸，该来的总是躲不过。

"我支持并案处理。"开口说话的是严晋，他曾经抓过汪冬麟一次，也跃跃欲试地想抓第二次，"最新得到的消息，黑与白的服务生证实余勇生出事之前曾经在酒吧内打探关于汪冬麟的消息，而当时汪冬麟恰好在酒吧里面！服务生还说，余勇生得知汪冬麟可能刚刚离开，匆匆忙忙地从后门追了出去，几分钟后，他就在后巷内遇袭身亡了。"

"那个女调酒师是怎么回事？"罗局又问。

严晋胸有成竹地说："汪冬麟在刚进酒吧的时候，曾向服务生打听朱迪的消息，他好像就是为了寻找朱迪才来到黑与白的。"

罗局眉头紧皱，事态越来越失控了。

"程拓，你主要负责跟进小石桥的案件，让当地派出所的肖冉配合你的工作，要知道死者身份还是靠着他提供的线索才那么快查出来的；严晋，你派人去摩云镇，深入调查酒吧街的两起案件。你们保持沟通联系，所有线索第一时间共享，我们最主要的目标还是要找出汪冬麟。"

"遵命！"程拓和严晋异口同声地说。

程拓很清楚，这个命令等于是把前线指挥官的位置交给严晋了，但他并没有丝毫的不快，反而感到松了一口气。

再看看严晋，虽然表情依然平静，但眼中似乎有一道火焰在燃烧。

"二十四小时之内，能找到汪冬麟吗？"

罗局并没有向特定的人提问，但只有严晋掷地有声地回答道："我用我的警徽保证，十二小时之内将汪冬麟捉拿归案。"

众人一阵哗然，随着严晋这句豪言壮语，会议室内的士气似乎一下子高涨了不少。

程拓暗暗叫苦，居然连一贯稳如泰山的严晋也沉不住气了，要用这种极端的方式来激励队伍，可见当下的形势有多么恶劣。

"路天峰，我们可被你坑惨了啊！"

此时程拓怀里的手机轻轻振动了一下，他低头一看，是一条来自陌生号码的六合彩广告短信，但短信开头含有看似乱码的四个英文字母 T、I、M、E，让程拓顿时变得心惊胆战起来。

因为他已经有好长一段时间没收到来自"组织"的短信了。

五月三十一日，晚上十一点十分，城郊公路旁，红峰加油站休息区。

汪冬麟坐在刚刚租来的共享汽车里，低头翻看朱迪的行李袋。其实里面的东西并不多，但竟然有五套不同的身份——五个荷包、五张身份证，还有信用卡和手机等相关物品。原来"调酒师朱迪"只是那个女人的其中一个身份，这辆共享汽车正是用朱迪另外一个荷包里的信用卡刷卡解锁的。

汪冬麟估计一时半会儿应该还不会被警方追踪到，但现在最关键的问题是，接下来他要去哪儿？

朱迪手机上的信息非常少，干净得不合常理，能够看到的唯一一条短信是"把垃圾处理掉"，联系人姓名是空白，连发送号码也是由一长串数字组成的虚拟地址。汪冬麟很清楚，这意味着他已经被"组织"无情地抛弃了。

不，这不仅仅是分道扬镳，各走各路，而是"组织"想要杀人灭口，彻底封住自己的嘴巴。

"难道我所掌握的信息，对他们而言很重要？"汪冬麟默默地看着车窗外，回想着自己与"组织"打交道以来的点点滴滴，只可惜他完全想不出自己掌握了什么关键信息。

如果压根不清楚自己拥有什么底牌和筹码，就无法跟对方进行博弈。

汪冬麟心里泛起一股强烈的挫败感，就像以前在棋盘上遇到一流高手时，完全看不穿对方意图的那种感觉。

"但底牌一定在我的手中！"他自言自语地说。

汪冬麟回忆起小学时代那次参加全国大赛的经历，其中有一盘对垒让他印象深刻，当时他的局势非常差，子力全面落后，处处被动挨打，眼看对方可以轻而易举地将他一举击溃。但很奇怪的是，对手却连出缓招，让他有了喘息的机会。

那时候汪冬麟不断地反问自己，对手为什么要这样小心翼翼，他到底在防备什么？是不是有哪一步关键招数自己看漏了？

顺着这个思路，汪冬麟经过一番冥思苦想后，终于想出了最关键的那一步棋，并顺利赢下了比赛。这也是他在那次全国大赛上的最后一盘胜利。

今天的状况跟当年非常相似，他必须搞清楚自己对"组织"的重要性到底体现在哪里，否则只会糊里糊涂地送命。

现在有一条显而易见的活路摆在他眼前——立即联系警方自首，但如果今天上午路天峰告诉他的情报无误的话，这条活路最终会变成死路。

另外一条路，就是自己一个人孤身逃跑。借助朱迪那些不同身份的信用卡，他应该能够远走高飞，不过到底要逃到多远才够呢？如果朱迪的几个身份都是"组织"替她提前安排好的话，那么即使逃到天涯海角也是白搭。

第三条路是走回头路，想办法联系上路天峰，但汪冬麟并不确定他是否还愿意跟自己合作。

"真难办啊！"汪冬麟狠狠地拍了拍方向盘。

但即使是这样，他也绝不能坐以待毙。

现在的状况等于棋盘中最为复杂的中盘阶段，犬牙交错，牵一发而动全身，一着不慎就可能导致满盘皆输。

遇到这种情况的时候，稳打稳扎的棋手会主动追求局势的简单化和明朗化。但对形势落后的棋手而言，通常会选择兵行险着，令局势进一步混乱。

只有制造混乱，才能诱使对方出错，从而找到翻盘的机会。

汪冬麟灵光一现，拿起朱迪的其中一部手机，登录了微博。

汪冬麟被拘捕后，王小棉就接管了他日常使用的微博，并且清空了之前的所有内容，只发了一条向所有人道歉的微博——"对不起"。这条微博禁止所有人评论和转发，因此一直孤零零地挂在个人主页上，下面的浏览数据却显示有接近五千万的阅读量。

幸好，小棉并没有改掉他惯用的密码。

汪冬麟进入撰写新微博的界面，飞快地输入五个字，停顿了一下后，果断按下发布按钮。

这五个字，将会在转眼之间传遍整个互联网。

"快来抓我吧！"

发布地点定位：X25省道，红峰加油站。

汪冬麟看着"发送成功"的提示，忍不住笑了起来。

猫鼠追逐的游戏，现在才开始慢慢步入高潮呢。

9

五月三十一日，十一点四十分，一条无人的小巷内。

程拓戴着一顶棒球帽，帽檐遮住了半张脸，躲躲闪闪地来到墙角处。黑暗的角落里，早就站了另外一个人。

满头白发的周焕盛。

"你来了？"周焕盛的声音平静之中带有一丝不容拒绝的威严。

"周老师，今天警局那边的事情很多，我不好脱身……"程拓忙不迭地解释道。

"今天可出了大乱子啊！"周焕盛叹道。

"是的，汪冬麟的逃脱让我们很是头痛……"

周焕盛却摆了摆手，打断了程拓的话："不，真正的乱子比这严重得多，今天出现了罕有的时序失控现象。"

"时序失控？"程拓的反问并不是因为他听不懂，而是因为他过于惊讶。

作为"组织"的成员，他很清楚什么叫时序失控——

干扰时间的正常运作，这可是弥天大罪。

"在正常时间流的六月二日，背叛者们启动了时间流退回，强行让时间倒退到五月三十一日，即今天凌晨时分。因此我们正处于一段不合法的时间流之内，而且时序失控现象愈演愈烈，多处出现了时间紊乱……"

"我们该怎么办？"程拓并非感知者，因此到这一刻才意识到情况到底有多严峻。

"找出关键变量，尽快将其去除。"

"是汪冬麟吗？"程拓脸上露出了难色，如今有上千名警察在追捕汪冬麟，却依然不见其踪影，光凭他的力量也很难成事。

"关键变量有两个，除了汪冬麟之外，还有路天峰。"周焕盛顿了顿，说，"两个人都要斩草除根。"

"他们非常狡猾，我今天追查了一整天，却连他们的影子都见不着。"程拓自嘲地苦笑着。

"光凭你做不到的事情，还有'组织'在幕后替你撑腰。"周焕盛递给程拓一个文件袋，拍了拍他的肩膀，"里面有追逐汪冬麟的关键线索，抓紧时间去办。"

程拓掂量了一下文件袋，沉甸甸的，里面至少有上百页资料，也不知道到底是什么。

"我立即就去。"

"记住，一切都要干净利落。"周焕盛做了个劈掌的手势，"绝对不能留有后患。"

"明白。"程拓低头应道。

因为在"组织"面前，无论是谁，都只能选择低头。

但并不是每个人都是心甘情愿地低头。

第四章
猎人们

1

六月一日，凌晨三点，汽车旅馆。

路天峰睡得迷迷糊糊的，只听见耳边时不时传来一阵噼里啪啦的声音。

这是什么声音？

敲击键盘的声音。

我在什么地方？在做什么？

一想到这个问题，路天峰立即清醒了不少。

"别跑！"路天峰猛地从床上坐了起来。

"你没事了？"章之奇淡淡地问了一句。

路天峰揉了揉发酸的眼睛，又用力地眨了眨，只见章之奇在另外一张床上盘膝而坐，大腿上摆着笔记本电脑，应该是在连夜搜集资料。

"你不是说要睡到自然醒吗？"路天峰调侃道。

"确实是自然醒，醒来了就工作呗。"章之奇打了个哈欠，"既然你睡够了，要不换我睡一下？"

路天峰注意到章之奇的眼中布满了血丝，看来他应该是一分钟都没合眼。

"行，你去歇会儿吧……不过先说一下最新的情况怎么样了。"路天峰看了看时间，原来他已经睡了四个多小时。

"你睡着后不久就有出大戏上演了，汪冬麟的微博账号突然更新，发布了一条挑衅警方的信息。"

章之奇转过屏幕，好让路天峰看得更清楚一点。

"快来抓我吧……"路天峰边读边皱眉，这种失去理智的举动，不太像他所认识的那个汪冬麟，"这部手机立即就被警方定位追踪了吧。"

"没错，但现场可是人来人往的加油站，汪冬麟也不是傻瓜，还会把手机带在自己身上吗？零点二十五分，警方在一辆长途客车的行李架上找到了那部手机，但没有汪冬麟的踪影，他只是趁着客车停靠在加油站让乘客们去上洗手间的空当，把手机偷偷放到了车上而已。"

路天峰苦笑："这家伙还真是原封不动地抄袭我啊！"

"哈哈，名师出高徒！"章之奇打趣道。

汪冬麟使用的招数跟昨天上午路天峰借助电子脚镣定位器误导警方的手法如出一辙，真让人头痛不已。

章之奇又打了个大大的哈欠："嗯，资料都在这里，你慢慢看，我年纪大熬不住了，先睡一会儿啊！"

路天峰点点头，调暗了床头的灯光，眼看章之奇似乎一倒下就睡了过去，又想起了他表妹的遭遇，不由得感慨万千。

"还是认真研究一下吧……"路天峰低声嘀咕着，将注意力重新放到屏幕上。

"快来抓我吧！"

微博内容被截图放大后，看着这五个黑色的大字，加上一个大大的感叹号，路天峰却突发奇想，这句话里头会不会隐含着什么重要信息呢？

　　汪冬麟是个冷静得有点可怕的人，他为什么要蓄意挑衅警方？

　　除非他有一个不得不这样做的理由。

　　然而短短的五个字之中，还能藏着什么信息呢？

　　"不对，还有其他信息……"

　　汪冬麟发布的微博包含了地理信息，这让警方能够更方便地锁定他的位置，从而增加了被抓获的风险，但他依然选择了这样的发布方式。

　　因此这个地理信息也非常重要。

　　X25 省道，红峰加油站。

　　路天峰下意识地胡乱晃动着鼠标，看着光标在屏幕上跑来跑去。

　　"逃跑就逃跑呗，为什么非要留下地理位置？莫非他希望除了警方以外的人也能知道他在哪儿？"

　　但路天峰随即否定了自己的这个想法，无论汪冬麟躲在哪里，都不可能停留在这个加油站附近。

　　"莫非是……"

　　章之奇刚才说过的话，回响在路天峰耳边——名师出高徒。

　　汪冬麟现在所做的一切，都是对路天峰的刻意模仿。

　　"他还知道我的另外一种手法……"

　　数字索引密码表，最简单而有效的密码手法之一。

　　定位信息里面，只有两个数字，2 和 5。

　　对应"快来抓我吧"这句话，结果就是"来吧"。

　　来吧？去哪里呢？

　　路天峰觉得自己离真相只有一步之遥了，到底还有什么信息被忽略了吗？

"来吧，来吧……"

路天峰一边自言自语，一边随手在搜索引擎里面输入这两个字。

歌曲、漫画、电影……一大堆毫无关联的搜索结果当中，有一个网址令路天峰眼前一亮。

"来吧烤串"，地址在华联路，离 D 城大学校区只有不到一公里的距离。

这应该算是汪冬麟最熟悉的区域了。

路天峰连忙打开网址，那是一个美食点评平台，除了地址、电话、人均消费、推荐菜式等店家资料外，还有不少顾客留言。

其中最新一条留言发布在一小时前，内容为：

> 好难找的地方啊！差点就迷路！
>
> 找了我大半天！
>
> 幸亏最后还是顺利吃上了，东西非常赞，可以说是本地烤串店的巅峰！
>
> PS：老板说上午十一点开门，那时候顾客少，不需要排队，推荐大家这个时间过来哦！

前三行的最后一个字连起来，就是"路天峰"，这绝对不可能是巧合。

"汪冬麟，你要跟我见面吗？"路天峰沉吟道。

上午十一点，这就是汪冬麟指定的时间。

虽然不知道汪冬麟为什么胆敢主动找自己，但路天峰相信，这是只有他才能解读出来的信息。

他犹豫了一下，放弃了回复这条留言的念头，强迫自己躺回床上，闭上眼睛，尽可能地放松身体。

现在他最需要的就是休息，彻底的休息。

因为他的身体又开始莫名地疼痛起来了。

六月一日，凌晨三点三十分，摩云镇酒吧街。

马不停蹄地连续勘查了好几个现场的严晋回到警车内，一屁股重重地坐了下来，又长叹一声。

"情况如何？"后座上，一个苍老的声音问道。

"一团糟。"严晋从口袋里掏出香烟，看了一眼，又塞了回去，"老戴，这次案情过于棘手，才需要麻烦你亲自出马。"

"严队言重了，我现在已经是半个废人，参与行动的时候不拖累大家就好。"原来车内的另外一人正是第四支队的老刑警，处于半退休状态的戴春华。他一边揉着自己的大腿，一边说："这条腿每逢风雨天就隐隐作痛，真让人不得不服老了啊！"

"老戴，这车里就我们俩，我就直说了。"严晋回过头，一脸严肃地看着戴春华，"当初要不是靠你的火眼金睛，我们根本就抓不住汪冬麟。"

戴春华淡淡笑了笑，说："功劳是大家的，我只是出了一份力。"

"老戴，论查案，你永远是我的老师。"

"行了，说案情吧。"

严晋点点头，说道："先说余勇生的案子吧，现场没有任何搏斗的痕迹，他被一把尖细匕首之类的锐器一下刺穿心脏，随后大出血而死。根据伤口的角度和深度推测，凶手是在极近的距离内行刺，而且凶手的身高在一米五到一米六之间……"

"女人。"戴春华言简意赅地说。

"为什么这样说？"

"余勇生是队内的格斗好手，放眼整个刑警大队也没几个人敢说单挑稳赢他，要是他在毫无反抗的情况下被刺中心脏，那一定是对方让他完全放下了戒心。"戴春华轻轻叹了一口气，"比如说，对方是个柔弱的女子，结合你刚才说的凶手身高，我觉得很有可能是一个女人下的手。"

"老戴，你真不应该退休的。"严晋翻开档案的某一页，"鉴证的同事已经证实，刺杀余勇生的凶器，就是在另外一起案件现场发现的、杀死女调酒师朱迪的那把匕首。根据目前的线索推测，朱迪很可能就是杀害余勇生的凶手，但她却不知何故，被同伴所杀。"

"她的同伴就是汪冬麟？"戴春华眯着眼，看着车窗上的雨滴。

"匕首上除了朱迪的指纹，还有汪冬麟的指纹。"

"割喉，这不符合汪冬麟的'杀人哲学'啊……"

"从伤口分析的状况看来，这一刀似乎是朱迪主动迎上去送死的。"严晋停顿了一下，"一个身世成谜、身份资料全是虚构、视死如归的女人，让你想起了什么吗？"

"职业杀手、雇佣兵，反正不是等闲之辈。昨天上午在铁道新村的行动里面，也发现了一具雇佣兵的尸体，对吗？"戴春华边说边用力地捶着自己的大腿，"你还记得我们上次顺利拘捕汪冬麟之后，我说过的话吗？"

严晋正色道："当然记得，你说汪冬麟最后一次的犯案模式有不合常理的变化，案子并没有那么简单。"

"这些神秘的雇佣兵让我更加肯定自己的猜测，汪冬麟和他们之间到底有何瓜葛，将会是案情的重要突破口。"

这时候，严晋突然拍了拍脑门："对了，我想起一件令人费解的事情。"

"哦？说说看！"

"就是路天峰跟童瑶说过，他之所以选择劫囚车带走汪冬麟，是想查明汪冬麟一案背后隐藏的真相。"

戴春华的眼中闪过一道光芒："路天峰也觉得案件有隐情？"

"是的，奇怪的是，他又没有参与汪冬麟案的侦查工作，为什么能够斩钉截铁地说出案件背后有问题？而且昨天上午他劫囚车的行动时间点，也掐得太巧妙了，巧妙得就像……"

"未卜先知。"戴春华说出了严晋心中的疑惑，警队内部也有不少人对路天峰那位深藏不露的"线人"相当好奇，甚至流传着路天峰的真正身份其实是算命先生这样的玩笑。

当然，他们都很清楚路天峰的情报绝对不是靠算命得来的，这才更让人觉得可怕。

"话题别扯远了，我们还是要专注于追捕汪冬麟。"戴春华闭上眼睛，用手指按压着太阳穴，"你觉得他为什么要发条莫名其妙的微博？"

"扰乱我们的视线，趁乱逃跑？"

戴春华摇摇头："那个加油站本来就不在我们的重点搜查范围之内，他跑到那里再发一条微博就有点画蛇添足了。而我坚信，汪冬麟绝对不会做没有意义的事情。"

"是的，我知道你一直对那两件至今仍未发现的'纪念品'耿耿于怀。"

"所有看起来是'多余'的东西，都是破案关键，消失的'纪念品'是，汪冬麟所发的微博也是。"

戴春华慢慢睁开眼睛，嘴唇翕动着，反复默念那五个字。

"快来抓我吧……快来抓我吧……"

戴春华冷哼一声，用几乎只有他自己才能听见的音量说："让我来满足你的愿望吧。"

2

六月一日，早上七点，D 城郊外，TeeMall，露天停车场。

这座身处郊区却二十四小时营业的大型购物中心坐落在高速公路旁，每当入夜的时候，整栋建筑物灯火辉煌，被附近的居民戏称为"大灯塔"。

虽然现在天色刚亮，却正好是超市部门把新鲜蔬菜和肉类更新上架的时间。熟悉门路的家庭主妇掐着钟点，结伴而来。

在一辆灰色小轿车上，汪冬麟伸了个懒腰，揉了揉因为在驾驶座上趴着睡了一整晚而隐隐作痛的腰眼位置。

他半夜离开红峰加油站后，把车子开到了最近的共享汽车租车点，又换了另外一张身份证租了个新车，然后一口气开到 TeeMall 这里，在停车场待了一整晚。他不敢去旅馆投宿，因为即使是非法的小旅馆，也很可能是警方搜索排查的重点对象，反倒是睡在车里更安全一些。

汪冬麟拍打着自己的脸颊，好让自己更快清醒过来。他听见自己的肚子在咕咕地抗议着，于是在朱迪的包里翻出一点零钱，跳下车，跑到 TeeMall 门外的快餐店里买了一份三明治早餐。

由于担心被路人认出来，他不敢坐在快餐店里吃东西，买好早餐后又急匆匆地折返车内，直到重新锁好车门，才放心地咬了一大口三明治。

然而他还没能把嘴里的早餐咽下去，就感到一个硬邦邦的东西顶着自己的后脑勺。

"不许动！"一个低沉而冷酷的声音从后座上传来。

汪冬麟全身上下的血液一瞬间凝固了，他不知道来者是谁，更不明白自己到底在什么环节犯错了。刚才去买早餐的时候，他明明已经锁好了车子啊？

"双手放在方向盘上……你要敢乱动，脑袋马上开花。"

"你是什么人？"汪冬麟终于艰难地挤出一句话来。

"刑警大队，程拓。汪冬麟，你被捕了。"

"警察？"汪冬麟的头脑飞速地运转着，整件事有太多不可思议的地方，他必须尽快找到突破口。

纷繁复杂的局势之中，一定会有最关键的一步棋，你能想出这一步，就赢；想不出，就要输掉。

"咔嗒"，手枪的保险被打开了。

"等等，别开枪！"汪冬麟一个激灵，大喊起来，"我们可以谈一谈！"

"呵呵！"程拓冷笑一声，"我们之间有什么可谈的？"

"你到底是什么人？"汪冬麟突然想明白了到底有什么不协调的地方，"我是重犯，警方要逮捕我怎么可能只派你一个人过来？"

程拓倒吸了一口气，却没吭声。

"你一定是调查了我租车的证件，追踪我使用的手机，但这些东西原本属于另外一个女人，警方不可能知道这些信息。"

"你倒是挺聪明的嘛。"程拓也不得不佩服汪冬麟，能够在被枪口指着脑袋的情况下保持如此清晰的思维。

"那几个假身份都是'组织'提前准备的，所以只有'组织'的内部人员能够借此追踪到我。"

"太聪明的人，往往不会有好下场。"程拓将枪口顶得更近了一些。

汪冬麟耸耸肩，笑着道："程警官，你如果只是'组织'的一条走狗，那么你早就该开枪了。既然你没有选择开枪，那么我们应该坐下来好好聊一下该如何合作。"

"你凭什么跟我谈合作？"

"那你知道'组织'为什么非要除掉我不可吗？"

程拓没答话，他并不敢肯定地说自己知道真正的理由，毕竟"组织"下达任务的时候，很少把事情的来龙去脉和盘托出。

他们只追求结果，不问过程，更加不愿意多透露半句信息。

汪冬麟嘿嘿一笑，接着说："看来你在'组织'内部也不受重视啊！"

"少废话，把你知道的东西统统说出来。别忘记了，你的命还在我手上。"

"程警官，不知道你有没有兴趣和我一起合作，扳倒'组织'呢？"汪冬麟缓缓地转过身去，两人的目光第一次对上。

"就凭你？"

"我还有个伙伴，是你的老朋友，路天峰。"

"你们之间到底是什么关系？"程拓不禁皱眉，虽然枪在他手中，但谈判的主动权却一直被汪冬麟牢牢把控着。

汪冬麟扭过头，重新看向正前方："程警官，我之前并不认识你，现在也谈不上信任你，如果你希望加入我们的话，请努力赢取我对你的信任——最起码，你不应该用枪口对着自己的盟友。"

"我们现在并不是盟友。"程拓冷冰冰地回答道，他不能再让汪冬麟牵着自己的鼻子走了，"我建议你跟我回警局一趟，如果你拒绝的话，我会以拒捕为由向你开枪。"

"然后你就可以向'组织'交差了是吗？"汪冬麟夸张地摇头叹气起来，"那你一定会后悔的，因为你根本不知道我有多重要。"

"有话直说，不要故弄玄虚。"程拓心里确实有点七上八下的，汪冬麟有恃无恐的态度让他感到不安。

"程警官，如果你可以有一点点耐性的话，就等到今天中午吧。"汪冬麟心知自己极有可能说服程拓，"只要你能够掩护我跟路天峰顺利见面，我保证你会得到你想要的回报。"

"我想要的回报？"

"破案，升职，平步青云，更重要的是，你还可以摆脱'组织'对你的控制。"

程拓还是没有正面回答，但他的枪口下意识地离开了汪冬麟的脑袋。

汪冬麟松了一口气，轻轻地拍了拍胸口。

这关键的一步棋，他总算是走对了。

六月一日，早上七点三十分，汪冬麟追捕行动小组的指挥车内。

忙了一整晚的严晋和戴春华两人正在趁着难得的空闲时间，闭目小寐，但一通电话打断了车厢内的安宁。

"我是严晋，请说。"

"严队，我是总部技术分析小组的小黄，在治安监控中发现了疑似汪冬麟的人物。"

严晋立即精神一振："辛苦了，麻烦把资料发给我。"

随着科技的发展，城市治安监控录像在追捕逃犯中起到越来越大的作用。高清拍摄和人脸识别技术被广泛应用，加上性能越来越强大的硬件设备，让人工智能追踪逃犯成为现实。D城早在三年前就启用了能够收集五千个城市治安监控摄像头数据，并自动进行脸部特征分析，以精确锁定逃犯的"追捕者"系统，而经过三年的实战磨炼和系统扩充，目前已经有两万多个监控摄像头的数据纳入系统，每秒钟可以分析超过一千张人脸的特征数据。

正是这个不知疲倦的"追捕者"，今天凌晨时分在一家自助式租车店门外，捕捉到一名可疑人物的身影，技术分析小组通过反复回放，并对比在红峰加油站获取的监控视频，确认了有人当时驾驶着一辆白色小轿车由红峰加油站前往租车店，然后通过自助设备又租用了另外一辆灰色小轿车。那辆白色小轿车则被随意停在路边，鉴证人员在车内提取指纹后，确认了司机是汪冬麟。

因此汪冬麟目前应该在驾驶着那辆灰色小轿车潜逃，相关的车牌信息已经上传到数据库，分析小组正全力以赴在全市的停车场和路面上搜索这辆汽车。

"搜索结果刚刚出来了，那辆灰色小车在城郊 TeeMall 的停车场有进场记录，但没有出场记录。"严晋的语气里带着兴奋，"凌晨两点多进去，到现在还没出来，有可能是躲在车上睡觉了。"

戴春华倒是显得很淡定："我们离 TeeMall 有多远？"

"现在路上车不多，五分钟内能赶到。"

"严队，我建议汪冬麟的行踪暂时不要上报局里，由我们直接去处理。"

严晋愣了愣，一时没反应过来："老戴，这可不是小事情啊。"

"为了追捕汪冬麟，我们警方几乎是全市总动员，这种部署能够将他逼到无路可走的地步，但缺点在于信息共享得太及时了，行动泄密的机会大大增加。"戴春华若有所思地说，"我担心我们队里有内鬼。"

严晋略一思索，点头表示同意，反正汪冬麟的位置已经锁定了，TeeMall 四周一片荒凉，不开车的话他根本跑不了。

严晋决定暂缓上报，改用内部通话频道对自己的小分队下达了指令。

"所有人，立即前往 TeeMall，封锁停车场出入口，我要找一辆灰色小轿车，车牌号码为 DV116，重复一次，DV116。无论如何都不能让这辆车离开停车场，明白了吗？"

"收到！"

"明白！"

五分钟后，严晋和他的下属已经将目标车辆团团包围。

但他们还是来晚了，车内空无一人，而且一打开车门，就传来一股浓烈的异味，有人在车厢内洒满了漂白剂，指纹痕迹被破坏得一干二净。

严晋环顾四周，发现这个位置刚好是监控死角，估计查录像也查不出什么端倪，但还是派人去找商场的安保人员，拿到监控录像来取证。

戴春华则是拖着沉重的步子，绕着汽车转了几圈，眉头紧锁，低头不语。

"老戴，有什么发现？"

"我在想漂白剂的问题。"

"这是破坏犯罪现场的常用手段，有什么不妥吗？"严晋反问。

"这车我们已经基本可以确定是汪冬麟开过来的了，他还有必要再用漂白剂毁灭证据吗？再回想一下他出逃后涉及的几起案件，现场都没有遭到任何破坏。"

严晋心内一惊，没错，汪冬麟根本就是明目张胆地挑衅警方，洒漂白剂可不像是他的手段。

"车内还有另外一个人，正是那个人接走了汪冬麟。"严晋说出了自己的推理。

"而且是一个对我们警方现场勘查工作非常了解，行事小心谨慎的人。"

虽然戴春华没有把话挑明，但严晋立即就想起了这位老刑警几分钟前的推理。

警队里，真的有内鬼吗？

严晋突然想起，他该向上级汇报最新情况了。

3

六月一日，上午八点，汽车旅馆的房间内。

陈诺兰做了一个很长很长的梦，在梦中，她身处风腾基因的办公大楼内，被一群蒙面人不停地追杀，一颗又一颗的子弹擦过她的耳边，几乎要了她的命。

但这时候，路天峰出现了，他拿着一把银色的小手枪，却拥有无穷无尽的子弹，一枪一个敌人，枪枪爆头。

"诺兰，跟我来。"

路天峰拉着她的手，温暖而有力。

"峰，前面没有路了。"两人跑到一座大厦的天台最边缘处。

"有我在，就有路。"路天峰揽住她的腰肢，"闭上眼睛吧。"

陈诺兰闭上眼睛，只听见阵阵呼啸的风声，她忍不住睁开眼，原来路天峰抱着自己，正在天空中飞翔。

蒙面人却并未放弃，有些人背后长出了翅膀，更有些人干脆变身成为乌鸦，穷追不舍。

黑色的羽毛像利剑一样飞向陈诺兰，但就在即将刺中她的瞬间，所有的羽毛都悬浮在半空中，停住了。

路天峰向她露出一个充满自信的微笑。

"看，时间停止了。"

"但时间不会永远停止啊！"陈诺兰不无担忧地说。

"放心吧，只要有我在，没人能够伤害你。"路天峰轻轻地吻了吻她的额头。

可是她总觉得不安心，于是用力地握紧路天峰的手，仿佛只有这种真实的触感，才能让她静下心来。

一道闪电划过天空，天色不知道何时变得阴沉灰暗。

那些悬停在半空的黑色羽毛，突然之间动了起来。

"峰！小心！"陈诺兰大惊失色，拼命地喊道……

陈诺兰猛地从床上跳了起来，满头大汗，惊魂未定。

她首先感觉到的是，有人温柔地握住自己的手，定睛一看，原来是路天峰正坐在床边，关切地看着她。

"做噩梦了吗？"他轻轻地替她擦去额头的汗水。

"峰……"陈诺兰并没回答，一下扑入路天峰的怀里。

两人之间无须过多的言语，就这样紧紧拥抱了好一阵子，陈诺兰才依依不舍松开手，红着脸问："怎么是你在这里？童瑶呢？"

"她和章之奇在隔壁房间，刚才警方发布了新的动态，他们俩正在跟进调查呢。"

"那你呢？"

"我现在的任务是要好好保护你。"路天峰摸了摸陈诺兰的头。

陈诺兰心头一热，随即想起了因自己决策失误而死的余勇生，不禁愧疚地垂下头，抽泣着道歉："峰，对不起，昨晚我……"

"那只是一场意外，不能怪你。更何况我已经想出了解决问题的方法。"

"解决问题的……方法？"陈诺兰一时没反应过来。

"人死不能复生，但我可以让时间重来一次。"路天峰看着陈诺兰的眼睛，坚定不移地说，"我要找到那群能够操控时间倒流的人，再一次回到昨天，拯救勇生和其他在这次事件中不幸牺牲的无辜者！"

"这……可能吗？"陈诺兰怔住了。

"一定可以的，既然他们能让时间倒流一次，就肯定能再来一遍，关键是要找到那帮家伙！"路天峰咬咬牙。

"从一个科学家的角度看来，时间倒流绝对不是那么轻轻松松就能做到的。"陈诺兰犹豫地斟酌着用词，"实现时间倒流，应该要付出相应的代价。"

"代价？"路天峰回想起喝下那所谓的增强药水之后，身体的种种不适，心里不由得一凉。但他很好地控制住自己的表情，没有在陈诺兰面前流露出丝毫的担忧或者胆怯。

"你的身体还有什么不舒服的地方吗？"

"没有，睡了一觉之后精神多了。"路天峰笑着说。

"千万不要逞强，我担心……你说的那个药水会有副作用。"

"没事的，之前我经历过无数次时间循环了……"

"咚咚咚——"

路天峰的话被一阵急促的敲门声打断，门外传来童瑶的叫喊。

"老大，我们要立即撤了。外面有警察。"

"好。"路天峰抓住陈诺兰的手，"跟紧我。"

六月一日，上午八点十五分，D城警察局办公大楼，指挥中心。

一大早就接二连三地传来负面消息，导致值班执勤人员的脸上都写满了疲倦和无奈。先是严晋带领的小分队回报，在城郊的TeeMall发现了汪冬麟的行踪，但警方的收网行动迟了一步，未能将其抓获；另一边，对各家旅馆进行地毯式搜索的小分队也找到了疑似路天峰的住客，只不过同样是与嫌疑人擦肩而过。

"都打起精神来，不要垂头丧气的。"罗局一边用力地拍手，一边给大家鼓劲，"我们离目标越来越近了，之前搜查行动一度比逃犯落后了好几个小时，但现在时间差已经缩小到一小时以内。现在是上班高峰期，各主干道均有不同程度的交通堵塞，我看汪冬麟是跑不远了。"

"报告罗局，我们已经加派人手，设置路障盘查过往车辆，同时通知所有途经TeeMall附近的公交车和出租车司机特别留意，看看有没有疑似汪冬麟的人物出现。"一直坐镇指挥中心的吴国庆汇报道。

"很好，路天峰那边的情况如何？"

"一家汽车旅馆的前台服务员提供线索，称昨晚有人来开了两间双人房，却只用了两张身份证登记，我们的同事接报赶到现场时，发现两个房间内已经空无一人。调查证实登记入住的两张身份证均为假证件，其中一张证件使用的名字虽然是'李大宝'，上面的照片却是路天峰。"

罗局想了想，说："既然那里是汽车旅馆，车子呢？"

"经过核对车牌，发现车主是这个人。"吴国庆递给罗局一份档案，封面是 D 城警察局统一的样式，翻开第一页，上面用红色印章盖了一个"已注销"。

是章之奇的个人档案。

罗局不禁皱了皱眉："怎么是他？昨天群贤大厦的枪战，是不是也跟他有关联？"

"是的，昨天枪战发生的地点就在章之奇的事务所附近。"

"真是个麻烦的家伙，快把他找回来好好盘问一番。"罗局重重地将档案扔回桌子上，对于章之奇他很熟悉了，并不需要通过档案来了解情况。

没料到吴国庆露出一脸尴尬的神色，说："罗局，其实我们的同事已经找到了这辆车子，也找到了章之奇，不过……"

"问不出有用的东西吗？"

"章之奇说，他昨晚只是带女生去那里开房而已，开两个房间纯粹是为了掩人耳目。"

"笑话，他又不是名人，干吗要掩人耳目？"罗局又好气又好笑地说。

"虽然明知道他在睁眼说瞎话，但我们没有证据啊。另外，章之奇和一个女生在一起，那个人是童瑶。"

罗局一下子就想明白了，路天峰已经悄悄地转移，章之奇和童瑶是主动跳出来吸引警方注意力的。要真是路天峰和章之奇联手设局的话，罗局还根本懒得花时间和他们俩折腾，毕竟找到汪冬麟才是重点。

"好，别浪费时间去查章之奇了，让童瑶立即回来汇报工作！"罗局像是突然想起了什么似的，又问，"程拓那边的情况呢？"

"程队分散了人手，在以小石桥为中心，方圆五公里之内的地区进行搜查，暂时还没有发现。"

罗局的目光投向了墙上的大地图，小石桥和 TeeMall 这两个汪冬麟曾经出现的地点都贴上了红旗标志，两面旗帜在地图上看起来相隔并不遥远。

"真奇怪啊……"罗局自言自语着，陷入了沉思。

六月一日，上午八点四十分，TeeMall，安保录像监控室。

警方已经完全接管了这里，调出从凌晨一点到上午八点这个时间段内，停车场和商场出入口的所有摄像头，寻找着关于汪冬麟行踪的蛛丝马迹。

车子进入停车场的时间很快就确定了，是在凌晨两点四十七分，停车场入口处的监控拍到了司机脸部的下半部分，根据特征分析，基本锁定当时开车的人就是汪冬麟。不过汪冬麟后来把车子停在了监控摄像头的盲区位置，因此无法全程监控车内的情况。

汪冬麟再一次出现在视频之中，是早上七点零二分，他下车前往快餐店购买了一份早餐，五分钟后折返车内，然后就彻底消失了。

"老戴，你怎么看？"严晋问道。

"问题就出在这五分钟里面。"戴春华目不转睛地盯着屏幕。

"你觉得有人在快餐店里面跟他接头了吗？"严晋转头对下属

说，"调出快餐店内的监控录像，仔细排查一遍。"

戴春华却是轻轻摇了摇头："严队，出去抽根烟放松放松吧。"

严晋有点惊讶，他知道戴春华因为健康问题早几年就彻底戒烟了，但仍然不动声色应了声好，两人一道走出监控室，来到走廊上。

"怎么回事，说吧。"

戴春华长叹一声："严队，这事很不简单啊！"

"接头人不在快餐店里头？那么他们就是在车上碰面的……"严晋也是个聪明人，自然能够举一反三，"可以查一下有没有车辆在进停车场之后，故意开到监控盲区位置的。"

戴春华拍了拍严晋的肩膀："我已经注意到了，凌晨时分的停车场空荡荡的，却有一辆黑色商务车舍近求远，在早上五点多进场后径直开往监控盲区，一直到七点多才离开。"

"能看见车牌吗？"

"3R898，号码听起来是不是有点耳熟？"

"这是……"

"我登录内部系统查过了，是我们警队的行动车辆之一，在本次任务当中分配给程拓的小分队使用。"

严晋的神情一下子变得严肃起来，他终于明白戴春华为什么要私下跟自己说这事了。他立即就想起了昨天罗局说的那句话。

"路天峰怀疑警队里有内鬼。"

难道内鬼就是程拓吗？

"严队，你认为下一步我们该怎么做？"戴春华问。

"让我想想……有个地方不对劲，如果程拓是去接应汪冬麟的话，那么他们碰面后应该趁着夜色尽快逃跑啊，为什么会等到七点多才接上头呢？"

戴春华连连点头："你说得对，所以程拓应该是去蹲点埋伏汪冬麟而已，他趁着汪冬麟离开买早餐的机会，潜入车内，然后制服了汪冬麟。"

"但他却没有把汪冬麟带回局里……"严晋突然想到一个很可怕的可能性，如果程拓是内鬼的话，那么之前汪冬麟押送的细节可能也是经他之手泄密的。他的真正目的，没准就是要杀死汪冬麟。

戴春华弯下腰，捶了捶自己的大腿两侧："我觉得只有两种可能性：第一，程拓在利用汪冬麟做诱饵，要引出藏在幕后的主谋，将其一网打尽；第二，程拓带走汪冬麟是有不可告人的目的，他需要找一个偏僻的地方杀人灭口。"

"如果是前者，我们不可以贸然行动，打草惊蛇，但如果是后者的话，我们需要立即出手阻止他。"严晋陷入了左右为难的境地。

没想到戴春华反倒笑了起来："这事其实并没有那么复杂，最简单的做法，就是盯住程拓的那辆车子。我们想要知道一辆行动车的具体位置，还不是易如反掌吗？"

除非正在执行高度机密任务，否则警方所有的行动车辆上都会开启GPS定位。在这次大规模搜查行动当中，程拓绝对不敢随便关闭GPS，以免引起不必要的关注。

"老戴，我和你两个人去处理，不要告诉别人。"

"听你的。"戴春华笑了笑，笑声的最后却夹杂着无奈的叹息。

要怀疑跟自己一起出生入死的同僚，确实是件痛苦的事情。

4

六月一日，上午九点十五分，幸运茶楼，包厢。

水晶虾饺、干蒸烧卖、腐皮牛肉丸、萝卜糕、艇仔粥……琳琅满目的广式点心摆满了大半张桌子，章之奇正在大快朵颐，而童瑶却气鼓鼓地坐在一旁，连筷子都没动一下。

"童警官，你不饿吗？"章之奇一边吃一边问，因为嘴里塞满了东西，声音听起来含糊不清。

"你喊我什么？"童瑶冷冷地回答。

"童警官，有问题吗？"章之奇愕然道。

"你都跟人家去开过房了，称呼还那么见外啊？"童瑶没好气地顶了一句。

章之奇拍了拍脑门，他这才明白，童瑶是为了刚才那番信口开河，用来忽悠警方的说辞而生闷气呢。

他立即放下手中的筷子，吞掉嘴里的食物，一本正经地说："你要是为了那些话而不高兴的话，我向你郑重道歉，但我说那些过火的话是别有深意的。"

"还别有深意？敢情我得向你好好学习了？"童瑶讥讽道。

"学习不敢当，交流可以。"章之奇假装没听出弦外之音，有板有眼地说，"你觉得那番话会传回指挥中心吗？"

"肯定会啊，到时候大家就……"

"你的同事和领导们，会相信我所说的话吗？"章之奇打断了童瑶的话。

童瑶愣了愣，终于开始有点理解章之奇的意思了。

"难道你是故意这样说的？"

"最高级的谎言，就是你明知道我在说谎，却无可奈何。我之所以把事情说得那么夸张、那么假，就是要将这个明确的信息传递给指挥中心——不要在我身上浪费时间，你们不会有任何收获的。"

童瑶为之气结："你这潜台词也太隐晦了，谁能听懂啊？"

"放心吧，这次的总指挥是谁？罗局？吴国庆？无论是谁，他们都应该很了解我，也能明白我的意思。"

"哼，你也太高估自己了吧？"童瑶倒是有点被说动了，心头的气也消了不少。而一旦气消了，肚子就咕咕地抗议起来。

"来，吃个虾饺，我再次向你正式道歉。"

"姑且原谅你吧，正事要紧。"童瑶一口吞下了虾饺，丝毫不顾及所谓的淑女形象，"你是不是准备去替老大找那个戴猪头面具的家伙？"

"没错。"章之奇用力地点了点头。

"可是我们手头上什么线索都没有，怎么查啊？"童瑶好奇地问，她很清楚对方并不是等闲之辈，办事干净利落，不留手尾，更何况他们是在"未来"的六月二日作案，她觉得简直是无从下手。

然而章之奇却信心满满，微笑着说："这事虽然难，但也难不倒我。知道我为什么选这里吃早餐吗？"

"这里能找到线索？"童瑶突然提起了精神。

章之奇还没回答，包厢的门就被推开了，来者身穿西装制服，笑容可掬，正是这地方的楼面经理。

"奇哥，很久没看见你来这里喝早茶了啊！今天是什么风把你吹过来了？"楼面经理以夸张的热情跟章之奇打招呼。

"来，介绍一下，这位是阿威，这里的经理，我的哥们儿；这位是童瑶，我的朋友，是一位刑警。"

"原来是童警官啊，我就说这位美女看上去气度非凡，肯定不简单。"

童瑶勉强笑了笑，她不太喜欢这种溜须拍马的风格，但也不好说什么。

"阿威，今天我来这里，是想请你帮个忙的。"章之奇搭上阿威的肩膀，单刀直入地说。

"奇哥请说，只要是我力所能及的事情，一定赴汤蹈火，在所不辞。"

"少贫嘴，我才不要你赴汤蹈火呢。问你一个问题，如果我有个朋友，准备过结婚纪念日，据说他悄悄预订了一家餐厅，准备给妻子一个惊喜，而我很想知道他到底预订了哪里，这能查出来吗？"

阿威想了想，大概是在脑海里消化了一下问题，才说道："如果有那个人的姓名、电话号码和更详细的个人资料的话，我可以试试看。"

"哦？说说看，你准备怎么去查？"

"D城的餐厅虽然多，但适合作为结婚纪念日庆祝活动的一般都是西餐厅。而大部分人在选择餐厅的时候，会参考网络上的意见，选择近期口碑较好的新店，或者老字号，真正能够进入这个范围的餐厅并不会非常多。"

章之奇"嗯"了一声，表示认同，随之追问了一句："但城里排得上号的西餐厅，少说也有上百家吧？"

"百来家肯定是有的，但大家毕竟都是同一个圈子里的人，相互询问一下有没有某位顾客在餐厅订座的话，还是能问出来的，只是多花点时间而已。"

"哈，你倒是挺聪明的嘛！"章之奇赞道。

童瑶在旁边看着章之奇和阿威的一问一答，不禁啧啧称奇，想不到章之奇竟然用这种方式来进行调查，真是事半功倍，阿威这个人真是找对了。

"其实嘛，还有一种更简单的办法。"阿威说这话时，小心翼翼地瞄了童瑶一眼。

章之奇察言观色，知道阿威有所顾忌，立即说："我认识她很多年了，生死之交，你绝对可以放心。"

童瑶内心在苦笑，默默地吐槽了一句"我们好像还没有那么熟吧"，却依然不动声色地点了点头。

阿威这才继续说："只要动用警方的力量，查一下他的手机通话记录，不就知道他打电话去哪里预订了吗？"

章之奇和童瑶不约而同地看了对方一眼。

警方……路天峰不是一直怀疑警队里有内鬼吗？

如果蒙面人和警方内鬼是一伙的话，眼前这些纷乱的线索就都有合理的解释了。

阿威见章之奇不说话，试探道："奇哥，要不你把你朋友的信息写给我，我去帮你查一下？"

"不用了，我突然想出了一个更好的办法。"章之奇再次拍打着阿威的肩膀，"但绝对不是假公济私，滥用警方资源，你可别想歪了哦。"

"当然当然，奇哥那么聪明，一定会有更好的主意，哪轮得到我胡说八道！"阿威心照不宣地笑了。

"先替我结账吧，我再慢慢喝一会儿茶。"

"谢谢奇哥，我给你打个八折……不，六折！童警官，欢迎以后多来啊！"阿威不停地点头哈腰，毕恭毕敬地退出了包厢。

包厢的门再次关上后，童瑶终于忍不住问："这人跟你什么关系呀？感觉热情得有点不可思议。"

"也没什么，我只是救过他全家的命。"章之奇呷了一口茶，淡淡地说，"说来话长，以后有机会再聊吧，现在先来解决眼前的问题。"

警队里头，是不是真的有内鬼？

童瑶突然想起自己口袋里的手机今天特别安静，于是掏出来一看，却发现已经因为电量耗尽而自动关机了。

是昨晚忘记充电了吗？童瑶无奈地将手机收了回去。

六月一日，上午九点三十分，环城观光双层巴士上。

这是 D 城旅游业的特色线路之一，乘坐大红色的复古式双层巴士，线路为一个首尾衔接的环线，途经多处热门旅游景点和核心商圈，一共有二十四站，完整乘坐一圈需两到三个小时。乘客可以随时下车，也可以一直坐到晚上收车，在城中不停绕圈。

这条线路的最大特色，就是"慢"，对赶时间的上班一族而言，"慢"是不可接受的，但对路天峰和陈诺兰而言，这反而成了最大的优点。

因为他们现在最需要做的事情，就是把时间消耗掉。

两人相互依偎着，坐在双层巴士上层座位的最后一排，望着窗外的风景，时不时低声耳语几句，看起来就是一对关系亲密的情侣正在结伴出游。

但他们窃窃私语的内容并非旁人脑补的甜言蜜语，而是十分严肃认真的话题。

"能量守恒定律决定了宇宙的本质，无论是时间循环还是时间倒流，都绝不可能无视能量守恒定律而随意发生。"

"我不太懂这些科学理论……"路天峰苦笑起来，一说到科学理论，陈诺兰就会特别较真，他根本没法和她争辩。

"简单来说，没有人可以不受限制地控制时间倒流，如果能这样的话，人类文明的发展进程岂不是会被锁死了吗？这相当于轻而易举地毁灭了整个世界啊！"

路天峰看着路边白发苍苍的老人家和老人手中的推车里安睡的婴儿，心想：如果陷入了无尽循环，老人永远不会老，婴儿永远不会长大，那该是怎么样的一番景象？

"控制时间倒流等于毁灭世界？"

"退一万步来说，就算真有人能操控时间，必然需要付出极大的能量，才能维持整个宇宙的平衡。"陈诺兰忧心忡忡地看着路天峰说，"峰，你不可以一次又一次地穿越时空，改变历史，这很可能会造成不可挽回的严重后果。"

路天峰揽住陈诺兰的手臂僵硬了一下："其实你是想劝我不要再次尝试进行时间倒流吗？"

"是的。"陈诺兰低声说，她知道这个答案意味着什么。

"所以被汪冬麟杀害的那个女孩，就让她这样死掉算了？还有勇生呢……"路天峰有点激动，几乎控制不住自己的音量了。

陈诺兰反倒显得很冷静："峰，你知道我们搞前沿科研的人，经常会接触到可能改变人类社会，甚至改变整个世界的发明项目吗？汽车、飞机、核能、互联网……很多科技会给我们的生活带来天翻地覆的变化。在某种意义上来说，最尖端的科学家就跟神一样，举手投足之间可以影响上亿人的命运。"

"你到底想说什么？"

"我的导师告诫我，永远要记住一点，我们都是人，而不是神。不要因为自己的能力可以改变世界，就贸然改变世界。"

路天峰的嘴角抽搐起来："诺兰，你不希望我有穿越时间的超能力吗？"

"是的，我宁愿你就是一个普通人。"

"但如果我没有这种能力——"路天峰深深吸了一口气，才说完后半句，"你早就死了。"

"什么？"

路天峰苦笑着，将自己和陈诺兰初遇那天的事情和盘托出。

如果他不是能够感知时间循环的人，就无法改变天马珠宝中心劫案的进程，那么陈诺兰将会在那次事件之中身中流弹而亡。第一次得知此事的陈诺兰，震惊得好半天说不出话来。她完全不知道该以怎么样的表情，来面对自己几年前就应该死去的消息。

"所以，你还认为我不应该尝试改变历史吗？"

陈诺兰沉默良久，才幽幽叹了一口气："如果让我选择的话，我还是希望你只是一个普通人，即使这样意味着我会死去。"

"为什么？"

"因为我可以想象你的痛苦和孤独，而我不愿意让你去承受这一切。"

路天峰怔住了，他没想到陈诺兰竟然会说出这样的话来。

他轻轻握住了她的手，说："但只要有你在，我觉得一切都是值得的。"

"峰，你还不知道继续进行时间倒流会带来怎样的后果……"

这时候，双层巴士恰好靠站上下客，不一会儿，楼梯处传来噔噔噔的声响，四个戴着墨镜，身穿运动服，看上去像是外地游客的人走上了观光层。他们一阵东张西望后，选择了靠后排的座位坐下。

路天峰和陈诺兰之间的聊天暂时中断了，因为那四个新来的乘客有两个坐在他们前面一排的位置上，还有两个坐在他们的右手边。虽然说这是公共交通工具，无论人家坐在哪里都很正常，但车上明明还有不少空座位，他们却特意选择靠近一对情侣的地方坐下来，多少有点不合常理。

更奇怪的是，那四个人都没有摘下墨镜。

路天峰突然从前方的乘客身上闻到了一股奇特的香料味道，是东南亚国家特有的气息。

他立即想起之前曾经在哪里闻过这股味道。

在如今尚未存在的六月二日晚上，他在劫匪头目猪头身上闻到了同一种香气。

窗外依然阳光明媚，但路天峰的身子却像掉入了冰窖一样冷。

这时候，前座的一个男人缓缓转过身来，摘下了那副大得夸张的墨镜，露出一张平平无奇的国字脸。

"初次见面，路警官，但也可以说一句，很高兴再次见到你。"

他果然就是猪头。

"还记得我说过吗，你低估了我们，而我一定能找到你。"男人将目光转向陈诺兰，微微翘起嘴角，露出不怀好意的冷笑，"陈小姐，你好。"

陈诺兰皱皱眉，她能感觉到来者不善，却猜不出他们到底是什么人，干脆保持沉默。

"是你。"路天峰只说了两个字，握紧了陈诺兰的手。

"是我们。"男人得意扬扬地指了指坐在路天峰右边的两位同伴，可以隐约看见他们的运动服下藏着枪支，枪口正对着路天峰的方向，"顺带说一句，我们也算是熟人了，你可以叫我'阿永'，永远的永。"

"你怎么知道我在这里？"

"很抱歉，现在是我负责提问，你负责回答。"阿永假笑着做了个鬼脸，"你把汪冬麟藏在哪里了？将他交出来，我就可以放过你们俩。"

"不好意思，汪冬麟早就逃跑了，现在我也不知道他在哪儿。"路天峰冷冷地说。

"哦？是吗？"阿永耸耸肩，满不在乎地说，"没关系，你去把他找回来就是。"

"你们应该挺厉害的吧，干吗非要指望我去帮你们找人？现在全市的警察掘地三尺都找不到汪冬麟，你叫我怎么找？"

"办法你自己想，我只要结果——用汪冬麟换回你的女人。"阿永一边说，一边拉开运动服的拉链，让路天峰看清楚那把放在他衣服里的枪，然后重新拉上拉链，"你需要多少时间，半天够了吗？"

"你们这是强人所难！"路天峰咬牙切齿地说，但光凭他一个人，怎么可能应付这四个人、四支枪？更何况他还要顾及陈诺兰和车上其他乘客的安全，根本就是无计可施。

"看来给你小半天的时间就足够了，下午六点之前，将汪冬麟带到这地方。"阿永自说自话地将一张名片塞入路天峰的手中，然后向陈诺兰嘿嘿一笑，"陈小姐，有劳你跟我们走一趟吧！"

"我可以拒绝吗？"陈诺兰面不改色地问。

"你没有选择的余地。"阿永拍了拍衣服内的枪，"我这个人心狠手辣，杀人不眨眼，你男朋友亲眼见过一次，他能证明我并不是在吹牛。"

陈诺兰的手心一直在冒汗，而她能感觉到路天峰的手越来越凉。

"我会救你出来的，等我。"路天峰艰难地从嘴边挤出这句话来。

"嗯，我等你。"陈诺兰完全不管身边有多少歹徒在虎视眈眈，将身子凑上前，重重地吻上了路天峰的唇。

一个充满了力量和勇气的吻。

"我等你。"陈诺兰又重复了一次，然后毅然站起身来。

双层巴士正在平稳地减速前进，前方不远处就是一个车站。

路天峰感到自己的身体又要开始四分五裂了，脑袋嗡嗡作响，就像有虫子钻了进去一样。

5

六月一日，上午十点，华联路。

一辆黑色商务车停靠在尚未开门营业的来吧烤串门前，车窗上贴着深色贴膜，因此路过的行人无法看清楚车内的情况。

"程警官，我想上个洗手间。"汪冬麟坐在后座处，双手被铐在车门把手上，完全没有任何自由活动的空间。

驾驶座上的程拓头也不回地说："这附近没有公共厕所，忍耐一下吧。"

"大哥，现在才十点钟，我约了路天峰十一点，怎么忍啊……"

话音未落，程拓扔了个空的矿泉水瓶子到后座上。

"自己能解决吗？要不要我替你脱裤子？"

汪冬麟的嘴唇抽搐了一下，低声嘀咕道："没关系，我还能忍。"

"那就行了……"程拓手边的电话突然振动起来，他低头一看，又是那个自己不愿意看见的来电号码。

"我是程拓，请说。"

"问题解决了吗？"电话那端，是周焕盛不带任何感情的声音。

"还没有，不过很快了。"因为汪冬麟在旁，程拓说话特别小心。

"汪冬麟在你手中？"

"没这种事……"

周焕盛立即打断了程拓的话："程拓，你现在在华联路对吧？"

程拓顿时警觉地坐直了身子，手下意识地摸向腰间的枪套。

"你已经错过了向'组织'坦白的最后机会。"周焕盛冷冷道。

这时，程拓听见侧后方传来轮胎急刹车的声音，他反应奇快，一手抛下电话，然后松开手刹，踩下油门。然而程拓车子还没来得及离开停泊的车位，一辆白色面包车就在正右方停了下来，恰恰堵住了程拓的去路。

程拓毫不犹豫，没等对方做出下一步举动，立即把方向盘向左边打到尽头，踩死油门，随着引擎的轰鸣和轮胎摩擦地面的声音，车子猛地冲上了人行道。

幸好人行道上的行人并不多，有足够的空间让程拓顺着人行道狂奔了一段，然后又瞄准了路边的一个缺口，狠狠一甩方向盘，让车子漂移着重新返回车行道上。这接二连三特技表演一般的操作，让后座上的汪冬麟叫苦连天。

"程队，开慢一点可以吗？我的屁股都快要开花了。"

程拓头也不回，只是瞄了一眼后视镜，看到那辆白色面包车依然穷追不舍，淡淡道："要被他们拦住，那就是你的脑袋开花了。"

"至于嘛——哎哟！"汪冬麟的脑袋撞在车窗玻璃上，因为程拓又出其不意地来了个急速右拐。

身后的面包车虽然灵活性稍差，但也勉强跟了上来，只是两车之间的距离越拉越远。要是程拓能够再来几次类似的急转弯，估计就能甩掉追兵了。

"砰！砰！砰！"

面包车上的人竟然不顾一切地向程拓的车子开起了火。

"坐稳！"程拓喝道，同时车子在他的操控下，就像蛇一样以S线路游走。

"程队，你的车技……真厉害。"汪冬麟弯下腰，紧紧地抓住门把手，哭笑不得。

说话间，车子突然急转。

"这群人是疯子吗？"程拓眼见对方并没有放弃的迹象，正想接通电台请求支援，耳边却传来了警笛长鸣的声音。

程拓不由得心生警惕，这支援也来得太快了，要不就是有同僚恰好在附近执勤，要不就是一场早有部署的行动。

从后视镜里可以看到，一辆蓝色小轿车车顶放着警示灯，以极快的速度接近。那并不是日常执勤的巡逻警车，恐怕是刑警队的便衣警察。

白色面包车终于察觉到形势不对，在分岔路口处突然向左拐，不再追击程拓，但紧随其后的蓝色小轿车并没有去追捕公然在市区开火的逃犯，反倒直奔程拓的商务车而来。

很明显，对方的目标也是汪冬麟。

"你怎么那么受欢迎啊？"程拓揶揄了汪冬麟一句。

"我也不知道。"汪冬麟好不容易才坐直了身子。

"先甩掉他们再说吧。"程拓话音未落，已经重重地踩下了油门。

六月一日，上午十点零五分，大学城路段。

刚才在华联路，严晋和戴春华就一直远远地监视着程拓。那辆白色面包车一出现，他们立即提高了警惕，当程拓强行开车冲上行人道的同时，严晋当机立断，实施行动。

"要不要呼叫增援？"戴春华一脸严肃地问。

"我们先看看情况吧。"严晋的车子紧跟着白色面包车，并启用了警灯。

没跑多远，程拓的黑色商务车就和那辆白色面包车在岔路处分道扬镳。严晋稍稍犹豫了半秒钟，戴春华适时地提醒道："追程拓和汪冬麟。"

于是严晋将方向盘往右打，并把油门踩到了最尽头，但仍然离程拓的车子越来越远。

"程队开车怎么那么疯？"严晋觉得自己的车快要失控了，有点力不从心。

"程拓大概是我们警队里面的第一车手，你知道他大学时参加过业余赛车比赛吗？"戴春华紧紧抓住安全带，脸色苍白地说。

"这我还真不知道……"

说话间，程拓的车子突然变向，转进了一条小路。严晋反应不及，一下子冲过了头，只好手忙脚乱地赶紧掉头。

重新拐进小路的时候，程拓的车已经绝尘而去，没了踪影。

"该死！"严晋狠狠地拍了拍方向盘。

"别慌，登录内网查查他的车子定位。"

严晋马上掏出手机，熟练地登录内部系统，然而程拓驾驶的车子已经关掉了定位，最后留下的位置信息就是他们目前所在的地点。

"他关了GPS。"

"也就是说他故意要避开警察。"戴春华沉吟道，"严队，我们要上报吗？"

"在街头发生枪战那么严重的事件，肯定得上报啊！"

"我是说，我们要把程拓的事情说出来吗？"

严晋一时无语。他现在有点骑虎难下，如实地把程拓的事情说出来，领导大概会追究他们知情不报、擅自行动的责任，但继续替程拓隐瞒的话又可能导致事态进一步失控，何况现在他完全看不透程拓到底是忠是奸，万一汪冬麟最终在程拓的帮助之下远走高飞，这个责任他可担不起。

戴春华像是缓过气来，脸上恢复了血色，他慢吞吞地说："我们还是不要把事情想得那么复杂，简单直接一点。"

"我倒是有个最简单直接的办法——给程队打个电话。"

"我同意。"两人对视一眼，心照不宣地点点头。

可结果却让严晋大失所望，拨通程拓的手机后，只听见"您所拨打的电话已关机，请稍后再拨"的提示音。

"关机了……"严晋的话才说到一半，手机上突然显示出一个陌生来电号码。

六月一日，上午十点二十分，华联路，来吧烤串附近。

头戴棒球帽的路天峰匆匆忙忙地赶到华联路，马上就察觉到不对劲，因为这条平日并不算热闹的马路上此时此刻居然挤满了人。再一打听才知道，原来刚刚这里发生了枪战，警方目前正在进行取证调查，而这辈子只在影视作品里头听说过枪战的八卦群众，里三层外三层地把事发现场围了个水泄不通。

"我看见了，那些人是疯子，在车上拿着机关枪就往人群扫射！"一个大叔激动得唾沫四射。

"胡说八道，哪有机关枪？他们用的是狙击枪。"另外一个大妈义正词严地说。

"那不叫狙击枪，那是机关枪！"大叔非常不服气地大声反驳。

路天峰暗暗觉得又好气又好笑，这两人明显就是瞎说，但又都觉得自己才是对的，也许人类就是容易陷入这种自以为是的误区。

自以为是。误区。

这两个词语突然在路天峰的耳边隐隐约约地回响起来。他觉得自己的思绪似乎擦出了一丝若有若无的灵感火花，但当他想去捕捉这火花的时候，它却一闪即逝。

有什么地方不对劲，但暂时却想不出来。

路天峰用力深吸一口气，硬着头皮走向不远处的来吧烤串。四周都是警察，大大降低了自己与汪冬麟碰面的安全性，不过也有好处，就是围观群众让他们更容易隐藏行踪了。

只是在这样的状况之下，汪冬麟真的敢出现吗？

但无论如何，他都必须找到汪冬麟，否则陈诺兰性命堪忧。

路天峰下意识地拿出手机，打开点评平台上来吧烤串的页面，再下拉页面，刷新了留言区的信息。

在汪冬麟的那条留言下面，有了最新一条回复，更新时间是八分钟前。

"这家我吃过，味道不太行，不如大学城二环路，华浦中心那家新开张的烤串店！PS：我知道肯定有人会说我是拓，但我绝对不是！"

路天峰顺手查了一下电子地图，上面根本没有叫"华浦中心"的地点。他又在搜索引擎里面查了一遍，才知道所谓"华浦中心"，其实是一栋在建中的高层建筑，但近期因为开发商破产的缘故，已经暂停施工，正在走拍卖流程等着下家接手。

那样的一个地方，自然不可能有什么烤串店。

所以这应该是汪冬麟留给他的接头信息。

但这条信息里面还有另外一个让路天峰在意的地方，就是其中夹杂着一个碍眼的错别字——将"托"写成了"拓"。如果说是使用手机输入法的时候一不小心按错键的话，"托"一般也只会误输入为同音常用字"拖"或者"脱"，而"拓"是一个使用频率比较低的字，误输入的概率很低。

如果路天峰推理无误的话，这个字是汪冬麟故意写上去的。对他而言，看到"拓"字的第一反应，就是自己的上司程拓。

莫非汪冬麟已经被程拓控制住了？这是一个陷阱？

不过路天峰很快就否定了这个推论。如果是程拓利用汪冬麟设局的话，他一定会认真细致地检查汪冬麟发出来的每条信息，不可能错过那么明显的提示。

看来现在只剩下最后一种可能性了，不管这种可能性是多么让人匪夷所思，它就是真相。

汪冬麟和程拓在一起，他们联手了。

6

六月一日，上午十点三十分，街角咖啡馆。

章之奇和童瑶坐在最角落的卡座位置上，两人面前摆着一台笔记本电脑，屏幕上是一大堆不停快速滚动着的数据。

童瑶瞄了一眼屏幕，叹道："你这玩意儿连我都看不懂。"

章之奇啜了一口咖啡，淡淡地说："外行人看不懂很正常。"

"我又不是外行人，我是警队内部最出色的情报分析人员之一。"童瑶气鼓鼓地瞪大眼睛说道。

"山外有山，人外有人，我可是全国最出色的情报分析专家，没有之一。"章之奇边说边指了指童瑶放在桌面上充电的手机，"我还是第一次看到做情报工作的人，赖以为生的关键工具会没电。"

"这个……"童瑶一时语塞，她至今没搞明白自己的手机是怎么回事，已经插上插座充了好一会儿的电，但屏幕依然显示电量为1%，无法开机。

"要不要我替你看看？"

"不用麻烦你了。"童瑶断然拒绝,"我们还是来聊正事吧。"

"正事?那得等严晋出现之后才能聊啊!"章之奇双手交叉,胸有成竹地说,"他应该差不多到了。"

"你确定严队会来?"在童瑶心中,严晋是个一丝不苟、铁面无私的人,很难想象章之奇光凭一通电话加上语焉不详的几句话就能说服他前来赴约。

"百分之九十的可能性吧,人总是有好奇心的,他一定想知道我为什么会突然联系他,而且我觉得他现在很可能陷入了麻烦,需要人帮他解决。"

看着章之奇那副信心满满、得意扬扬的样子,童瑶忍不住冷笑一声:"呵呵,你也太盲目自信了吧,你不知道……"

然而童瑶硬是把后半句话吞回肚子里,因为她已经看见严晋推门进入咖啡店了,身后还跟着走路一瘸一拐的戴春华。

章之奇就像是跟老朋友打招呼一样,自然地向严晋挥挥手。

"严队,我在这儿。"

"你好。"严晋走上前,先是看了童瑶一眼,却没有显示出丝毫的惊讶,然后才向章之奇说,"你就是'猎犬'章之奇?"

"没错。"

"你为什么会突然打电话给我?"

章之奇微微一笑,并没有立即回答,而是向童瑶抬了抬眉头,意思是,你看,我没有猜错吧?童瑶哭笑不得,只好挪开目光,假装没看到。

"严队,我想跟你做一个交易。"

严晋脸色一寒,厉声说:"交易?你知道汪冬麟这家伙有多危险吗?你知道他逃脱不足二十四小时就害死了多少人吗?如果你有情报,尽快说出来;没有的话,就不要浪费警方宝贵的时间。"

章之奇敲了敲面前的咖啡杯,说:"我手上并没有情报,但你如果能把警方掌握的第一手情报告诉我的话，也许我就能帮你们找到汪冬麟的下落。"

严晋怀疑自己的耳朵是不是有问题："你这是来寻我开心吗？警方查案的机密资料，你凭什么问我要？"

"就凭我的能力啊！严队，难道你就不想知道我为什么会主动找你，而且选择了一个那么凑巧的时间点吗？"

严晋和戴春华交换了一下眼色，这个问题正是他们在赴约路上一直在讨论，却百思不得其解的疑惑。

章之奇大大方方地将笔记本电脑的屏幕转了一百八十度，好让严晋和戴春华看见屏幕上显示的信息。

"这是我自己研发的数据分析系统。屏幕上的数据就是正在执行追捕和调查汪冬麟逃脱案的所有车辆信息，包括登记使用人员和实时定位信息，所有数据每隔十秒更新一次。数据太多了看不过来？没错，所以需要有数据智能降噪和分析功能……看两位的表情，是完全听不懂我在说什么吧？没关系，我只说结论，在今天早上所有参与追捕汪冬麟行动的车辆当中，只有两辆车的行踪不正常，A 车先是在跟踪和监视 B 车，然后 B 车突然加速狂奔，A 车紧随其后，两分钟后，B 车强行断开了 GPS 信息，这意味着什么？"

屏幕上疯狂滚动的数据加上章之奇滔滔不绝的一大番话，唬住了严晋和戴春华，两人都不知道该说些什么才好，只好苦笑不语。

这正是章之奇所期望的反应，于是他在键盘上轻敲几下，调出另外一个窗口："要知道系统并不是孤立的，这是警方内部的紧急情况通报。十点零五分，在华联路发生枪击事件，事发时间与刚才两台车突然加速追逐的时间完全吻合，很显然，A 车和 B 车上的人能够提供现场的第一手信息。再查一下用车登记表，A 车的登记使用人员是严晋，B 车的登记使用人员是程拓，然而程队的电话我打不通，于是就只能找严队你了。"

严晋从警多年，经验丰富，办案能力也很强，但一直遵从传统的侦查工作流程，对于高科技的玩意儿，一向交给鉴证科和技术组的同事去处理，自己不管其中的技术细节问题，更没有见识过这种让人眼花缭乱的智能分析系统，甚至有点怀疑章之奇到底是不是在胡扯。至于年纪更大的戴春华，更是皱着眉头，一脸茫然。

严晋不得不问童瑶："他搞出来的这什么系统到底靠谱吗？"

"这系统的功能之强大已经超出了我的知识范围，但从理论上来说是行得通的。"童瑶老老实实地答道。

"所以在严队手里看似没用的信息，可能会成为我系统的强大数据支持，而那些你要花几小时甚至几天才能查出来的东西，我只要几分钟就能得到同样的结果。"章之奇把电脑屏幕重新转回面向自己的方向，"现在选择权在你手中，相信我的话，就把线索共享出来，否则就此别过吧。"

"老戴，你觉得如何？"严晋犹豫不定，只好出言询问身边的戴春华。

戴春华的目光有点呆滞，严晋又提高音量再问了一遍，他才如梦初醒，长叹一声道："世界变得真快，我这把老骨头完全不中用了啊！"

虽然戴春华没直说什么，但不言而喻，他觉得自己比不过章之奇了。

既然如此，严晋决定将手头上的信息和盘托出，毕竟人多力量大，更何况章之奇"猎犬"的称号绝不是浪得虚名。

"好吧，事情是这样的……"

"咚咚咚——"

一阵短暂而悦耳的音乐响起，原来是童瑶的手机终于从低电量状态之中复活过来，可以启动了。

但章之奇竟然抢在童瑶之前就拿起了她的手机，看了一眼手机状态栏后，一贯冷静的他突然露出如临大敌的表情来。

"糟糕！"章之奇狠狠地拍了一下自己的大腿，惊呼道。

六月一日，上午十点四十五分，华浦中心建筑工地。

按照原本的设计思路，这将会是大学城区域罕有的商用办公一体化大厦，但世事难料，开发商的破产可能导致它永无完工之日。

路天峰绕着围墙走了一圈，发现工地的前后两个出入口都配有保安亭，但不知道是不是没钱发工资的原因，保安亭内一个看守人员都没有。围墙已经有了好几处缺口，成年人可以轻易钻进去，看来这栋烂尾楼有可能是附近流浪汉们聚居的天堂。

到底是汪冬麟还是程拓选择了这个会面地点呢？

他决定不再思前想后，弯下腰钻进围墙。只见墙内的地面一片泥泞，还有好几串杂乱无章的脚印，看来今天起码有超过十个人通过这个墙洞进进出出。

路天峰稍微花了一点时间，辨认出泥地上最新鲜的两串脚印，这些足迹的方向跟其他人的不一致，并不是通往建筑物本身，而是通向地下停车场，很可能属于汪冬麟和程拓。于是他跟随着足迹一路前行，走进停车场。

四处漆黑一片，伸手不见五指，空气中还弥漫着常年封闭的空间内部特有的腐臭气息，不知道是什么小动物在这里死掉了。

地上有一层浅浅的积水，应该是昨晚那场暴雨留下的印记。

正当路天峰举棋不定，不知道该不该再往里走的时候，前方黑暗中出现了一丝闪烁的光芒。

短，长，短，短，短。

这是莫尔斯电码的特殊信号之一，代表的意思是"等待"。

路天峰迫不及待地信步向前，他已经不再有什么顾忌了，不管对方是谁，出于什么目的约他见面，他都不担心。

现在他唯一担心的，就是陈诺兰的安危。

在黑暗之中拐过一个弯角后，就再次见到了光亮。原来在停车场的深处有一个正方形的天井，这里是难得一见可以接受阳光洗礼的地方，空地上甚至长满了茂密的青草。

汪冬麟蹲坐在一根倒塌的水泥柱子上，双手被手铐铐住，但他的表情依然是悠然自得，看见路天峰出现，还咧开嘴巴笑了笑，算是打了个招呼。而程拓脸色阴沉，站在柱子的另外一端，冷冷地盯着路天峰。光看两人的站位和他们脸上的神色，一时之间还分辨不出他们是敌是友。

"阿峰，你终于来了。"程拓的语气有点冷淡。

"程队，为什么你会在这里？"路天峰忍住了冲上前抽汪冬麟耳光的冲动，极力克制着情绪说。

"我的任务是将你们俩带回警局，但我想给你一个机会，解释一下自己为什么要劫囚车。"程拓将手放在腰间的佩枪处，"我不希望用枪口对着兄弟，不要逼我。"

"这个说来话长……"

"不，很简单。"汪冬麟尖声地笑了笑，强行抢过话头，"一句话总结，我和路队是'组织'想要对付的人，而程队是为'组织'卖命的人。"

"什么？"路天峰全身一震，种种往事瞬间浮现心头。

当警局内部人人都在猜测路天峰那位"神秘线人"到底是何方神圣的时候，程拓则从来不过问这些细节问题，反而给予路天峰完全的信任和支持；

当各部门之间有人事调动的时候，是程拓主动建议让新加入的黄萱萱跟随路天峰学习，而黄萱萱最终被证实是"组织"的人；

当路天峰因为风腾基因一案的调查陷入僵局的时候，也是程拓提议他千万不要完全依赖线人的力量，要相信自己的判断。

这一切如果解释为程拓早就知道路天峰的能力的话，那就顺理成章了。

程拓的脸色一变，似乎是生气，又更像是烦躁不安，大喝一声："闭嘴！"

"我说错什么了，烦请程队指正。"汪冬麟脸上的笑容更加灿烂，路天峰终于想明白了，这才是汪冬麟的真正目的。

他要挑起路天峰和程拓之间的矛盾，然后找机会坐收渔翁之利。

程拓深深地吸了一口气，说："最初我只是对阿峰的线人心存顾虑，这时候有……自称是'组织'的人找上门来，想跟我谈一场交易。那时候我觉得有点搞笑，我是光明磊落的警察，他们是莫名其妙的非法组织，凭什么跟我交易呢？但他们却说，不会让我做任何违法的事情，然而会告诉我阿峰那个线人的来历，我觉得这应该没什么问题，于是就答应了。"

"答应了，就没办法退出了，对吗？"看来汪冬麟也经历过类似的事情。

程拓顿了顿："没错，我一介凡夫俗子，确实没办法跟'组织'对抗，而且他们倒也说话算话，并没有让我做什么过分的事情，只是要求我将阿峰经手的案件情况透露给他们。"

路天峰苦笑："他们为什么要大费周章，煞费苦心地监视我？"

"我不知道，他们并不信任我，只是时不时会告诉我一些'秘密'，让我知道'组织'的力量有多强大，从而对我施加无形的压力。"程拓摇摇头，叹道，"谁能想到这个世界还真的有超能力存在呢？"

这时候路天峰注意到在一旁倾听的汪冬麟神情变得迷茫而惊讶，仿佛听见了什么他原本不知道的东西。

"等等。"路天峰制止了程拓继续说下去，转而对汪冬麟说，"汪冬麟，你先说出你所知道的关于'组织'的所有信息。"

"为什么非要我先说？"汪冬麟收起了那副嬉皮笑脸。

"因为我们是警察，而你是犯罪嫌疑人。"路天峰毫不客气地说。

我们。这个词让程拓的眼前一亮。

因为路天峰不动声色地表明了自己的立场。

7

汪冬麟的回忆（五）

茉莉的尸体在三天之后被人发现，没多久，警察就上门拜访了，毕竟那一晚的同学聚会是她最后一次出现在众人面前，而我是她的前男友，当晚又去过同一家 KTV，自然是难逃警方的一场询问。

但我确信自己表现得相当自然，我甚至主动向警方承认了，那天晚上在 KTV 里面曾经碰上茉莉，我们还聊了好几分钟，之后我返回家中，至于她接下来去了哪里我就完全不知道了。

"当晚你们聊了些什么话题？"负责询问的警察用怀疑的目光盯着我。

我面不改色地回答："都是闲聊，东拉西扯的，不太记得了。"

"你感觉当时谈话的气氛如何呢？"

"尴尬，但还是尽量保持礼貌。我们之前曾经在一起，分手时也有点不愉快，所以嘛，你懂的。"我摊开双手，表示无奈。

"你恨她吗？"这警察毫无技巧，简单粗暴地直奔主题。

"事情都过去那么多年了，早就没有任何感觉啦！"

这些年来我完全没有联络过茉莉，也从不在朋友面前提及她的名字，这个世界上根本没有人知道我对她的真实想法。

警察在记录本上快速地写下一些什么，又问："那么当晚你离开 KTV 之后就直接回家了吗？"

"是的，这一点我的女朋友……未婚妻王小棉可以为我做证，我是晚上九点半到家的。"

"然后呢？"

"然后？"我假装听不懂，反问了一句，"然后我一直待在家里，没有再出去过了。"

我很清楚，他会再向小棉确认我证词的真实性。而小棉虽然会害羞，但为了彻底洗脱我的嫌疑，她也一定会将当晚我们发生关系的细节和盘托出。

身为我的未婚妻，小棉的证词虽然可信性存疑，不过要应付警方这种撒网式的排查应该还是绰绰有余的。

只要不出现新的证据，只要尸体上没有属于我的痕迹，我是不会被警方重点调查的，因为我在应对盘问的时候，表现得非常棒。

对整个社会而言，幸运的是像我这样心态强大的犯罪者只是凤毛麟角，大部分人都会在警方的心理攻势之下土崩瓦解，选择坦白。

不过在我接受警方询问的第二天，我的邮箱内突然收到一封陌生人发来的电子邮件。

"跟前女友的相聚，很愉快吧？"

我立即删除了邮件，并清空了回收站，但我的手却一直在冒汗。

发送邮件的人是谁？

五分钟后，我收到了同一个发件人发来的第二封电子邮件，里面也是只有一句话。

"杀死前女友的感觉，很好吧？"

这一次，我连删除邮件的勇气都失去了。我呆呆地坐在电脑前，等待着第三封电子邮件的到来。

我很清楚，对方一定还会联系我。

又过了五分钟，这一次，电子邮件内是一张图片附件，上面清晰地标注了我抛尸的地点。这个位置跟最后发现尸体的位置之间有好一段距离，因此这是连警方调查人员都还不知道的绝密信息。

然而我的一切秘密，尽在对方的掌握之中。

我的手指不受控制地颤抖着，我一遍又一遍地对自己说，绝对不能回复这些电邮，这很可能是警方用来引诱我露出马脚的陷阱。

但如果他们已经能够确认我的抛尸地点，干吗不直接逮捕我，而在这里装神弄鬼？

我稍稍冷静下来，想明白了，发邮件的人一定不是警方。

那么他会是谁呢？

第四封邮件告诉了我一个答案。

"汪冬麟先生，现在你面前有两条路可选：第一，无视这些邮件，那么我们会将所有证据以匿名信的形式寄给警方，然后你的罪行将公布于众；第二，选择和我们合作，替我们解决一个小小的问题，具体内容参见附件。我们会给你预留一个星期的时间做出决定，一周之后，如果我们发现需要你帮忙解决的问题尚未解决，那么我们将立即与警方联系。"

附件是一个压缩包，文件比较大，我怀着忐忑不安的心情等待附件下载完成。打开一看，竟然是一位女生的详细个人资料，包括个人简历、家庭资料、学历证明，甚至还有一大堆她的生活照和个人博客文章。

她就是那个需要解决的"问题"吗？

我注意到附件内还有一个文档，里面简单地写着几句话："这位女生应该属于你喜欢的类型吧？解决她，并将她随身携带的粉红色钥匙扣交给我们，以证明你完成了任务。钥匙扣请于一周之内，放到D城大学游泳馆139号储物柜里，将储物柜的钥匙带走，我们自然有办法收货。祝你好运。"

我倒吸一口凉气，对方真的要逼着我去杀人吗？

我又认真看了看女生的资料，她叫林嘉芮，二十七岁，名牌大学硕士毕业，目前在本地一家生物医学研究所内从事药物研发工作，看上去并不像是会跟别人结下深仇大恨的职业，是谁费尽心思非要将她置于死地呢？

又等了十来分钟，还是没有新邮件发过来，看来对方不会再有进一步的指示了。于是我站起身来，在书房内焦急地来回踱步。一个星期的时限实在是太紧张了，我根本来不及好好策划行动方案，更何况这个周末小棉应该不回娘家，我不能像之前几次那样，将目标带回家再下手。

越是细想，就越是焦虑，我甚至觉得警察下一秒就要敲响我家的大门了。

"砰砰砰——"这时候，门外还真的响起了敲门声，然后是小棉的声音，"亲爱的，你要吃点水果吗？"

"不了，谢谢！"我赶紧关掉显示器，生怕小棉走进来看到我的屏幕画面。

"哦，你在忙吗？"

"是的，有点事情。"

"那不打扰你了。"幸好她是个懂分寸的女人。

小棉的脚步声消失后，我才长舒一口气，后背已经被汗水湿透了。为了保住眼前的幸福生活，我别无选择，必须杀死与我毫无瓜葛的林嘉芮。

我花了两天时间，认真整理、研究了关于林嘉芮的一切信息，让自己对她的生活习惯了如指掌，知道她喜欢什么颜色、什么食物，爱穿怎么样的衣服，爱去哪里玩，对什么话题感兴趣……根据这些信息，我制订了一个虽然不太完美，但成功率应该还算高的计划。

我决定利用周六下午她出门逛街购物的时间，安排一场偶遇，再用投其所好的话题来吸引她的注意力，然后想办法约她共进晚餐。当然，我也考虑了勾搭不成功的可能性，如果出现那种状况的话，我准备尾随她，找机会强行实施袭击，为此我还购买了防狼电击器和警用电棍。

不过事情的进展比我想象中的还要顺利，也许我天生就对女人有某种特殊的吸引力吧。当我在充满小资情调的书店跟林嘉芮"一不小心"撞了个满怀，她替我捡起掉落的书本，却惊讶地发现那是她最喜欢的作家推出的新书时，她眼中的光芒让我确定，这一次行动十拿九稳了。

长期处于恋爱空窗期的林嘉芮，对我的甜言蜜语并没有什么抵抗能力，初遇后两小时，她就答应了我一起吃晚饭的要求。当她红着脸，羞答答地坐上我车子的副驾驶座时，一定没料到这辆车的最终目的地，是要送她去见死神。

我一改以往的小心谨慎，选择了更加冒险的方案，在车子经过一段僻静无人的道路时，我声称发动机故障灯亮了，要停车检查，林嘉芮也傻乎乎地跟着我下车查看。我乘她不备，将防狼电击器启动到最大一档，撞向她的腰间。

"呜——"她的身子在一番剧烈抽搐后，软绵绵地脱力瘫倒，而我为了确保万无一失，把电击器放到她的脖子上，再次启动。

林嘉芮怪叫一声，彻底失去了知觉，我把她抱到后座上，然后迅速驶往我一早就用假名预订好房间的酒店。那家酒店可以从地下车库直通客房楼层，而且近期在做监控系统的升级改造工程，不少摄像头运作暂停了，正是理想的犯案地点。

我搀扶着昏迷不醒的林嘉芮，费了好大的劲才将她带到房间内。坐电梯的时候，还遇上了一对情侣，他们用奇怪的目光打量着我，而我沉住气，抱歉地笑着说："不好意思，我老婆大白天就喝醉了。"

大概是因为我表现得太过镇定了，那对情侣竟然相信了我的胡扯，没有对我起疑心。这让我相信，幸运女神今天又站在了我这边。

将林嘉芮带进房间，放到床上的时候，她突然惊醒过来，但已经太迟了，在这个隔音极佳的房间里面，我无论对她做什么，都不会有人知道。

她又哭又闹，拼命挣扎，但最终还是敌不过我的力气，被我死死摁在床上，打了几个耳光之后，就乖乖地认输了。

"我答应你的要求，但你不能伤害我……"她战战兢兢地说。

"任何要求吗？"我故意逗她。

"是……是的……"

"放心吧，我不会伤害你的，你只要乖乖进浴室里面洗个澡。"我咬着她的耳朵说。

这应该是她这辈子洗得最干净、最彻底的一次。

可是我失去了这一段时间内的记忆。

半小时后，我从恍惚之中回过神来，看着沉睡在浴缸底部瞪圆双眼的林嘉芮，身体莫名其妙地兴奋起来。没想到这一次被迫的杀人行动，竟然给我带来了比之前更强烈的满足感。

按照我原来的计划，杀人后我会返回家中，等到半夜四下无人之时，再回到酒店房间，偷偷地将尸体通过地下车库带走。可是当晚不知道是不是我太过紧张，身体出了很多汗，回家的路上一吹空调，竟然有了感冒的迹象。我昏昏沉沉地回到家中，接过小棉递给我的感冒药和温水，一口气吞下药片后，直接睡了过去，直到第二天中午时分才醒过来。

醒来之后，我发现感冒症状基本没了，然而倒霉的是，我没办法赶回酒店处理善后工作了。我赶紧摸了摸口袋，幸亏还记得把神秘电邮里要求的钥匙扣带在身上。我估计最迟下午两到三点钟，酒店服务员就会发现尸体，到时候这个钥匙扣可会成为关键证物的，于是我立即跑到游泳馆，将钥匙扣按照要求锁进了139号储物柜，并把储物柜的钥匙带走，扔进了垃圾桶。

我已经完成了一切工作，剩下的就只能听天由命了。

接下来的事情，警方都知道了，酒店的监控系统虽然正在更新维护，但毕竟还是有一些能够正常工作的摄像头。两天后，你们抓住了我，将我送上了审判席，只不过谁也没料到是精神鉴定的结果救了我一命。

不过话说回来，我宁愿被枪毙，也不想在精神病院里面当一辈子的疯子。

8

六月一日，上午十一点十五分，华浦中心建筑工地，地下停车场。

汪冬麟长叹一声，终于讲完了自己的故事，他一反常态地低下了头。在讲述过程中，他时而语气淡定仿佛事不关己，时而又从眼中露出极度的疯狂和喜悦，看得路天峰胆战心惊。

每当汪冬麟显露出那张恶魔的脸庞时，路天峰都要努力克制住上前给他一拳的冲动。

"说完了？"路天峰调整一下呼吸，尽量平静地问。

"哦，刚才说漏一件事情，我杀人后的第二天晚上，就收到了最后一封电子邮件，里面只有七个字：代表组织感谢你。"

"然后你就顺手删掉邮件了吗？"

"是的。"汪冬麟点点头。

"不对，你还有所隐瞒。"一直默不作声的程拓突然冷冷地插话，"汪冬麟，你刚才向我提议，希望能够联手对抗'组织'，但我听完你的故事后，却不知道你凭什么那样说，你甚至连'组织'到底是干吗的都不清楚！"

汪冬麟干笑了一声，耸耸肩，没答话。

"如果你纯粹是为了拖延时间的话……"

"程队，我猜汪冬麟只是不想轻易揭开自己的底牌罢了。"路天峰向前踏出一步，他已经开始有点了解汪冬麟这个人的风格了。

汪冬麟将人生视为棋局，将每个人都视为对手，所以凡事都留有后手，说话也是点到即止，留下回旋的余地。

但路天峰决定将他逼上绝境。

"汪冬麟，你应该记得，我说过我为什么要救你。"

汪冬麟的嘴角抽搐了一下："我记得。"

"如果你不拿出点合作诚意的话，那么现在我们就一起回警局，我去接受上级的调查和处分，你乖乖回精神病院里面，等待'组织'发动的下一次刺杀行动。"

汪冬麟抬起头，看着路天峰的眼神，就知道他这句话是认真的。

"我……大概想到了'组织'为什么会派人来干掉我……"他吞吞吐吐地说。

"为什么？"

"很可能是他们发现我曾经拷贝过 U 盘里的数据——林嘉芮随身携带的钥匙扣，其实是一个迷你 U 盘。"

"真的吗？"

"数据在哪里？"

汪冬麟此言一出，路天峰和程拓的反应都激烈起来。两人都恨不得直接冲上前，摁住汪冬麟来撬开他的嘴巴，挖出所有信息。

"路队，你说得对，这就是我的底牌，绝对不能轻易打出去。"汪冬麟看了看路天峰，又转头看着程拓，"现在轮到你们拿出诚意来了。"

"你想要什么？"程拓厉声问。

"自由。"汪冬麟仰起头，看着头顶那片蔚蓝明亮的天空，"我不想坐牢，也不想去精神病院。"

"你杀了那么多人，还想要自由？"程拓语带讽刺地反问。

"如果你们不能满足我的愿望，那么就到此为止吧，我们大家一起毁灭。你的前途、你的家庭、你的未来……你们的一切。"

汪冬麟狞笑着，目光在路天峰和程拓之间来回扫视，他想分辨出眼前这两个男人到底谁更容易动摇，谁能够成为他真正的盟友。

路天峰看了一眼程拓，正好迎上对方尖锐的目光。事实上，他还有一个在场另外两人都不知道的软肋，那就是陈诺兰还在歹徒手中，他不可能随便地将汪冬麟交给警方。

程拓又在想些什么呢？他会选择跟"组织"彻底决裂，还是按照"组织"的命令办事，把汪冬麟杀死？

还有一个更冒险也更诱人的选项，路天峰甚至可以选择在此时此刻将程拓"杀死"，然后用汪冬麟去交换陈诺兰，交换的时候想办法迫使阿永再次启动时间倒流，那么这两天所发生的一切将会抹除得一干二净。

这大概是最理想的结果了。

然而程拓显然也考虑得很周全，他掏出手枪，枪口稳稳地指向汪冬麟，并且不声不响地调整着自己的站位，尽量靠近汪冬麟而远离路天峰，杜绝了路天峰冲上前近身抢夺枪支的可能性。

"汪冬麟，将数据拷贝交出来！"

"如果我拒绝呢？"

"那你就会在这里因为拒捕而被击毙。"程拓的枪口瞄准了汪冬麟的天灵盖。

"路队，这样做符合规矩吗？"汪冬麟故意将问题抛给路天峰。

"路天峰现在的身份也是逃犯。"路天峰还没开口，程拓就抢先回答。

言下之意，就算程拓在这里开枪射杀他们两人，也能够找到足够充分的理由去向上级领导汇报解释。

"程队……"路天峰想劝说两句，却不知道该说什么。

一阵爽朗的笑声突然从三人的头顶上方传来，吓得他们同时往上看。

"哈哈，终于找到你们啦！"

章之奇的脸出现在上方天井的边缘处，紧接着，童瑶也露面了。

半小时前，街角咖啡馆内。

章之奇看过童瑶的手机后，脸色一变，紧张兮兮地拿出便携式工具箱，摆开架势，看起来是准备把手机大卸八块。

"等等，你想干吗？"童瑶连忙护住自己的手机。

"你的手机已经被人植入黑客程序了，而且是从硬件层面做的手脚。"

"什么？"童瑶难以置信地瞪大了眼睛。她毕竟也是警局里的技术专家，严晋和戴春华又在场，要是自己的手机被黑了还真是有点丢人。

"这不怪你，只怪敌人太狡猾。"章之奇趁着童瑶发愣的时候，已经拆开了手机后盖，卸下电池，很快电路板就出现了。

童瑶只好在内心默默祈祷章之奇不但会拆机，还能把它装回去。

"看，这就是黑客程序芯片。"章之奇很快就找到了问题所在，用镊子夹起了一块边长只有几毫米的小芯片。

"真的吗？"童瑶苦笑起来。

"有人通过这芯片，控制了你的手机，甚至可以利用你的账号登录警方内网，获取各种最新信息。"

"那么厉害？"因为不太懂技术而陷入云里雾里的严晋，听到这里的时候不由得发出一声惊叹。

"厉害？也就一般般吧。这程序肯定是有什么致命的 Bug，导致进程死锁，陷入无限循环，不停地消耗手机的资源和电量，所以才会露出马脚来。按我们黑客的规矩啊，要动用到修改硬件设备这一招就已经落入下品了……"

"绕一个那么大的圈子，你是想表达自己的水平更厉害吗？"童瑶没好气地戳穿了章之奇的把戏。

"那当然。"章之奇大言不惭道，"这芯片我晚点再研究，现在最要紧的事情还是得找到汪冬麟。严队，你别卖关子了，快说吧！"

严晋真是哭笑不得，自己哪里卖关子了？还不是章之奇自顾自地在折腾手机吗？不过正事要紧，他很快就言简意赅地将发现程拓可能已经控制住汪冬麟却没有及时汇报，他们对程拓实施监视跟踪，没料到又遇上了枪战的事情原原本本地说了一遍。

"所以说，最后程拓靠着车技把你们甩掉了？"

"是的。"严晋点了点头。

"即使你错过了路口再掉头回追，前前后后也就耽搁不到二十秒吧，那车子能跑多远呢？"章之奇不解地问。

"因为我们没有请求总部支援，所以无法实施拦截措施。"严晋有点惭愧，觉得这是他在犹豫之间错过了良机。

"不，你没理解我的意思。"章之奇连连摆手，"当时程拓并不知道你们是谁，只知道你们的警察身份，因此他制定逃跑策略时一定会假设你们已经请求了总部增援。"

章之奇看严晋的表情还是一片茫然，干脆在电脑上调出了大学城附近的地图，然后噼里啪啦地敲打了一番键盘，地图上就出现了星星点点的摄像头符号。

"看，这就是程拓甩掉你们的位置吧？如果我是他的话，一定知道死命跑远是没用的，每个交通监控摄像头都会记录下他的逃跑轨迹。所以更好的办法，是就近找一个隐蔽的地点躲起来，尽量避免被监控拍下，然后改用其他方式逃走。"

严晋拍了拍桌子，恍然大悟："所以他还在那附近！"

"把车牌写给我，我搜索一下这些监控摄像头的数据。"

这时候的严晋已经对章之奇的能力极其信服，连忙报出车牌号码。章之奇搜索了一番，很快就在地图上用红线圈出了一个圆圈。

"程拓的车子只在两个路口的监控摄像头里面出现过，因此他可以选择藏身的范围很容易推算，就在这个红色的圈圈里面。"

"这很容易推算吗？怎么算出来的？"童瑶按捺不住好奇心，问了一句。

"商业机密。"章之奇眨了眨眼。

虽然因为缺乏实证，严晋万万不敢动用总部的力量搞什么大规模搜索，但也第一时间就把自己能调动的人手全部调到大学城区域，按照章之奇划出的范围开展排查工作。另一边，章之奇说是要帮忙找人，拉着童瑶就往外走。童瑶心里其实是不太情愿的，自己毕竟是个警察，不跟大部队行动却跟着这私家侦探到处乱跑，成何体统？无奈自己的手机被章之奇拆成了零件，还得指望他帮忙装回去呢，只好默默地跟随其后。

没想到一出咖啡店的大门，章之奇就凑到童瑶耳边，悄声说道："我们得赶在严晋他们之前，尽快找到程拓和汪冬麟。"

"你知道他们在哪儿？"

"那当然，要是我只能在地图上画圈圈，那凭什么收费那么贵啊？"章之奇不无得意地说，"在那个范围内，真正完美的藏身地点只有一个，我相信严晋和戴春华很快就会想出来的。"

"是哪里？"童瑶感觉自己在章之奇面前就成了一个什么都不知道的小学生。

"本市著名的烂尾楼盘，华浦中心。"

六月一日，上午十一点三十分，华浦中心建筑工地。

地下三人、地面两人，这五个人之间形成了微妙而复杂的格局。

按道理来说，现场有两名在职警察和一名停职警察，这三个人都有将汪冬麟抓捕归案的责任。然而路天峰心系陈诺兰，程拓处于左右为难的境地，童瑶完全不清楚地下停车场内发生过什么，三人一时之间都不敢提出带走汪冬麟。

至于汪冬麟，双手戴着手铐，无法自由行动，看上去只能听天由命，任人鱼肉。但实际上他藏起来的那份数据就是一张最有力的底牌，他很有信心，路天峰和程拓都不会轻易将他交给其他人。但棋盘上的局势已经很被动了，他只能等待着对手犯错，绝对不能主动出击。

反观章之奇，他的心理负担最小，汪冬麟对他来说就相当于是三十万的悬红而已，无论是谁将汪冬麟送进警局，他都有机会拿到悬红。但他同样不敢轻易开口发言，大脑飞速地运转着，因为他已经察觉到问题所在，明白眼前要是一着不慎，就会满盘皆输。

最大的问题，就是陈诺兰的莫名缺席，加上路天峰一副魂不守舍的神情，章之奇猜测一定是有什么不得了的事情发生了。

章之奇已经将路天峰视为朋友，既然是朋友有困难的话，他可不能坐视不理。

令人尴尬的沉默持续了好一会儿，最后还是程拓主动打破了僵局："汪冬麟，你跟我回警局一趟。童瑶，你来协助我押送犯人，其余无关人等可以散退了。"

童瑶还没回答，就听见路天峰斩钉截铁地说："不可以！"

"为什么？"程拓的声音中带着几分怒火。

"因为汪冬麟在撒谎。"路天峰伸出手，直指汪冬麟的鼻尖，"他还隐瞒了某些非常关键的信息，这搞不好会害死我们全部人。"

汪冬麟先是愣了愣，继而苦笑了起来。

路天峰果然是个不容小看的对手，这盘棋的局势还真是风云变幻啊。

第五章
逆时盲点

1

六月一日，中午十二点，未知地点。

陈诺兰先是闻到了一股淡淡的清香，然后一直戴着的眼罩被取下来了。她终于可以重见光明，然而马上整个人便愣住了。

在被阿永等人强制掳走后，她很快就被蒙住眼睛，感觉好像一直在车上颠簸，不知道到底走了多远。她不停地猜想自己最后会被带到什么地方，废弃的建筑物、偏僻的旧仓库，还是伸手不见五指的地下室？

陈诺兰已经做好了最坏的打算。但出乎意料的是，睁开眼睛后，自己正身处一间装修豪华而舒适的屋子内，柔和的光线、清新的空气，屋外还有阵阵鸟语传来。

这应该是 D 城郊外某处高端别墅区。

"陈小姐，欢迎大驾光临。"一名四十多岁、身穿笔直西装的中年男子从白色的真皮沙发上站起身来，向陈诺兰热情地伸出双手。

"你好。"陈诺兰平静地应了一声，却没有回应。

中年男子不以为忤，自然而然地将手缩回去，又向押送陈诺兰而来的阿永一行人打了个手势，短短数秒之内，这屋内就只剩下陈诺兰和他两个人了。

"阿永他们都是粗人，如有冒犯之处，还请陈小姐多多包涵。"中年男子拿起桌上的紫砂茶壶，替陈诺兰倒了一杯热茶。

陈诺兰倒真的是有点口干舌燥，于是也没有顾忌那么多，接过杯子就喝，反正对方要想下毒手的话，早就能把她杀死十遍八遍了。这茶叶还是上好的新茶，鲜嫩芬芳的气息扑鼻而来。

"这茶不错。"陈诺兰放下茶杯，淡淡地说。

"陈小姐请坐，鄙人司徒康。初次见面，希望能和您交个朋友。"

陈诺兰心里纳闷，嘴上却不饶人："司徒先生喜欢用暴力手段和别人交朋友吗？"

"这纯属是无奈之举，如果不用点手段，怕陈小姐根本不会理会我们啊！"司徒康微微一笑，摊开双手，"您的男朋友路天峰也不可能让我们接近你。"

"没必要拐弯抹角的，直说吧，你们到底想怎么样？"

司徒康又是一笑："我手头上有个基因技术的项目，想请陈小姐来当我们的技术顾问。"

"不好意思，没兴趣。"陈诺兰一口回绝。

"身为科学家，不应该那么草率地下结论啊！"司徒康又斟了一杯茶递给陈诺兰，"这个项目跟RAN-X可是有异曲同工之妙呢！"

陈诺兰心头一震，几乎没接稳杯子。RAN-X是风腾基因的最高机密，连陈诺兰都只是对其一知半解，这个男人又为什么会知道它的存在呢？

更何况路天峰提醒过她，关于RAN-X的一切，她都要假装不知道。

"我不懂你在说什么。"陈诺兰匆匆忙忙地答道，连她自己都觉得太过刻意，掩饰不住内心的慌张。

司徒康自顾自地说下去："三年前，基因技术专家雷·科斯塔发表了关于利用基因技术增强人体免疫力的大胆假设，论文中将其命名为'科斯塔设想'。这篇论文曾经在业内引发了一波讨论热潮，但很快世界各地的研究者们就纷纷找到了论文中的一处致命错误，把'科斯塔设想'彻底推翻，文中的观点也很快地被学界遗忘——"

陈诺兰越听越惊讶，雷·科斯塔的论文她研究过，甚至之前还和老板骆滕风讨论过其中一些有思考价值的地方，但万万没想到司徒康竟然非常熟悉圈内的学术研究动态，他绝对不是个普通的劫匪。

"然而还是有些执着的研究人员，深入研究和挖掘'科斯塔设想'背后的各种可能性，从而推导出属于自己的新理论。要知道，D城是国内基因技术研究领域的前沿阵地，这座城市里有两个人，在'科斯塔设想'的研究工作上取得了重大突破。"

陈诺兰沉默不语，但她已经猜出了其中一个人就是已经死去的骆滕风。

"除了骆滕风之外，还有另外一位年轻的女研究员林嘉芮另辟蹊径，提出了改良版的'科斯塔设想'，只不过她在业内资历尚浅，人微言轻，所以没有引发太多的关注。但最可怕的事情是，这几位研究人员全都死于非命，雷·科斯塔在美国遭遇车祸身亡，骆滕风在风腾基因一案中被杀死，林嘉芮则死在了'纪念品杀手'汪冬麟的手中。"

"死了？"陈诺兰突然真切地意识到，路天峰对自己的提醒和保护并不是杯弓蛇影。

"有人在杀死研究这项技术的人，他们不希望这项能够大幅度改善人体免疫力的技术面世。"司徒康双手交叉，放在胸前，"陈小姐，你知道他们为什么这样做吗？"

陈诺兰默不作声，但她知道这一行的潜规则，当一项新兴技术能够廉价而安全地治疗某种顽固疾病时，通常会影响到许多既得利益者的赚钱之道，所以会迎来各方面的多重打压。有些新技术会因此延迟数年甚至数十年进入公众的视线范围，运气更差的话，可能会彻底在历史舞台上消失。

可即使如此，医药技术人员也未曾停止过研发的步伐，他们内心坚信总有一天，高性价比的治疗方案会冲破层层阻挠，成功拯救那些经济条件并不富裕的病人。

而司徒康现在正在暗示，有人通过杀人的手段，残忍地阻止一项新生技术的问世，这可以说是打破了陈诺兰能够容忍的底线。

不过陈诺兰内心还有一个声音在提醒她，她并不清楚司徒康这人是什么来历，他说的话未必可靠。

"既然是那么危险的工作，司徒先生还是另请高明吧，恕我无能为力。"陈诺兰依然冷冷地拒绝道。

"在下一番好意，还望陈小姐三思。"司徒康虽然连吃钉子，却还是面不改色，语气平和，"又或者，你可以看过项目相关资料后再做决定。"

陈诺兰知道这是个危险的诱饵，所以她没有回应。

"不过嘛，现在还有一个小小的问题摆在我们面前。"司徒康眼中第一次露出凶光，"林嘉芮的研究数据并不在我们手中，而是被汪冬麟藏了起来，因此我热切期盼着路队能够尽快带来好消息。"

六月一日，中午十二点，环城公路上，一辆外表残旧，开起来也是摇摇晃晃的小面包车里。

章之奇负责开车，路天峰坐在副驾驶座上，程拓和童瑶则坐在后排，一左一右地将汪冬麟夹在中间，紧盯着这位危险的连环杀手。

半小时前，当路天峰说出他的惊人推测后，众人惊讶万分，每个人都有无数的问题想问，但还是章之奇最为冷静，他建议立即转移阵地，否则严晋等人很快就会找到他们。

于是五人相互提防监视着，一起离开了华浦中心的工地。章之奇倒是办法多，只花了十来分钟，就不知道从哪里搞来了一辆运货搬家用的面包车。车子破旧低调，绝对不会引人注目。

"我们已经跑得足够远了吧？"程拓有点沉不住气了，"前面找个地方停车，让我们好好聊一聊。"

"程队，在这里停车，我怕警方很快就能找上门来……"

"少废话！"程拓打断了章之奇的话，"不要在我面前耍花样，尽快停车！"

"好吧。"章之奇也不再争辩，眼见前方有个露天停车场，就把车子驶了进去。

车刚停稳，程拓就急切地问汪冬麟："你到底还有什么瞒着我们的，说！"

"该说的我已经说过了，信不信由你。"汪冬麟一副胸有成竹的样子，不紧不慢地说。

"阿峰，你为什么觉得汪冬麟在撒谎？"程拓转而问路天峰。

路天峰先是直直地看了一会儿汪冬麟，才开口说："因为汪冬麟所说的故事里面，有一个明显解释不通的地方。"

"是吗？"

"他说'组织'只是通过几封电子邮件来恐吓他去杀人，除此之外并无联系，但这无法解释他为什么逃脱之后会想方设法赶往摩云镇，到酒吧里跟调酒师朱迪见面。"

汪冬麟的眼中闪过一丝动摇。

路天峰继续说道："显然，他认为朱迪可以帮助他远走高飞，他跟'组织'之间还有一场未公开的交易。我想，应该是'组织'给了他某种承诺和保证。"

程拓皱着眉头问："但之后朱迪却被人杀死了，根据现场线索分析，行凶者很可能就是汪冬麟。"

汪冬麟不置可否地哼了一声。

路天峰说："这意味着汪冬麟与'组织'之间的协议被打破了，朱迪并不是汪冬麟的救星，而是他的'杀星'，'组织'要将汪冬麟灭口。"

"灭口？"童瑶失声惊呼。

"所以，你和'组织'之间到底有什么样的协议呢？"路天峰盯着汪冬麟，逼问道。

汪冬麟抿紧了嘴唇，死活不肯开口。

"既然你不肯说，那我就来猜猜看吧。'组织'许下的这份承诺，能够让你甘愿冒险杀人，甚至选择了对自己而言完全陌生的环境进行犯罪，最终因罪行暴露而被捕。到底是怎么样的承诺，能让一向冷静理智的你做出这种不理智的选择呢？"

"能够保他不死的承诺。"章之奇突然插话。

"没错，'组织'跟汪冬麟说，如果不合作的话，就会告发他的罪行，证据确凿之下他必死无疑；但如果合作的话，'组织'会有办法替他脱罪，就算法院判了他死刑，他们还能安排一场劫狱来救他……"

童瑶不解地问道："但汪冬麟为什么会相信'组织'的保证？万一他身陷囹圄之后，'组织'的人不来救他呢？"

路天峰伸出三个手指头，说："有三点原因：第一，汪冬麟的把柄在别人手里，他不得不接受'组织'苛刻的条件；第二，他万一被举报了也只能是死路一条，还不如拼一把，赌'组织'真的会安排人手救他；第三，他还给自己买了份'保险'，将'组织'想要的数据拷贝了一份，要是出现什么意外情况的话，这份数据可以作为谈判的筹码。"

汪冬麟的脸色阴晴不定，似乎在努力克制自己的情绪。

"昨天上午的劫囚车事件发生时，我注意到汪冬麟一开始是很淡定的，他大概觉得那些雇佣兵是'组织'派来救他的吧。但很快，他就意识到那些人是来要他的命的，所以开始对'组织'有所怀疑了；昨天晚上，他去摩云镇和朱迪接头的时候，是带着戒心去的，一旦情况不对路，立马翻脸，最后的结果就是他杀死了朱迪，凭借一己之力继续潜逃。这时候他很清楚，要是孤立无援的话，他肯定逃不出警方和'组织'的双重搜索网，因此在微博上发布挑衅信息，同时用暗号给我留言，希望能和我合作。"

　　这时候，程拓冷冷地说了一句："只可惜被我捷足先登了。"

　　"汪冬麟，现在你面前只有一条路可以走，就是向我们坦白一切——你跟'组织'之间的真正交易是什么，他们给了你怎么样的承诺，还有你知道的其他所有事情，都要一五一十说清楚。"

　　汪冬麟就像哑巴一样，一言不发，车内的气氛顿时降到了冰点。

　　"看来问不出什么来，就只能把他带回警局了。"程拓有点懊恼地说。

　　"我要跟你私下聊聊。"汪冬麟突然对路天峰说。

　　"我不允许。"程拓立即拒绝。

　　"那就算了，大家一起等死吧！"汪冬麟嘿嘿冷笑着，闭上眼睛，重重地把后背靠在座位上。

　　"程队……"路天峰看向程拓，欲言又止。

　　他们曾经是彼此最信任的伙伴，如今却发现当初的"信任"只不过是相互间的试探与算计。而更让路天峰纠结不安的是，眼前的程拓，真的还站在警察的立场上吗？

　　"程队，就让路队去试试看吧！"童瑶小心翼翼地避开了"老大"这个称呼，以防程拓误会。

　　"死马当活马医呗！"章之奇也说。

　　程拓沉吟片刻，终于缓缓地点了点头："那就试试看吧，我们三个人下车，把车钥匙拔走，汪冬麟的手铐不能解开。我就在不远处盯着，一旦车子里头有什么风吹草动，我会立即开枪。"

"放心吧，我会看好他的。"路天峰说。

程拓没回答，也不知道是对路天峰放心还是不放心，轻轻叹了一口气，就跟童瑶和章之奇一起下车了。

面包车里，终于只剩路天峰和汪冬麟两个人。

2

汪冬麟的自白

没错，你很聪明，看出了我的故事之中另有隐情。

以我的小心谨慎，是不会为了几封莫名其妙的邮件就去随便杀一个人的。有些人光看报纸上诸如"某某人连续杀害多人后才被警方抓获"之类的消息，就会武断地认为杀人原来是那么轻松简单的事情，而警察都是笨蛋。

实际上，要杀人而不被警方抓获，太难了。

所以当我收到那一系列奇怪的电子邮件时，我的选择是将它们彻底删除并且清空回收站，根本连看都不想多看一眼。

不过一封带有若干图片附件的邮件，还是吸引了我的眼球。

图片虽然有点模糊，看上去是隔着挺远的距离偷拍的，但每一张都看得我触目惊心。

我和茉莉在KTV相遇，一起离开KTV，在小巷内并肩行走……直到我们一起进入我家，凌晨时分我将她的尸体搬上车，最后还有我在湖边抛尸时的场景，这些照片组成了一条完整而可靠的证据链，绝对可以把我定罪。

为什么会这样？对方似乎一早就知道我那天晚上会杀人，所以埋伏在旁，拍下了全过程。

但我是在当晚顺利将茉莉骗走后，才真正下定决心要杀死她的。任何人都不可能提前知道我的计划，连我自己都不知道。

除非对方并不是人，而是魔鬼。

看着这样一封邮件，我真的是完全崩溃了，双手颤抖着，连按下删除按钮的勇气都没有。

我该怎么办？

这时候，我的手机响起来了，是一个陌生的来电号码。不知道为什么，我吓得立即站起身来，有预感这并不是广告骚扰电话，而是偷拍者打来的。

"你好……"

"汪老师，我们的照片拍得还不错吧？"对方用了变声器，声调奇怪地扭曲着。

"你是谁？你想怎么样！"我失控地大喊起来。

"很简单，想跟你做个交易。"

"你要……多少钱？"问出这句话的时候，我没什么底气，因为我感觉能够拍到这些照片的人并不简单，他们想要的没准根本不是钱。

"钱？未免太庸俗了吧！汪老师，这些照片要是流传出去的话，你可是要人头落地的啊！"

我双腿发软，无力地坐下。

"你想要什么，我都给你……"

"一命换一命，天公地道。不用挂电话，先检查一下你的邮箱。"

有一封新邮件，是林嘉芮的相关资料。

"你的意思是让我杀掉这个女孩？"

"没错，杀了她就能救你自己一命。"

"给点时间我做准备……"

"没时间了，你必须在一周之内杀死她，否则我会把照片全部交给警方。"

"等等……"我满心绝望，嘴里充斥着苦涩的味道，"我根本来不及准备，这样贸然行动的话，我很可能会被警方抓获。"

"所以呢？"

"既然难逃法网，我为什么还要多杀一个人，加重自己的罪名？"虽然清楚自己并没有跟对方讨价还价的资格，但我还是豁出去了。

"哦，这个问题很容易解决嘛，我可以保证你的生命安全。"对方轻描淡写地说。

"保证？凭什么？"

"那么接下来的内容，请务必牢记，每个步骤都不容有失……"

电话那头的神秘人，让我自行挑选两位死者的随身物品，然后跑到两个不同的地方埋起来——你们一定没想到吧，媒体把我称为"纪念品杀手"，认为我每杀一个人就会埋一件"纪念品"，但实际上那些"纪念品"却是事后伪造的。在我杀死江素雨的那一天晚上，她头上戴着一个黑色蝴蝶发卡，我在抛尸时就处理掉了，但恰好还记得它的品牌，所以我又去重新买了一个，埋藏在公园里；另外一件"纪念品"倒真的是我刻意留下来的，当年我跟茉莉谈恋爱时，我送给她的定情信物就是一条不值钱的银项链，所以在杀死她后，我把她的项链留下来做纪念，没料到这心血来潮的决定最终帮了我一个大忙。

对方要求我去埋两件"纪念品"，不能埋三件或者一件，如今回头想想，这个举动最主要的目的，应该是让第四位死者林嘉芮身上消失的钥匙扣不显突兀吧？但那时候我想不到那么多，一心只想着按照对方的指示去办事，来换取一线生机。

我当然考虑过对方欺骗我的可能性，也许等我杀了人之后他们就不会管我的死活。但我也不傻，特地把林嘉芮那个钥匙扣U盘里面的数据拷贝了一份，心想万一事情不对劲的话，我就向警方坦白，将数据交给警方调查。

然而"组织"确实是神通广大，我刚进拘留所的第一天晚上，床铺上就无端出现了一张小字条：放松心情，我们会救你出去。

放松心情？

那就走着瞧吧。

"组织"和我交代过，可以承认自己杀过人，反正这些事情是没法抵赖的，但关于"纪念品"的问题，一概不要回答。

有意思的是，除了第一天出现的字条之外，"组织"的力量似乎销声匿迹了，我再也没有接收到任何来自他们的指示。在等待开庭审判的那段日子里头，我每天晚上都睡不着觉，而一到白天又是无穷无尽的盘问、审讯、精神鉴定、心理分析、案件重演，搞得我筋疲力尽，头痛欲裂。

有些时候，我甚至忘记了自己是谁，好像才刚刚从梦中醒来，睁开眼睛，却看见天色昏暗，原来已经到了傍晚时分。

某一天，我在浑浑噩噩之中收到一个不知道是好是坏的消息，说根据精神鉴定的结果，要把我送进精神病院而不是监狱。而同一天的晚上，神秘的字条第二次出现在我的床铺位置，上面写着：做好准备，重获自由。

于是我猜测，在我从拘留所转去精神病院的半路上，"组织"一定会有所行动，只是没料到中途杀出你这个程咬金，抢先把我带走了。当时我心里真是哭笑不得，也不敢说自己跟劫车匪徒是一伙的，只好跟着你一路逃亡，然而逃亡的过程之中，我渐渐察觉到事情有点不对劲。

我只知道有人想除掉我，却不知道到底眼前谁才是可以信任的人，包括你路天峰在内，每个人都可能对我心怀不轨，另有所图。最后，我还是选择了自己逃跑，跑到摩云镇找"组织"之前跟我约定的接头人朱迪，果不其然，朱迪想要把我灭口，我也只能先发制人，把她干掉。思前想后，我还是觉得你是最适合的合作对象。

为什么？

因为我看出你有某种能力，和"组织"一样的能力——你能够破坏"组织"劫囚车的行动计划，足以证明你有跟他们正面抗衡的力量。

我相信我手中的那份数据对你而言，有跟其他人不一样的特殊意义，所以我们两人之间做交易一定是最划算的，各取所需，能够做到利益最大化。

现在我想怎么样？

刚才已经说过了，我要自由，要离开这座城市，甚至离开这个国家。我只想从这些破事儿里头全身而退，不管什么组织、警察、案件，我要跑到东南亚某个小国里，重新开始自己的新生活。

余勇生？谁？哦，那个对我穷追不舍的男人……

我不想对他下手的，当时我只想尽快逃跑，慌乱之中恰好遇上了朱迪，朱迪就让我躲在屋檐下，她来出面处理身后的追兵。我万万没想到那个女人下手会那么狠，一下子就——唉，目睹那一幕的我，更加不敢信任来自"组织"的人了，他们都是魔鬼，是疯子，没有一个稍微正常一点的人。

逃亡路上我为什么还要杀人？

我……杀人了吗？

对，那个开红色小轿车的女人……不，我根本不想杀她，我只想骗她把我带到摩云镇而已……但在车上，那个恶魔突然出现了，于是……

那女人也有错，她不但一点都不害怕，还主动对恶魔投怀送抱。我大声地劝说她，让她赶紧离开，可是她好像完全听不见我在说话，反而笑得更放肆了。

我无能为力，眼睁睁地看着她被恶魔摁到冰冷的河水之中，看着那绝望的水花溅起，又终归平静。

路天峰，我们联手合作吧，我把"组织"千方百计想要获取的数据全部给你，而你则帮助我离开D城，远走高飞。

为了表示诚意，我可以先将数据交给你，怎么样？

你，应该没有拒绝的理由吧？

3

六月一日，中午十二点二十分，城郊，露天停车场。

路天峰听完汪冬麟的自白后，陷入沉思之中。

车外不远处，程拓和童瑶分站两旁，正全神戒备地盯着车子，章之奇却是不知所终，没了人影。

"考虑得怎么样了，路队？"汪冬麟等得有点不耐烦了。

"就算我答应你，我们也没办法离开。"路天峰避重就轻地说。

汪冬麟不由得笑了笑："开什么玩笑，方向盘在你手边，只要轻轻一踩油门，车子就飞奔而去了，程拓能来得及反应吗？我就不信他能够毫不犹豫地开枪射击。"

"章之奇带走了车钥匙啊！"

"要知道一辆车至少有两把钥匙。刚才章之奇下车之前，在门侧的储物架内放了一点东西，你看看是什么？"汪冬麟狡黠地眨了眨眼。

路天峰稍稍侧身，伸长手臂摸了摸储物架，顿时脸色一变。

"后备钥匙？"

"没错，这是他特意给你创造的机会。"

路天峰瞄了一眼程拓，估算了一下他跟车子之间的距离，应该有二十米左右。一旦车子发动，程拓就算是立即拔枪，瞄准，射击，也得两到三秒钟，更何况他未必能够第一时间反应过来。

　　只要有几秒钟的空当，车子就能绝尘而去了。

　　这也许是他带走汪冬麟的最好机会，想到这里，路天峰下意识地攥紧了手中的钥匙。

　　"别犹豫了，机不可失。"汪冬麟继续在一旁煽风点火。

　　路天峰的嘴角抽搐了一下，终于还是深深地吸了一口气，说："坐稳了。"

　　"没关系，我已经领教过程拓的车技了。"

　　"那你运气不错，可以对比一下我的车技如何。"路天峰说话间，以迅雷不及掩耳之势插好钥匙，猛地一扭，与此同时松开手刹，踩下油门，整套动作一气呵成。

　　这辆小面包车毕竟比较破旧，加速的时候还顿了顿，发动机像是差点熄火。幸好一阵短暂的怪响后，车子如同脱缰野马一般冲了出去。后座上的汪冬麟没能坐稳，还一头撞在了车门上。

　　程拓确实反应奇快，不到一秒就拔出了手枪，但在准备开火的那一瞬间，他还是犹豫了。

　　电光石火间，车子已经甩了个弯，往停车场出口狂奔而去。

　　程拓最终还是没能扣下扳机，只好长叹一声，放下了枪，看着路天峰驾车远去。

　　"程队……"童瑶走上前，小声地说。

　　程拓摇摇头，正想说些什么，章之奇就现身了，只见他耳朵戴着蓝牙耳机，脸上挂着神秘的笑容。

　　"怎么样？"程拓问章之奇。

　　"不出所料，汪冬麟向路天峰坦白了一切，现在他们正在去拿机密数据的路上。"

"我只希望阿峰真的能够领悟你的计划，而不是胡搞瞎搞！"

"放心吧，他一定能明白我的意思。"章之奇自信满满地拍了拍胸口。

刚才路天峰突然强行带走汪冬麟的一幕已经把童瑶看蒙了，没想到程拓和章之奇不但对此毫不在意，反而像打哑谜一样说着她完全听不明白的话，更让她一头雾水。

"你们到底在说什么？"童瑶问。

"是章之奇的计划，他来解释吧。"程拓扬了扬下巴。

"很简单，我只是利用了你那被拆开的半部手机和车子的后备钥匙，把这两样东西一起放到了门侧的储物架里，而且故意让汪冬麟注意到我放钥匙的瞬间。"

"啊？"童瑶还是不太懂。

"汪冬麟生性多疑，一步三算，看见我的举动之后，一定会脑补各种各样的故事，不停地去猜测我到底为什么这样做。当然，无论他怎么想，有一个结论是显而易见的，就是我要帮他逃跑。"

童瑶总算有头绪了，原来是章之奇布下了陷阱，让汪冬麟去踩。

"接下来汪冬麟会想尽办法煽动路天峰强行开车逃跑，并提醒他去找藏在门侧的钥匙。路天峰在储物架内，除了发现后备钥匙之外，还会发现一部被拆开的手机，电路板裸露着，外壳也没了一半，却依然处于通话状态。"章之奇指了指自己的耳机，原来刚才车内的那番对话，一字不漏地传入了他的耳中，"现在路天峰仍然没有挂断电话，足以证明他在配合我的计划，我们可以通过手机定位跟踪他们的车子。"

童瑶苦笑着说："原来我的手机被你拿去做间谍了！"

"废物利用……不，物尽其用，不是挺好的嘛！"

"我真是服了你了。"童瑶情不自禁地感慨道。真正让她觉得不可思议的地方，并不是那个利用半部手机进行监听的小伎俩，而是章之奇竟然能在她完全没有察觉的情况下顺利说服程拓，让程拓愿意配合演这一场戏。

否则的话，以程拓的枪法和反应速度，刚才怎么可能来不及开枪射击？

"说正事吧，他们现在准备去哪儿？"程拓问。

"目的地并不远，他们正在折返大学城方向，要去 D 城大学。"

"莫非汪冬麟把东西藏在家里？"程拓有点纳闷，汪冬麟被捕后，他家里已经被警方翻了个底朝天，电脑也被技术鉴证中心彻查了无数遍，如果藏着什么存储设备，或者加密目录的话，应该早就被发现了。

那么，汪冬麟还能把数据藏在哪里呢？

六月一日，中午十二点四十分，D 城大学，后门。

面包车刚一停下，汪冬麟就立即打开后门跳下车，扑向马路边的垃圾桶，哇的一声吐了出来。

路天峰皱着眉头，轻轻地说："颠簸是因为车子的避震不行，跟我的车技无关。"

汪冬麟弯着腰，好不容易才缓过劲来，擦了擦嘴角，强颜欢笑道："没错，确实是车子的问题。"

"你该不会把东西藏在家里吧？有警察监视着你家。"

"不，我怎么敢放在家里？数据在学生处的勤工俭学办公室，公共电脑的硬盘内。"

"公共电脑？"路天峰吃了一惊，真没想到汪冬麟居然把那么重要的东西摆在随时被别人发现的公共电脑上。

汪冬麟露出了扬扬自得的表情："这下子连你也想不到了吧？"

"难道你就不担心公共电脑发生故障需要重装系统之类的状况，直接把数据覆盖掉了吗？"

"是有这个担心，但解决方法也很简单——我在办公室里面的五台公共电脑上都留了一份拷贝。"

"那要是整批电脑都更新换代了呢？"

"勤工俭学办公室能有多少经费我不知道吗？去年才升级的电脑，三五年内也别指望再换了。"

路天峰哑然失笑，汪冬麟想出来的办法虽然简单粗暴，但效果奇佳。公共电脑上的数据文件本来就杂乱无章，其中就算有隐藏目录和文件也根本没人会在意，而且警方会深入检查他的个人电脑，却不可能将办公室里头的每一台电脑都彻查一遍。

"所以我们就这样大摇大摆地走进去，把数据拷走？"

"当然，你还需要知道隐藏目录的名称和密码……路队，我已经展示了我的诚意，该轮到你有所表示了吧？"

"你想怎么样？"

"放我走吧。"汪冬麟举起还被手铐铐住的双手，"你现在去拿数据，我马上消失，从此两不相欠。"

路天峰二话不说就解开了汪冬麟的手铐。

"说吧，隐藏目录名、密码。"

"D盘，Program Files目录下面有个叫'QQDAT'的隐藏文件夹，里面有一个压缩文件，解压密码是'wdl2018impossible99'。"

"辛苦你了，想出那么复杂的密码来。"路天峰谨慎起见，还把密码记在手机备忘录上，递给汪冬麟看。

汪冬麟确认了密码后，一边揉着发红的手腕，一边可怜巴巴地说："路队，这辆车都已经暴露了，你也不会再开了吧？能不能借我跑一段路？"

"没关系，反正这车也不是我租的。"路天峰掏出了汽车钥匙，轻轻地抛向汪冬麟。

汪冬麟伸手去接的瞬间，却惊觉事情不对劲。

汽车钥匙并不是抛给他的，而是高高越过他的头顶，抛到了他身后。

另外一个男人稳稳地接住了钥匙。

"想借车？那就应该向我借啊！"

汪冬麟回头一看，顿时面如土色。

车钥匙在章之奇的手中，而程拓和童瑶站在章之奇两旁。

被算计了。汪冬麟想努力地挤出一丝笑容，以冲淡心中的恐惧和绝望，但试了好几次也笑不出来。

如果这是一盘棋的话，那么他已经被对手将死了。

六月一日，中午十二点五十分，D 城大学，学生处，勤工俭学办公室。

因为是中午时分，办公室内空荡荡的，只有一名年轻的女学生在电脑桌旁趴着睡觉，听到路天峰进门的脚步声也没抬头看一眼。估计是进进出出这办公室的人太多了，她早已经见怪不怪。

要是"组织"的人知道汪冬麟把他们视为绝对机密的数据藏在这种地方，还在每台电脑上面都留了一份拷贝，估计会气得半死。

路天峰随便找了一个座位，坐下来开启电脑，很快就找到了汪冬麟所说的隐藏文件夹。为求稳妥，路天峰在复制了数据后，还顺手将隐藏文件直接删除了。

其余四台公共电脑上的隐藏文件，路天峰也逐一处理掉了，现在他身上的 U 盘就是唯一一份保存下来的数据。

路天峰将 U 盘藏好，正准备离开的时候，一位戴着眼镜，像是老师模样的中年男人推门走进办公室，他看见路天峰这张陌生的脸孔，感觉很惊讶。

"你是什么人？"中年男人厉声喝问。

"哦，不好意思，走错门了。"路天峰已经完成了任务，自然是多一事不如少一事，随便找个借口就想溜。

"等会儿，这里是学生处，哪有走错门的道理？"中年人死死拉住路天峰不放，大喊起来，"你是小偷吧？来人啊！"

这下子，刚才在睡觉的女学生也被惊醒了，抬起头来一脸茫然地看着路天峰。

"快，报警，抓到小偷了。"

女学生拿起手机，开始拨号。

路天峰心里叫苦，但要是真让他们报警的话，事情就不好办了。

"等等，我就是警察，我是来执行任务的。"路天峰连忙说。

"警察？我不信，证件呢？"

"我身上没证件，但我是市刑警大队的路天峰，前段时间因为破获了一单大案还上过电视新闻，你们可以到网上搜索一下，没准还能找到我的照片呢。"

"路天峰？"中年男人重复了一遍这个名字。

"没错，马路的路，天空的天，山峰的峰……"

"很好，所以你已经把汪冬麟藏起来的东西拿到手了吗？"男人的眼中突然闪过一丝精光，浑身上下散发出可怕的气息。

路天峰还没来得及做出反应，那女学生已经贴到他的背后，用电击器狠狠地撞在他的腰部，一阵刺痛的感觉直冲脑门。

"你们……"路天峰的眼前天旋地转，身子不受控制地往下滑，终于一屁股坐到地板上，"是……什么人……"

"谢谢你替我们找到了数据。"男人拍了拍路天峰的肩膀，又摸了摸他的口袋，找到口袋里的 U 盘。

"不……"路天峰拼命地想站起来，伸手抓住男人的手臂。

又一股电流从颈脖后方袭来，他眼前一黑，失去了知觉。

昏迷前的最后一秒，他想起了陈诺兰。

"我等你。"

4

六月一日，下午一点，D城大学后门外。

汪冬麟就像被抽空了全部力气一样，瘫坐在面包车后座上，表情呆滞，一言不发。程拓守住车门，童瑶和章之奇站在车子的另外一侧，三人将汪冬麟盯得死死的，这下子任凭他有通天的本事，也不可能逃脱了。

"我去看一下路队那边的情况。"章之奇双手插着裤袋，对童瑶说。

"最好还是别乱跑了吧？"童瑶表示反对。

"反正闲着也是闲着。"章之奇摆摆手，又向程拓打了个招呼，转身就往学生处走去。他虽然摆出一副云淡风轻的模样，但内心其实有点焦虑。

因为现在的状况未免太过平静了。

警方正在全城通缉汪冬麟，严晋和戴春华更是得到了他的独家分析，搜捕进度并不会落后太多；"组织"昨天的劫杀行动失败，一定还会继续赶尽杀绝；路天峰在时间倒流之前遇到的那帮歹徒，应该并不是"组织"的人，但他们也想在汪冬麟身上得到些什么；最后，陈诺兰在关键时刻不在路天峰身边，路天峰却连一句解释都没有，那意味着个中原因他不想说，或者是不能说。

根据种种迹象推测，眼前这片平静的海面下方，也许正酝酿着一场席卷一切的巨大海啸。

想到这里，章之奇不由得加快了脚步。

学生处到了。

"同学，请问勤工俭学办公室在哪里？"章之奇向一位迎面匆匆走来的女生询问。

"哦？啊，那边，拐弯就是。"女生似乎很赶时间，含糊不清地回答了一句，脚下完全没有放慢步伐，一溜烟地走远了。

"左拐还是右拐……唉，现在的小孩子真没礼貌。"章之奇无奈地摇摇头，看了看墙上的标示牌，往勤工俭学办公室方向走去。

然而章之奇还没走到目的地，就已经察觉到情况不对劲——走廊尽头那扇紧闭的门后，竟然冒出了阵阵青烟。

"着火了！"章之奇二话不说，一拳砸破墙上的火警报警器，同时提着灭火器冲上前，猛地一脚踹开办公室的大门。

刺鼻的浓烟夹杂着滚滚热浪扑面而来，章之奇不得不后退两步，避其锋芒。只见办公室内四处都是熊熊烈火。这样猛烈的火势绝对不是意外，应该是人为纵火。

"路天峰！"章之奇扯破喉咙大喊，火场之中却是无人应答。

章之奇咬咬牙，打开灭火器，狠狠地向身前的火苗喷射过去。火势稍微收敛了一些，烟雾之中，可以看到一个人趴在地板上，一动不动。

"路天峰！"章之奇再喊了一声，但路天峰依然没动静，似乎失去了知觉。

眼见火势还是压不住，章之奇甩掉手中的灭火器，深深地吸了一口气，一个箭步冲入火中，连调息的空隙都没有，拖着路天峰的身子就往外拽。

四周全是火光，灼热的气息压得人心生绝望。在烟与火之中，章之奇失去了距离感和方向感，仅仅靠着直觉和毅力，往选定的方位拼命前行。

肌肤传来清晰的灼痛感，但章之奇连大气都不敢喘一口，一旦吸入火场中的浓烟，就别想活着出去了。

幸好，他没有认错方向。

章之奇将路天峰带出勤工俭学办公室，此时，一些热心的学生和老师也纷纷闻讯赶来，有几个人拿着灭火器，试图控制火情，不让火势往门外蔓延，还有两位女生帮忙搀扶着章之奇和路天峰，并打电话通知救护车。现场一片混乱，章之奇一边大口大口地呼吸着新鲜空气，一边不忘留神打量着围观人群。

　　纵火者很可能并未走远，因为他想亲眼确认路天峰会不会葬身火海。如果他再狠毒一点的话，也有机会混在人群之中，再次对路天峰下手。

　　因此章之奇绝对不敢有丝毫松懈，那鹰一般锐利的目光扫视着人群里的每一张脸孔。

　　好奇、惊恐、激动、迷惑、不安……

　　在这形形色色的脸孔之中，夹杂着一张冷漠的脸。

　　章之奇的目光并没有停留，但他已经暗暗记住了那张脸。

　　"我……没事……"路天峰醒过来了，好像没什么大问题。

　　章之奇连忙蹲下，凑在路天峰的耳边轻声地问："怎么回事？"

　　路天峰眨眨眼，他立即就搞懂了眼前的状况，并没有问任何多余的问题，而是直截了当地说："有人抢走了数据。"

　　"谁？"

　　"一个四十来岁的男人，戴黑框眼镜，书生气十足，看起来像是老师；还有一个二十出头的女人，打扮成大学生模样……"

　　"白色无袖衬衫，黑色牛仔裤，齐肩短发？"章之奇脑海里突然跳出了先前他问路的那个女孩形象。

　　"你……怎么知道的……"路天峰愕然。

　　"至于你说的那个男人……"章之奇倏地站起身，再想找刚才那个冷漠的男人，却已经找不到了。

　　"他们没走远，追！"章之奇一把拉起了坐在地上的路天峰，"先去洗个脸。"

六月一日，下午一点十五分，D 城大学，行政办公楼。

路天峰和章之奇在距离事发地点最近的洗手间里整理好身上那皱巴巴的衣服，又把脸上黑乎乎的烟尘擦洗掉。D 城大学本来就是警方的重点监控地点之一，在这场火灾发生后，除了消防员会到场救火之外，埋伏在附近的警察也一定会赶来协助调查。要是他们浑身乌黑地走在路上，很可能会被拦住问话。

"接下来我们去哪儿？"路天峰一边用手捧着水洗脸，一边问。

"去找那两个抢走了数据的人。"

"去哪儿找？"路天峰端详着镜子里的自己，似乎看不出什么大问题了。

"去哪里都一样，只要有免费 Wi-Fi 蹭就可以了。"

"你想通过网络来找人？"路天峰失望的情绪溢于言表，"这不跟大海捞针一样吗？"

"D 城大学本来就有上万名师生，加上每天都有好几千的外来人员，不通过高科技手段的话，你说该怎么找？"

路天峰一时语塞，他知道章之奇说得都对，但现在他的脑海里乱作一团，也说不出什么好主意来。

"来吧。"章之奇扯着路天峰离开洗手间，倒没有真的去蹭什么免费网络，只是找了个没有人的房间钻进去，拿起随身携带的平板电脑就操作起来。

路天峰好奇地凑近，想看一下章之奇到底在折腾什么。但屏幕上全是眼花缭乱的代码，还有无数图片在飞速闪烁，根本看不清楚。

"看不懂？"章之奇眼睛盯着屏幕画面，嘴里随意问了一句。

"嗯。"

"看不懂就对了。"

路天峰注意到屏幕上闪烁的图片似乎都是证件照，于是问："这是在干吗？"

"登录 D 城大学的人事档案数据库，读取所有教职工和在读学生的证件照。"

"然后逐一对比吗？你怎么确定那两个人是学校的教职工和学生？"路天峰觉得有点匪夷所思。

"先回答第一个问题，逐一对比不需要，人工智能会替我们完成大部分工作。"章之奇指着屏幕说。

原来他是输入了一些相貌特征，系统会立即进行分析和筛选，留下适合的人选。比如说输入"男性，身高一米七以上"之后，系统返回的数据有三千多人，再加入新的条件"戴眼镜"的话，候选人就会相应减少，然后又加入"方脸，高鼻梁，皮肤偏黑"等细节条件后，候选对象就越来越少了。

当只剩下几十张候选人照片的时候，章之奇将浏览图片的模式改为手动切换，一张一张地翻过去，某张照片出现在屏幕上的瞬间，两人异口同声地喊："就是他！"

D 城大学总务处，办公室助理，邓子雄。

"再把女孩的身份确认一下！"路天峰说。

章之奇立即动手，没想到这次要稍微困难一点，系统花了不少时间，他们也尝试换了不同的相貌特征关键词，才终于锁定了女生的身份。

D 城大学哲学系，大四，马悦仪。

"现在回答你的第二个问题吧，我为什么会觉得他们是 D 城大学的人。"顺利找到了目标之后，章之奇站起来伸了个懒腰。

"我已经想明白了。"路天峰聚精会神地看着屏幕上的证件照，"因为对方并没有多少时间做准备，他们是在得知我要去勤工俭学办公室后，才匆忙布局的，所以只能就近调配人手。"

"是的，他们应该是窃听了童瑶的那部手机……拆掉黑客芯片后，对方只能通过对电话号码的跟踪解码来进行窃听，没想到他们还真有这种能力。"

"我真是纳闷了，怎么这所学校里头会有那么多跟'组织'有关系的人……"路天峰的话说到一半，突然呆住了，后半句怎么也说不下去。

"怎么了？"章之奇不明所以。

路天峰还是没说话，他回忆起许多人和事，神秘的"组织"确实跟这所大学有着千丝万缕的关系。

在上次风腾基因一案中，牵涉D城大学的人员包括多年前莫名失踪的周焕盛、因RAN技术而卷入漩涡的骆腾风和陈诺兰、逆风会的谭家强等。而在这一次的事件当中，连环杀手汪冬麟是学校的人，犯案地点也主要是在校内，加上现在半路杀出来抢走数据的邓子雄和马悦仪……

"我突然冒出了一个可怕的念头。"路天峰正色道。

"什么念头？"

"'组织'的老巢，会不会就在这所学校里头？"

一贯冷静的章之奇闻言，惊讶地瞪大了眼睛。

路天峰接着说："但无论如何，我们都要赶紧找到这两个人。"

邓子雄和马悦仪，是他们手中唯一的线索了。

路天峰还在快速地浏览着他们两人的档案，突然，他指着屏幕惊讶地问："咦，马悦仪还在读双学位？"

马悦仪是哲学系的学生，却选读了心理学系的双学位课程，而她的第二学位毕业论文是关于犯罪心理学研究的，论文指导老师竟然是早就退了休，只挂着荣誉教授头衔的袁成仁。

路天峰又看了看邓子雄的资料，发现他原来是D城大学心理学系多年以前的毕业生，主修教育心理学，毕业后直接留在D城大学工作，而他当年的论文指导老师，正好也是袁成仁。

这两个人的共通点终于浮出水面。

"我们去找袁老师。"章之奇只说了这一句。

六月一日，下午一点二十分，D城大学，后门外。

消防车、警车、救护车，一辆接一辆地驶入校园，鸣笛声此起彼伏，一看这架势就知道学校里头出事了。

程拓焦急地看了看手表，路天峰离开已经超过半小时了，按道理早就应该回来，却不见人影。更让人不安的是，连之后说要去看看情况的章之奇也没有回音。

"给他们打个电话催一下吧？"程拓向童瑶说。

"程队，你看我的手机……"童瑶指了指车内那块电路板，真不知道刚才章之奇是怎么通过它来拨号的。

"还记得他们的手机号码吗？"

童瑶摇摇头，这年头几乎没人会去记那一长串数字了，更何况路天峰用的是临时卡，章之奇和她又只是初识，哪里能记住他们的号码？

"别费心了，他们很可能拿着数据开溜了。"本已无精打采的汪冬麟，在察觉到事态有了新变化之后，顿时恢复了精神，说起话来嬉皮笑脸的。

"少说两句吧你！"童瑶恶狠狠地瞪了汪冬麟一眼。

然而汪冬麟不怒反笑，又问了一句："那你怎么解释他们俩的失联呢？只是拷贝一份数据而已，需要两个人一起去吗？"

"闭嘴！"童瑶也难免有点心浮气躁了。

程拓默默地看了一眼手表，又看了看童瑶，说："看来校园里头确实是出大事了，警方很快会在周边进行可疑人员排查工作，我们如果不尽快转移阵地的话，很可能会被发现。"

"那……我们去哪儿？"

"你觉得呢？"程拓这句话竟然是朝着汪冬麟说的。

汪冬麟也没料到程拓会突然反客为主，愣了愣，反问道："你问我？"

"是呀，现在你既不能提供线索，又不能帮我拿到所谓的秘密数据，那还有什么利用价值呢？"程拓的冷笑让人有点心寒，"我干脆把你送回警局好了。"

"程队，有话好好说。"汪冬麟调整了一下坐姿，气焰也收敛了不少，"我，我还可以帮你……"

"帮我啥？"程拓面无表情地问。

汪冬麟舔了舔干裂的嘴唇，眼珠骨碌骨碌转动着，似乎在努力地思考应该如何应对程拓的问题。

"既然无话可说，我们走吧。"程拓并没有给汪冬麟多少考虑的时间，二话不说就发动车子准备离开了。

"等等！我……我想起了一件很重要的事情！"

"说说看！"程拓一边说，一边松开了手刹。

"我怀疑'组织'的人就藏在学校里头！"汪冬麟迫不及待地说，"他很可能就住在我的楼上！"

"为什么这么说？"程拓和童瑶将信将疑。

"你们刚才听到我和路天峰之间的对话了吗？我杀人的过程被某人偷拍下来了，而我分析过那些照片的拍摄角度，其中有几张只可能是从我楼上的单元里拍摄的。"

"你楼上？知道是哪一个单元吗？"

汪冬麟所住的是一栋较旧的教职工宿舍楼，本身也就只有八层高，逐一排查并不需要花太多时间。

汪冬麟苦笑道："那么重要的事情，我当然花了不少力气去调查。根据拍摄角度和高度分析，我的首要怀疑对象是住在隔壁栋五楼 501 单元的袁成仁老师。"

"袁成仁？"童瑶觉得这个名字有点耳熟，一时间却想不起来是谁。

"D城大学心理学系的退休教授，国内犯罪心理学领军人物，我觉得只有他能够做出这种事情来。"

童瑶终于想起来了："天哪！这个袁教授……就是章之奇当年的老师！"

章之奇昨晚还顺路去登门拜访了袁成仁，他们两人见面的时候到底说了些什么？如果袁成仁真和"组织"有关系的话，那么章之奇这个人还能信任吗？他为什么偏要去找路天峰？校园里面到底发生了什么事？

童瑶心乱如麻，她强迫自己闭上眼睛，深深地吸了一口气，才舒缓过来。

"现在怎么办？"

童瑶和程拓面面相觑，他们想进入学校查看情况，但又不可能带着通缉犯汪冬麟行动，不过要是只留一个人在这里看守汪冬麟的话，又对彼此不太放心。毕竟他们两个人的立场都有点尴尬，并未完全按照警察守则行动。

汪冬麟自然看懂了其中的微妙之处，但他也不说话，抿着嘴巴在心里暗暗偷笑。他知道自己提供的线索会让程拓和童瑶陷入进退两难的境地，他们会担心路天峰的安危和数据的下落，不可能一直在原地等候，而只要他们贸然行动，就很可能会犯错误。

所以汪冬麟只须静待形势进一步出现变化即可。

"我还是登录一下系统看看吧。"为了隐藏行踪，之前程拓断开了手机的网络连接，现在迫不得已还是要进入警察内部系统，查看最新的消息。

一打开界面，映入眼帘的就是一条红色字体加粗的紧急事件提示：D城大学发生火灾，现场疑似纵火，可能跟汪冬麟案有关，请各单位就近增援。

"校园内起火了，发生火灾的地点……是学生处的勤工俭学办公室。"

"有人员伤亡吗？"童瑶急切地问。

"目前暂无伤亡报告。"

"程队，我还是去看一下吧？"童瑶主动请缨，虽然她担心程拓心里另有小算盘，但更担忧路天峰和章之奇那边的情况。

"你就不怕我和汪冬麟达成什么私下交易吗？"程拓干脆把话挑明了。

"我相信你。"

"万一你信错人了呢？"

"那么我即使走遍天涯海角，也会将你和汪冬麟缉拿归案。"童瑶分外认真地说。

程拓笑了笑："放心吧，我很清楚我自己的身份是什么。"

听到这句话，坐在一旁的汪冬麟突然撇了撇嘴。他知道，自己想要逃跑的话，最好也是最后的机会来了。

5

六月一日，下午一点三十分，D城大学，教工宿舍区。

袁成仁的家中。

敲门无人回应后，门锁处便传来咔嚓咔嚓的声响，然后啪嗒一下，锁从屋外被打开了。

路天峰和章之奇小心翼翼地推门而进。

"袁老师？"章之奇往屋内喊道，但四下一片静悄悄，无人应答。

"找找线索。"路天峰心里有种不安的预感，他觉得袁成仁可能已经有所行动了。

　　袁成仁的屋子布置得非常简单，家具也都是朴素风格的，屋子里头唯一可以算得上装饰品的，就是墙上贴得满满的荣誉奖状、获奖证书和活动合影，柜子上方还有一排金光闪闪的各式奖杯，这都是他这一辈子最值得怀念的荣光。

　　"没有什么特别的发现。"章之奇在卧室里检查了一遍，被子叠得整整齐齐的，衣柜里的衣服也同样整齐，毫无异常。

　　"抽屉里面呢？"路天峰问。

　　"抽屉上了锁，还是先别暴力打开吧。袁老师可能只是出门散步去了……"

　　"刚才有两个人想杀我，而他们都是袁成仁的学生，这难道只是巧合吗？"路天峰质问道。

　　章之奇没说什么，叹了口气，将头扭向一旁，目光看向窗外。

　　路天峰正要上前撬锁，章之奇突然用手肘撞了撞他，手指向窗外："你看那边。"

　　"看什么？"

　　"那里就是汪冬麟家的院子吧？从这个角度看过去，刚好能看见停车棚下方的状况。"

　　路天峰一看，还真是如此。

　　"所以那个偷拍照片威胁汪冬麟的人，就是袁成仁？"

　　章之奇缓缓地摇摇头："还不好说……"

　　这时候，两人听见了屋外传来钥匙开门的声音。

　　"别慌，让我来说。"路天峰上前一步，正好迎上开门进屋的袁成仁。

　　屋内居然有人，袁成仁吓了一大跳，手中的购物袋也掉落到地板上，茄子、胡萝卜和苹果滚了一地。

　　"章之奇？"袁成仁倒是先认出了站在后方的学生，脸色才稍稍恢复平静，但仍是疑惑地说，"到底发生了什么事？"

"我是市刑警大队的路天峰，眼下有一起案件需要袁教授您协助调查……"

"停！"袁成仁举起右手手掌，做了个停止的手势，"警方需要我协助调查，跟你随便私闯民宅是两码事吧？现在的警察这样办事的吗？"

"很抱歉，情况紧急……"

"什么情况紧急？你有搜查令吗？"

袁成仁气鼓鼓地坐到沙发上，连地上的蔬果都懒得去捡，还是章之奇机灵，三下五除二就将东西捡回购物袋内，递给袁成仁。

"袁老师，您别生气，我这个朋友就是有点不懂人情世故……"

袁成仁白了章之奇一眼，没接话。

路天峰硬着头皮说："袁教授，半小时前贵校发生了一起纵火案，两个嫌疑人都曾经是您的学生，所以我们想来问您几个问题。"

"纵火案？我的学生？"袁成仁冷笑一声，"我从教三十多年，教过的学生没有一万也有七八千，他们要真有人犯法也能怪罪到我头上吗？"

路天峰站在原地，感觉有点尴尬，袁成仁那副生气的样子还真不像是在演戏，莫非他跟"组织"并无关联？

"袁老师……"

"章之奇啊，别人不懂尊师重道也就罢了，你也不懂吗？"

"是是是，您教训得是。"章之奇难得地低头认错。

"你们快走吧，再不走我就打电话给你们领导了，韩光荣退休了吗？罗永平转正局长了吗？"袁成仁满脸通红，毫不客气地报出两位局长的全名。

"那……打扰了……"路天峰和章之奇此行一无所获，有点灰头土脸地准备告辞。

然而就在这时候，有人用力地叩击了三下敲开的屋门。

"咚咚咚——"

童瑶站在门外，手里拿着一个黑色的U盘。

"袁教授，刚才您在楼下怎么把这东西放到信箱里头了？现在的小偷可精明了，用信箱藏东西这招已经骗不过他们了。"

童瑶微微一笑，伸手似乎是要将U盘递给袁成仁，可是袁成仁却没有伸手去接。

毕竟，这个U盘属于路天峰。

变故突生，让路天峰和章之奇一时都没反应过来，袁成仁的脸上似乎蒙上了一层薄霜，冷冰冰的，但也少了之前那种愤懑的表情。

"袁老师，这是……"章之奇好不容易才挤出这句话来，在他的心目之中，袁成仁不仅仅是老师，还是他的偶像。

"我什么都不会说的。"袁成仁的语速缓慢，吐字异常清晰。

"我刚才在楼下，亲眼看见袁成仁将这个U盘从购物袋里拿出来，然后放进了信箱。"童瑶将U盘交到路天峰手上，"老大，这是你的东西吗？"

"是的。"路天峰点点头，接过失而复得的数据。

袁成仁冷眼看着屋内的三人，默不作声。

"童瑶，麻烦你带袁教授回警局一趟，请他配合我们的调查；章之奇跟我一起先研究一下这份数据到底是什么东西。"

"等等！"出乎意料的是，童瑶和章之奇的反应都很大，异口同声地喊了起来。

路天峰一愣："怎么啦？"

章之奇抢先说道："你就让童瑶一个人带袁老师回去？有点危险吧？"

他一边说一边不停地向路天峰使眼色，路天峰终于想起了稍早之前自己所做的推论，如果"组织"大本营真的就在校园里头的话，没准他们的人正埋伏在旁，虎视眈眈。

童瑶原本是想提醒路天峰一句，章之奇也是袁成仁的学生，对他并不能百分之百信任，但没料到他竟然会关心自己的安危，让她一时不知道还该不该说出自己的担忧。

"那就一起走吧。"路天峰心领神会，点了点头。

"谁说我要跟你们回去啦？"然而袁成仁并不准备配合他们，"我拒绝，如果你准备强行将我带走的话，就等着吃苦头吧。"

说完，袁成仁稳稳地坐在沙发上，双手交叉放在胸前，一副谁敢动我的气势。

路天峰意识到袁成仁是在拖延时间，对方的人可能会比想象中来得更快。

章之奇也同样是束手无策，他看着柜子上那一排金光闪闪的奖杯，尤其是最显眼的那座省公安厅颁发的"灭罪先锋"荣誉奖杯，心中感觉极其讽刺。

"咚咚咚——"

门外竟然还有人。

袁成仁仍然端坐不动，但嘴角不经意地翘了起来。

路天峰向童瑶做了个手势，示意她先去看看情况。童瑶点了点头，快步走到门边，高声问："谁啊？"

"您好，快递员。请问这里是袁成仁先生家吗？"男声回答道。

"是的，但我现在不方便开门，东西能先放门外吗？"

快递员却是不依不饶地说："请问袁先生在家吗？这份快递需要他本人亲自签收。"

童瑶将询问的目光投向路天峰，路天峰看了看袁成仁，决定让童瑶去开门。

"小心。"

门打开了，站在门外的是一个身穿橙色制服的快递员，头戴运动帽，手里拿着一个沉甸甸的纸盒。

"可以代签吗？"童瑶问。

"袁先生不方便的话，您可以代签，但麻烦您出示一下身份证。"快递员边说边往屋内张望，一眼就看到了坐在沙发上的袁成仁。

与此同时，路天峰也看清楚了快递员的脸。

他竟然是掳走陈诺兰的阿永！

而袁成仁看到阿永时，表情明显呆滞了一下，也许他期望出现在门外的，应该是其他人。

"别让他进来！"路天峰大喝一声，但还是慢了一步。

阿永将纸盒猛地扔向童瑶，童瑶见盒子本身并不轻，来势汹汹，也只能选择闪避。阿永一脚踢开木门，从腰间拔出了手枪，瞄准沙发上的袁成仁。

路天峰反应奇快，一个箭步冲上前去，将沙发上的袁成仁扑倒在地。

"噗——噗——"装了消声器的手枪在沙发上留下两个清晰的弹孔。

阿永冲进屋，准备继续追杀倒地的袁成仁，而童瑶已经从旁杀出，一记扫堂腿袭向阿永的膝盖位置。只是没想到阿永的拳脚功夫也很了得，不但轻巧地挪步躲过童瑶的进攻，还趁机反击，一脚踢在童瑶的腰上。

童瑶痛得眼泪直流，连退三步，蒙眬之中意识到阿永的枪口瞄准了自己，连忙侧身躲到一旁。

但阿永没有开枪，因为他眼角的余光看见了一团黑影砸向自己，慌忙避开。哐当一声，章之奇用力抛过来的荣誉奖杯砸在墙上，奖杯的底座瞬间摔成了两段。

阿永往章之奇的方向开了一枪，迫使他狼狈地滚地躲开，不过阿永也明白自己是以寡敌众，没有鲁莽地继续开火，而是背靠屋门，摆出防御姿态，重新将枪口转向袁成仁和路天峰。

"把东西交出来，可以饶你一命。"阿永硬是挤出一个笑容来，"路警官，你知道我一向说话算话。"

"什么东西？"

"汪冬麟藏起来的数据。"

路天峰恍然大悟，原来阿永和他的幕后老板同样是为了数据而来。看来他们要路天峰交出汪冬麟，真正的目的是想追查数据的下落，没想到路天峰直接拿到了数据，这样一来反而替他们省了不少工夫。

这数据到底是什么，有那么重要吗？

"我把数据给你，你放了陈诺兰。"

"没问题。"阿永毫不犹豫地回答。

"我需要当面交易，确保陈诺兰的安全。"说话间，路天峰已经拿起了桌面上装满温水的茶壶，另外一只手举起 U 盘，"提醒一句，我这老古董 U 盘可是不防水的，一旦掉进茶壶里可就报废了。"

阿永瞪大了眼睛："你敢？"

"我为什么不敢？告诉你，这数据可再也没有备份了。"

阿永想了想，冷笑一声："陈诺兰的命也只有一条，没有备份。"

这下轮到路天峰沉默了。

而就在他们两人你来我往、针锋相对的同时，童瑶和章之奇也默默地交换了一下眼神，他们脑海中满是疑问。

这人是谁？路天峰为什么好像认识他？陈诺兰又去哪了？

但眼前的局势错综复杂，哪里有机会让他们发问？阿永见路天峰默不作声，知道自己在心理层面占据了上风，于是放缓了语气。

"路警官，这份数据对你而言一点作用都没有，何必死抓着不放呢？"

对呀，他们拼死拼活争夺这份数据，却连它到底有什么用都不清楚，还真是讽刺。

路天峰的内心开始有所动摇。

阿永感觉自己胜券在握，脸上的表情更加放松了，他右手举着枪，向路天峰走近了两步，再摊开左手："交出来吧。"

路天峰的眼皮不断跳动着，他知道无论自己做出怎么样的选择，都很有可能后悔。

就在这节骨眼上，出乎所有人意料的事情发生了。

"嗒嗒嗒——"一连串急促的声音在门外响起。

原本以胜利者姿态站在客厅里的阿永，表情突然变得僵硬，他的胸前绽放出几朵血花，而那片鲜红色还在飞速地扩散。

"你们……"

不可一世的阿永只说了这两个字，就闭上眼睛，直挺挺地往前扑倒，整个人摔到地上。可以看见他的后背上出现了几个可怕的黑洞，正不停地往外冒血。

只见大门上布满了弹孔，正有人从屋外用冲锋枪隔着门疯狂扫射，而阿永所站的位置首当其冲，连中数枪。

几乎是同一时刻，一直没动静的袁成仁出其不意地扑上前，一口咬在路天峰拿着 U 盘的左手手腕上，路天峰痛得惊呼一声，手下意识地一松，U 盘不偏不倚地跌落到茶壶里头。

路天峰瞬间反应过来，阿永他们要拿数据，而袁成仁只想毁掉数据。

"撤到房间里！"路天峰赶紧将茶壶中的水全部倒掉，取回了U 盘。

事实上在路天峰下令之前，童瑶和章之奇已经不约而同地往卧室方向移动。袁成仁则趁着路天峰抢救 U 盘的空当，以老年人难得一见的敏捷身手逃向门边。

路天峰知道自己顾不上袁成仁了，立即闪身躲进卧室，再反手锁上门。

"从阳台逃跑！"章之奇喝道。

三人都很明白，敌人火力凶猛，很可能就是昨天上午劫囚车的那伙歹徒，他们现在根本无法正面应敌，只能尽快逃离。

幸运的是，袁成仁家中的阳台并没有安装金属防盗网，而且离邻居的阳台也只有不到一米的距离，可以轻松地翻过去。

"童瑶，你先走，拿好这个。"路天峰将湿漉漉的 U 盘塞到童瑶手中。

童瑶愣了愣，但没说什么，接过 U 盘后，双脚一蹬，动作轻盈地跳到了隔壁屋子的阳台上。章之奇紧随其后，落地动作虽然没有童瑶那么洒脱，但也是稳稳地站住。

"那 U 盘防水的。"章之奇语速飞快地对童瑶说。

"啊？"童瑶终于明白了，原来之前路天峰跟枪手之间的谈判，竟然只是虚张声势。她既佩服路天峰在生死关头仍然能够面不改色地给对方设局，也对章之奇能在电光石火间看穿路天峰的计谋而感到不可思议。

说时迟，那时快，路天峰也跳了过来，但追兵已经到了身后。

"快走！"

三人俯下身子，冲进这家人的卧室，幸好屋内空无一人，否则一定会被吓个半死。这屋子虽然与袁成仁家的阳台相邻，门外的走廊却是不相通的，路天峰等人顺着楼梯一路往下跑，也不敢回头，他们知道一旦离开这栋楼房，跑到马路边，就会遇上正在盯梢汪冬麟家的警员。

对方再怎么猖狂，也不敢在光天化日之下与警察交火，更何况因为先前的火灾，此刻布置在校园里头的警力是日常数十倍之多。

"跑！"

路天峰此刻只有这一个念头。

他们已经离开了昏暗的楼道，重回阳光之下，而他们的身后并没有追兵的脚步声或者子弹的声音。

路天峰还认得前方那辆车子，昨晚他们来拜访王小棉的时候，正是先引开了车内的警察才得以混进汪冬麟家中。

不过让人意外的是，如今车内居然空荡荡的，原本负责监视的警员不见踪影，很有可能是去了火灾现场增援。

"上车！"路天峰试了试车门，竟然没上锁。

"他们没有追过来。"章之奇跳上副驾驶座，一边系上安全带一边说。

"袁成仁可能以为数据真的被毁掉了，如果是这样的话，他会优先考虑自身的安全问题，第一时间潜逃。"路天峰说。

童瑶拍了拍胸口："那么我们的运气也真够好的。"

但路天峰的神情却看不出丝毫轻松："还有另外一种可能，刚才歹徒隔着木门开枪扫射的时候，根本不能确定袁成仁的位置在哪里，但对方依然肆无忌惮地开火，这也许是因为袁成仁的生死在他们眼中根本不重要。"

章之奇并没有说话，他的目光已经被不远处的三个男人吸引住，于是用手肘撞了撞路天峰。

那三个人都穿着同款运动服，走路的时候低着头，衣领高高竖起，挡住大半张脸，看不清模样。值得注意的地方是，三人的步伐几乎是一致的，坚定而有力，而且他们的站位和前进的路线，恰好是以车子为中心，隐隐形成一个包围圈。当他们更接近一些的时候，章之奇甚至能分辨出他们藏在运动服下方的冲锋枪轮廓。

这是猛兽在捕食猎物之前，刻意营造的平静假象。

路天峰和童瑶也几乎同时察觉到包围者的存在，然而对方已经过于接近了，如果现在选择下车逃跑的话，很可能会被射成靶子。

他们只好留在车内，眼睁睁地看着敌人越走越近，其中一个人已经拉开了运动服的拉链，露出黑色的枪柄。

正午时分，阳光透过树荫洒在校道上，还有几个茫然不知的学生骑着自行车，相互之间有说有笑，跟杀人不眨眼的歹徒擦肩而过。

看到男男女女的学生路过，路天峰更加不敢下车了。他叹了一口气，心想，即使自己会在车上被枪杀，也绝不能波及这些手无寸铁的年轻人。

童瑶和章之奇对视一眼，彼此都读出了对方眼中的无奈。

好像只能认命了。

三个男人一直走到离车子只有两米左右的地方，才齐刷刷从衣服里掏出冲锋枪，黝黑的枪口即将从三个不同角度喷射出死神的火焰。而车内的三个人手中，连一件可以称之为武器的东西都没有。

胜负在下一秒即见分晓。

没料到，这一瞬间却是风云突变。

刚才骑着自行车路过的一名男生，突然跳下车，双手举起自行车，砸向其中一名枪手的后背，把持枪的男人直接砸倒在地。另外两名枪手立即掉转枪口，但还是慢了一步，有七八个人同时从两旁扑出来，很快就解除了他们的武器，并替他们戴上了手铐。

"非常标准的逮捕动作，他们是警察！"章之奇激动地说。

这时候，路天峰终于看见了藏身在一棵大树后的行动指挥官严晋，还有坐在树下长椅上看着报纸的戴春华。

6

六月一日，下午两点，D城大学，教工宿舍区。

几辆警车闪烁着警灯，数十名身穿制服的警察拉起警戒线封锁了现场，技术鉴证人员则已经前往袁成仁家中取证，对袁成仁、邓子雄和马悦仪的搜捕命令也已经发布。

路天峰坐在其中一辆警车上，让童瑶替他处理刚才匆忙逃跑时擦伤的手臂伤口，严晋和程拓也在车内。后座处，是身披外套蒙着大半个脑袋，不敢露脸的汪冬麟。

"终于结束了。"程拓长舒一口气，对路天峰说。

路天峰犹豫了一下，他心里还有许多疑问，但不适合在严晋面前提出来。

反倒是严晋单刀直入地问："程队，这次幸亏有你及时提供的线索，才能将歹徒一网打尽。但我不太明白，你抓住汪冬麟之后为什么没有第一时间汇报？D城大学袁成仁涉案的情报，为什么也一直隐瞒着？现在幸亏汪冬麟没跑掉，万一出了意外的话，谁能承担起责任呢？"

程拓拍了拍严晋的肩膀："放心吧，报告交给我来写，严队你这次的表现相当好，就算上级要追究责任，也有我扛着。"

"这根本不是追究责任的问题……"严晋隐约觉得程拓还有什么东西瞒着自己，但眼前最主要的任务即抓捕汪冬麟已经完成，他也不想这时候再节外生枝。

"你也得好好想想怎么跟领导汇报。"程拓这句话又是向路天峰说的。

路天峰看了一眼后座上的汪冬麟，此刻已自知难逃法网的汪冬麟，神情竟然出奇地平静，回望向路天峰的目光极其复杂。

汪冬麟似乎还没认输，不，不但没有认输，他的内心好像还满怀希望，甚至用一种属于胜利者的怜悯眼光看着路天峰。

路天峰突然想明白了，汪冬麟早就没有什么东西可以失去，再怎么输也只是保持原状，但自己却不一样。

他随时可能失去自己的工作、自己的最爱，失去一切……

"你们先带汪冬麟回警局，我还有点事情要办。"

"等一下。"严晋一把拉住了想要下车的路天峰，"你想去哪里？你也是涉案人员，不能随意离开。"

"严队，我女朋友现在有生命危险，我要去救她。"

"那我派人跟你一起去。"

"不，那会打草惊蛇的。"路天峰摇摇头，既然阿永能追踪到这里的话，那么幕后老板很可能已经知道这边的情况了。

他摸了摸刚才童瑶还给他的 U 盘——U 盘里的数据，是涉及案件的重要证据，严晋要是清楚了来龙去脉，就一定不会同意自己拿着数据去交换陈诺兰。

"我只能一个人去。"

"路队，这可不合规矩啊！"

"严队，要是每件事都必须讲规矩的话，我们可能到现在还没能抓住这小子呢。"程拓指着汪冬麟，插话道。

严晋看着路天峰，眼中闪过一丝犹豫。按照正常流程，他确实应该将路天峰带回警局好好审讯一番，但他也很清楚，路天峰从来不是一个按照常理出牌的人。

路天峰身子向前倾斜，凑在严晋耳边，用只有他能听见的音量说："让我去吧，只有我能解开汪冬麟一案的真相。"

严晋的瞳孔倏地放大。

"是的，我相信你也有预感，真相并没有那么简单。"

六月一日，下午两点三十分，未知地点。

陈诺兰孤零零地坐在豪华的房间内，这里有足够的食物和饮料，还有一大堆书本杂志保证她不会觉得无聊。房门是从外面反锁的，她没有办法离开，司徒康也不知道去了哪里，一直没再出现过。

她心烦气躁地将旅游杂志扔回到桌子上，与此同时，门外传来了开锁的声音。

司徒康推门走了进来，他没有带任何手下，脸上表情有点僵硬。

"陈小姐，你休息得还不错吧？"

"司徒先生，有话请直说。"陈诺兰感觉事情有点不对劲。

司徒康坐了下来，也示意陈诺兰坐下，慢悠悠倒了一杯茶，才开口说："我有一个好消息和一个坏消息，不知道你想先听哪个？"

"坏消息吧，我习惯把希望留在后面。"

"坏消息就是我派去支援路天峰的人手，全军覆灭，我也不知道到底发生了什么。"司徒康的语气波澜不惊，一点都不像损失惨重的样子。

陈诺兰心内一惊，脑海里闪过各种可怕的画面，但仍然平静地问："那好消息呢？"

"好消息就是路天峰正在赶往我们这里，我真心希望他已经顺利完成了任务。"

"他来了？"

"是的，但如果他是两手空空前来的话，我们的交易将无法完成。"司徒康将杯中的茶一饮而尽，"那可是个两败俱伤的局面。"

"万一他无法满足你的要求，你会怎么样？杀了我吗？"

"杀人只是于事无补的泄愤手段，而我从来不做没有意义的事情。"司徒康笑了笑，但笑容里带着冷意。

"那什么才是有意义的事情？"陈诺兰眼珠一转，想出了答案，"你可以再次令时间倒流，对吗？"

"简而言之，是的。"司徒康说出这话的时候，整个人的气质悄然发生了变化，带有一种俯视苍生的优越感。

"所以你会迫使路天峰一次又一次地替你卖命，直到达到你的目的为止？"

"很可惜，路天峰目前的能力不足，他只能经历一次时间倒流，如果再来一次的话，他很可能会死掉。"

"你说什么？"陈诺兰惊讶地张大了嘴巴。

"这就说来话长了，时间倒流也是需要付出代价的……"

陈诺兰想起了路天峰对自己说过的计划，他要重返昨天，拯救因为这一次时间倒流而死去的无辜者，包括他的挚友余勇生。

昨晚他一度要选择放弃了，但正是因为觉得自己还能努力去挽回一切，才有信心和勇气继续前行。

假若现在告诉他，不可能再经历一次时间倒流的话，他还能撑得住吗？

"路天峰之前也经历过很多次时间循环，为什么说他没有这个能力？"

"因为长达数天的时间倒流和以二十四小时为单位的时间循环，是两种完全不同的概念。"司徒康拿起陈诺兰刚才在看的旅游杂志，翻开其中一页，"你看，这是世界上最豪华的邮轮，可以稳稳当当地横穿太平洋，那么如果是公园里的小船可以做到这点吗？"

"不行。"陈诺兰有点明白了。

"在时间波动的规则里头，单日循环是一种自然现象，就像海浪一样；而波及时间长达数天的时间倒流，是人为造成的巨型旋涡。路天峰虽然是感知者，但没有接受过专业训练，能够承受一次长达三天的时间倒流，已经很不简单了。"

而陈诺兰敏锐地捕捉到司徒康话中的关键信息点："这还能进行专业训练？"

"只要是能力，就可以通过练习进行强化。"司徒康看了一眼手机，说，"等会儿再聊吧，你的超人男朋友还有五分钟左右抵达。"

"你为什么那么清楚他的行踪？"陈诺兰觉得司徒康这人真是深不可测。

"因为我的手下给了他一张名片，名片里面夹着一张微缩芯片，带有全球定位功能。"司徒康展示了一下他的手机屏幕，"现在的科技越来越先进，隐私这玩意儿已经形同虚设了。话说回来，陈小姐身为一位科学家，应该最能体会科技发展给人类社会带来了怎样翻天覆地的变化，不是吗？"

"高科技要是被坏人滥用的话，那就太可怕了。"陈诺兰一语双关地说。

司徒康不怒反笑："一项技术的滥用与否，谁说了算呢？比如现在核武器被世界各国一致反对，但原子弹终结二战的时候，为什么大家都齐声叫好呢？再说陈小姐目前从事的生物科技和基因疗法研究工作吧，这个领域被很多人称为'富人的特权'，很多最新的药物和研究成果普通人根本消费不起，那么是否能够把你的工作定义为滥用科技资源，专为有钱人服务呢？"

陈诺兰明知道司徒康是在胡扯，一时间却又想不出如何反驳他的观点，只好气呼呼地把脸扭向一边。

"好了，我们一起去迎接路警官吧。"

"我们一起？"

"是的，你猜猜门外到底是什么地方？"司徒康向陈诺兰用力地挤了挤眼睛。

陈诺兰摇摇头，她不想去猜，她只知道这扇门外面的世界，充满了危险。

六月一日，下午两点四十分，城郊，东泥堂。

这地名虽然带着一点诡异的气息，但实际上就是D城水泥厂的旧址。当年水泥厂因为响应国家产业升级改造的号召，先是减产，再是停产，以外租仓库为生，最终还是无法支撑下去，只好就地解散，留下这一大片厂房和一屁股的外债。

几年前，有一家来历成谜，但自称资本实力雄厚的公司包下了水泥厂的地盘，挂出了"东泥堂"这个招牌，并在媒体上大肆宣传，号称要将这片荒废的厂区打造成"文化创意产业园区"。在铺天盖地的宣传之下，东泥堂曾经火了一小段时间，但很快就因为经营者的后继无力而被大家所冷落遗忘，那家牛皮吹破天的公司也不得不收拾包袱走人。

如今的东泥堂弃置已久，大部分建筑物上都贴着"危险勿近"的标志，但即使没有这些标志，也不会有人接近。

路天峰看了看名片上的地址，再次确认自己并没有走错地方。他踏着开裂的水泥路信步前行，走到厂区的最深处，没想到在这一片断壁残垣之中，竟然还有一栋外观亮丽的小楼房，与周边环境格格不入，显得非常诡异。

路天峰大步流星地朝着这栋奇怪的房子走过去，刚到楼下，眼前那扇桃木大门就缓缓地打开，一位衣冠楚楚的中年男子站在门前，面带微笑地看向路天峰。

中年男子的身后，是两个身材健硕的年轻男人，他们一左一右地把陈诺兰夹持住，不过看陈诺兰的表情还算镇定。

"诺兰！你还好吗？"路天峰忍不住大喊起来。

陈诺兰终于绷不住了，眼眶一下子变得红红的："我没事。"

"在下司徒康，初次见面，路警官请多多指教。"司徒康向路天峰伸出右手，看似要跟他握手，但同时也阻挡了他继续向前。

"你就是阿永的幕后老板？"路天峰停下脚步，直盯着司徒康。

"阿永是我的手下。"司徒康提到这个名字时，嘴角抽搐了一下。

"他死了。"

"我知道，我希望他的牺牲是有价值的。"司徒康上下打量着路天峰，"汪冬麟他人呢？"

"他已经被警方带走了，但你要的东西在这里。"路天峰从口袋里掏出U盘，高高举起，好让司徒康看清楚。

司徒康的目光顿时变得兴奋起来："太好了，路警官，你果然没有令我失望！”

"但我有一个条件——"

"进来再说吧。"司徒康摆摆手，径直走回屋内，陈诺兰也被带了回去。

路天峰别无选择，只好跟着他们进屋。进门后只见屋子内部的装潢精美，配套设施应有尽有，让人完全无法跟屋外破落荒废的厂区联系在一起。

客厅里有一张长沙发，司徒康坐下来，又招呼陈诺兰在他身边坐下，然后向路天峰招招手："来，把东西拿给我看一下。"

路天峰看了看四周，全是司徒康的手下，其中几个人看起来还带着武器。

"你先放了她。"

"别太心急嘛，刚才我已经向陈小姐发出正式邀请，请她担任我的科学顾问。"司徒康转头向陈诺兰笑了笑，"所以这里面的资料，还要她帮忙解读解读呢。"

路天峰愕然地看着陈诺兰，陈诺兰轻轻地摇摇头，他立即明白，她是被迫的。

然而路天峰也没有别的选择了，他将 U 盘抛给司徒康，说："我希望你不要食言。"

"我不会的……"司徒康将 U 盘插入电脑，注意力完全转移到屏幕上，"确实是林嘉芮的研究资料，太好了！"

陈诺兰按捺不住自己的好奇心，也瞄了两眼，没想到很快就被上面的内容吸引了。林嘉芮的研究方向其实和她之前在风腾基因的项目有相通之处，只不过林嘉芮另辟蹊径，提出了一些全新的想法，并且还有相应的基础实验数据。

这异想天开万一得到证实，将会是基因疗法的一大突破、更让人欣喜的是，一部分实验数据已经能够支持下一步的深入研究。

"陈小姐，这份数据有价值吗？"

"有。"陈诺兰爽快地答道，"但还需要多花点时间去研究。"

"很好，那么让我们将这个成果跟全世界分享吧。"司徒康一边说，一边飞快地敲打着键盘。

陈诺兰大吃一惊，因为她看见司徒康将这份价值连城，甚至不惜牺牲人命换到手中的珍贵数据，竟以完全免费的方式共享到各大基因技术讨论网站、论坛和一切与之相关的信息发布区！

短短几十秒之内，一项可能改变基因技术未来的全新科技核心机密，竟然成了每个人都能轻易获取的免费资源。

"为什么要把这些数据公开？"陈诺兰惊呆了，她本以为司徒康要借此盈利，没想到事态的发展居然是这样子的。

"越多人参与研究，就越有可能成功，我只希望这项技术能够真正实现，并不想通过它赚钱，是不是很伟大？"司徒康哈哈大笑起来。

路天峰终于开口了："我明白了，你是在针对'组织'。"

"组织"千方百计想要毁掉数据，但司徒康却偏偏要对着干，他甚至将数据到手后就第一时间分享到互联网上。这样一来，就算"组织"有通天的本领，也不可能把传遍整个网络的数据彻底删除。

"对啊，常言道敌人的敌人就是朋友，要不要考虑一下跟我长期合作？"

"合作？"

"是的，我可以把'组织'的秘密告诉你，然后我们一起联手对抗它。"司徒康踌躇满志地说。

路天峰虽然极度反感跟眼前这个男人产生瓜葛，但对方开出来的条件实在是太具吸引力了，那拒绝的话语已经到了嘴边，竟然没能说出口。

司徒康看穿了路天峰内心的纠结，脸上流露出一副势在必得的神情来。

"之前有人跟我说过类似的话，紧接着他就死掉了。"

"放心吧，我可没那么容易死。"司徒康一点也不生气，只是淡淡地说了一句。

路天峰看了陈诺兰一眼，而她恰好也看向他。

——我只是想试探"组织"的底细。

——无论你做出什么选择，我都会支持你。

两人通过眼神完成了无声的交流，然后路天峰一字一顿地说："告诉我，'组织'到底是什么？"

7

司徒康的故事

"组织"到底存在了多少年，是个没有人能说清楚的事情，他们其实有一个正式的名称，叫"天时会"。他们成员的任务只有一个，就是通过操控时间流来维护人类社会的发展进程。

这样说可能太抽象，举个例子吧。比如第二次世界大战，按照原有的历史进程，原子弹被研发出来了，却没有正式投入使用，日军在东亚战场上负隅顽抗，将战事足足拖延了一年多，直到德国纳粹势力死灰复燃，欧洲大陆重新陷入战火之中。

这时候，"天时会"出手了，他们让时间倒流到美军决策是否使用原子弹的那一刻，然后派人巧妙地改动了历史，让广岛和长崎化为废墟，于是人类社会提前迎来了和平。类似的事情还有很多，美苏冷战曾经演变为第三次世界大战，中亚动荡引发过核战争，艾滋病也一度成为蔓延全球的可怕疫情，夺去了上亿人的性命。

但在人类社会的现有认知范围内，上述这些故事都未曾发生，因为历史只会留下它的最后一个版本，而这个最终版本的书写者，正是"天时会"的成员。

现在你们应该明白了，"天时会"到底有多重要，或者可以换个角度来看，他们实在是太重要了，重要性甚至超越了人类历史上的一切组织机构。这种决定人类命运的权力，竟然高度集中在极少数人的手里，令人感到不可思议。

难道"天时会"的决定就一定是对的吗？如果他们做出了错误决定，人类社会将遭受怎么样的重创？或者再思考深一层，我们今天所经历的，由"天时会"修改过的历史，就一定是人类文明的最佳状态吗？他们是不是已经犯下错误了呢？

然而世人完全被蒙在鼓里，根本不知道这个世界的命运是由"天时会"所摆布的。

在普通人类当中，会有极低的概率产生"感知者"，他们可以感知到时间流之中的"小旋涡"，也就是单日五次的时间循环。根据统计资料，人类成为感知者的概率非常低，大概为一百万分之一，有些人在刚出生时就是感知者，有些人则会在成年后才第一次感知到时间循环。

超过百分之九十的感知者会因为这项特殊的能力而导致精神崩溃、自杀，或者被大家当作疯子对待；尤其是十八岁以下就成为感知者的青少年，由于心智不够成熟，非正常死亡率更是高达百分之九十九。

能够在人类社会正常生活下去的感知者，都是智商情商自控力等各方面素质优秀的人才，他们知道如何能够隐藏感知者的身份，甚至能将这一点能力转化为自己在社会活动中的优势——路警官就是一个很好的例子。

而"天时会"的另外一项重要任务，就是默默地发展壮大团队。

他们会尽全力收集身边所有感知者的资料，监控他们的生活状况，并且从中选出最适合的对象吸纳到组织内部。通过各种训练和强化措施，组织成员对时间流的感知力和控制力会逐步提升，其中最优秀的人才，将有机会成为"干涉者"，只有干涉者才能启动和感知时间倒流。

"天时会"严格控制着干涉者的数量，组织内部具有这项能力的人，不会超过七个，而其中只有最多三个人，是真正获得组织认可的干涉者，其余几位仅为替补干涉者，不得随意使用其能力。即使是正式的三位干涉者，也必须严格按照组织的要求施展能力，任何未经组织授权而影响时间流的行为，都是弥天大罪，会惹来杀身之祸。

但有人的地方就有江湖，"天时会"虽然能够影响整个人类的历史，却也躲不过历史的规律。随着时代的不断发展，组织成员的逐渐年轻化，他们接受现代社会的观念冲击越来越多，有一些流传了数百年的内部规条慢慢变得不合时宜了，但要修改这些规条，又必然会遇到强大的阻力。

最近几年，"天时会"更是遭遇了千年未见的重大危机。基因技术的飞速发展，让科学家们可以深入人类基因编辑的神秘领域，而其中某些学者的研究成果，已经能够影响人类成为感知者的概率，只不过研究者自己完全没有意识到而已。但总有一天，某个人会将感知时间流的超能力和基因编辑技术结合起来，从而推翻"天时会"影响和控制人类历史的根基。

想象一下，当感知者的产生概率不是百万分之一，而是百分之一，甚至可以通过技术手段将普通人改造成感知者的话，"天时会"还有能力控制那么多人吗？因此"天时会"不得不以最强硬的手段，去暗杀那些研究项目已经触及感知者秘密的科学家，但科技的发展是他们无法逆转的局面，今天杀死一个人，毁掉一个项目，明天又会有另外一个人再做一个类似的项目，这样根本不能解决问题。

于是"天时会"内部也产生了分裂，有些人问，人类社会为什么必须按照"天时会"的规条发展？为什么要用杀人的手段来维持组织的正常运作？"天时会"干涉历史进程的判断标准，是否需要做出改变？

　　曾经我也是"天时会"的一员，而且已经成了四位替补干涉者之一，但我这个人最讨厌的就是权力斗争。近年来，组织内部山头林立，各方势力为了竞争领导者的地位，挖空心思斗个不停，反倒是正事没做几件。

　　厌倦这一切的我希望能退出"天时会"，然而这个组织从来没有"退出"这一说，申请退出就等同于背叛组织，会被列为叛变者。

　　如果是在"天时会"的全盛时期，叛变者只有死路一条，但今非昔比，内耗严重的他们无暇顾及我，也忌惮我有操控时间流的能力，不想跟我死磕，于是睁一只眼闭一只眼地任由我离去。

　　离开"天时会"之后，我才意识到这个世界有多广阔，人类社会发展本来就有无数种可能性，为什么我们偏偏要选择那一条我们自认为是"好"的路，强迫大家跟着一起走呢？即使我们拥有改变时间流的能力，就一定要去改变世界吗？我们就不可以拥有正常人的普通生活了吗？

　　我想了很多很多，最终决定要改变这个世界，不，应该说希望世界回归原本的模样，让人类社会自由地发展，即使会因此而遇到更多战争和灾难，但这也是人们的选择。

　　而我首先去做的事情，是赚钱，靠着我的能力赚大钱。股票、期货、债券、赌博等，一切带有投机性质的赚钱渠道，都是我发家致富的上佳选择。

　　我只花了短短两年时间，就积聚了数额可观的资金。然后是招兵买马，发展人脉，一步一步地打造属于自己的商业帝国。

　　我发现只要有了钱，很多问题都能够迎刃而解。之前我一度担心"天时会"的人会来找我算账，但当我自己的势力越来越强大之后，"天时会"对我避之不及，哪里还有寻仇的念头？

最近这一两年，我也花了不少力气去寻找基因技术的前沿科学家，看看谁有可能研究出关于感知者的科技，然后我要想办法保护他们的研究成果。只可惜，"天时会"的势力依然强大，他们先是除掉了骆滕风，又杀害了林嘉芮，而姗姗来迟的我，只能退而求其次，想办法去争夺林嘉芮留下的数据。

路警官，很感激你替我找到了数据；陈小姐，我也希望你能够加入我们，一同研究激发人类感知者潜能的办法。但即使你们不愿意加入，也没有关系，我相信今天之后，整个基因技术研究领域将会迎来大地震，那么多研究人员，总会有人成功的。

也许，在这栋小房子里面所发生的一切，是人类新世界的起点。

能够见证这一刻的我们，该有多么幸运啊！

8

六月一日，下午三点十分，东泥堂，小洋楼。

司徒康终于结束了他那番激情澎湃的高谈阔论，充满期待地看着路天峰。

"考虑得如何了，路警官？"

路天峰托着下巴，沉吟道："简而言之，司徒先生你既有强大的时间操控能力，同时也腰缠万贯、有权有势，对吗？"

"没错，而且我还心怀苍生，希望能够让全人类重获自由。"司徒康大言不惭地说。

"在电影里头，这可是那些疯狂的反派角色才会说的台词。"

"但我不疯狂，也不是反派。"

"那你可以让时间再次倒流，重返五月三十一日吗？"路天峰说道。

司徒康先是愣了愣，然后扬起头，放肆地哈哈大笑起来："路警官，你在开玩笑吗？我好不容易才实现了自己的目标，怎么可能推倒重来一次？启动时间倒流可是要付出极大的代价的……"

说到这里，司徒康的话戛然而止，明显是不愿意透露出更多的秘密。路天峰脸色一沉，冷冷地哼了一声。

"更何况，之前我也向陈小姐介绍过了，你身为感知者的能力不足，这一次是靠我们提供的强化剂才获得了感知时间倒流的能力，但你的身体还没能跟上节奏，如果万一再经历一次时间倒流的话，你可能会死掉。"

"那么，我以后还能感知到时间倒流吗？还是说像以前那样，只能感知到单日之内的时间循环？"

"这个问题我无法回答你，确实曾经有人因为喝下强化剂而永久提升了自身的感知能力，但也有人喝了之后一命呜呼。"司徒康突然笑了起来，让人不寒而栗，"你既然没有死掉，那么还是有机会永久获得感知时间倒流能力的。"

"原来如此。"路天峰平静道，并没有表现出特别的情绪波动。

因为他早就做好了心理准备，陈诺兰说得对，时间倒流不可能没有代价，而身体上的痛楚他已经有了切身体会。

即使他能够穿越时间，也还是会遇上许多无可奈何的事情。

"那么，我还有最后一个问题。"路天峰挺直了身子，突然之间好像整个人都高了一截似的。这是他走进这间屋子之后，首次露出真正的气势和锋芒。

"汪冬麟是你的一颗棋子吧？"

司徒康脸色一变，心头剧震，他发现自己竟然低估了路天峰。

这个警察最终还是看破了一切。

9

路天峰的分析

汪冬麟果然是个深不可测的男人，他直到最后一刻，看似已经将手中的底牌全部耗尽的时候，其实仍然隐瞒了真正的秘密。

袁成仁是"天时会"的人，他看穿了汪冬麟的犯罪行为，借此要挟汪冬麟，迫使他去杀死林嘉芮，抢夺实验数据，这些都是事实。然而我在听汪冬麟供述案情的过程中，脑海里总是盘旋着一个问号，被举报抑或贸然行动被抓获，横竖都会导致杀人罪行败露，汪冬麟为什么会乖乖地听命于袁成仁？

根据常理推断，其中很可能涉及"利益"的交换，然而按照汪冬麟的说法，"天时会"并没有向他提供任何实质性的利益。以汪冬麟小心谨慎的个性和算无遗策的办事风格，怎么会同意这桩稳赔不赚的交易？于是我开始怀疑这里头还有猫腻。

最初我的推测是，袁成仁利用自己犯罪心理学专家的身份，给汪冬麟打掩护，教他怎么样完美地假扮精神分裂症患者，另外还可以通过自己的影响力，干预D城大学犯罪心理学研究室的鉴定结果。

但这个推测还是有几点无法解释的地方：第一，其余两家精神鉴定机构为何得出了相同的结论？袁成仁的影响力有那么大吗？第二，假设"天时会"动用了自身的庞大资源来保住汪冬麟，那么问题就会变成他们为何要费那么大的劲呢？汪冬麟手中并没有足以威胁他们的东西，这场交易的筹码并不对等；第三，汪冬麟在跟我谈判的时候，一再希望我能够放他走，还他自由，他凭什么觉得自己能在警方的天罗地网之中逃脱呢？

最终让我完全否决了这个推测的，是汪冬麟在走投无路的时候，主动供出了袁成仁，指控袁成仁就是威胁和迫使他去杀死林嘉芮的那个人。假设汪冬麟和袁成仁真是一伙的话，那么他应该死活都不会说出袁成仁的名字，以防止警方将他们两个人关联起来。

然而汪冬麟选择把袁成仁作为弃子求生战术中的一环，就证明袁成仁和"天时会"并不是真正在背后替他脱罪的人。那么，还有谁会与汪冬麟达成交易呢？汪冬麟手中到底有什么东西，会让对方如此渴求呢？

这些之前我一直没能想明白的问题，是司徒先生你给了我答案，汪冬麟身上最有交易价值的东西，当然就是林嘉芮的数据。在他的自白当中，对于为什么会将数据做备份的问题只是含糊其词地一笔带过，有点莫名其妙，但如果是有人提出向他购买这些数据的话，一切就顺理成章了。

我猜你们的交易过程是这样的，汪冬麟受到袁成仁的威胁，心烦意乱，而你身为"天时会"的死对头，察觉到袁成仁的行动，并猜测可能跟研究数据有关，便决定收买汪冬麟。

汪冬麟不会轻易相信你，他可能会要求你支付一定数额的金钱，又或者要求你保证他在被警方抓获之后不会被判死刑。反正你有钱嘛，钱能够解决的问题对你来说都不是问题，所以你花了大价钱，很可能是威逼利诱双管齐下，买通三家鉴定机构的鉴定人员，伪造了能让汪冬麟免除牢狱之灾的结果。

按照你的原计划，可能会在警卫措施相对松懈的精神病院动手，将汪冬麟劫走，然而"天时会"的人也没闲着，他们识穿了你的计划，抢先一步劫了汪冬麟的囚车，并杀死了他。而你在那时候才惊觉"天时会"的行动，但为时已晚。为了扭转败局，你立即派出阿永设局来威胁我，迫使我进入时间倒流，重返五月三十一日，以挽救汪冬麟的性命。

这就能够解释为什么汪冬麟一开始对劫囚车一事并不觉得惊讶，后来发现对方真的要动手杀他，才发觉事情不对路。经历一番波折后，最终还是由我把他救走了，不过接下来汪冬麟也出现了失误，因为他实际上跟"天时会"和你两方面都达成了某种交易协议，在事态混乱之际，他甚至无法确定现在是谁想救他，谁想杀他，所以才会做出去摩云镇找女调酒师朱迪的决定。

　　充满戒心的汪冬麟很快就发现朱迪要杀他，"天时会"已经将他当作弃子了，但他却并不会因此就对你产生百分之百的信任。已经如同惊弓之鸟的他，决定联系我，因为他认为身为警察的我绝对不会随便伤害他。

　　就这样，汪冬麟通过我将隐藏的数据拿到手，他希望借此完成交易，重获自由之身。只不过接下来一连串的变故，让他落入了警方的控制之中，再也不可能通过施展他的小伎俩逃出法网了。

　　当形势发展到这一步的时候，他当机立断，放弃了继续逃跑的念头，将自己的状态重新调整为"精神分裂症患者"。这样起码能够保证自己能够先活下来，活下来之后才有希望。

　　没错，我的意思是，汪冬麟一直都在扮演"人格分裂"的角色，但事实上，他的两个"人格"只是他为了能够逃脱罪名而假扮出来的。自始至终，他的身上只有一个人格，就是那个为了达到目的不择手段，把一切都算计到极致，心胸狭窄、冷血无情的残忍男人。

　　他为了完美地进行角色扮演，甚至在逃亡的过程中故意杀死了一名完全无辜的女生，因为只有这种不合情理的犯罪，才符合他精神鉴定报告中"陷入疯狂，无法自控"的结论。

　　汪冬麟确实是个恶魔，而你就是那个将恶魔放出笼子，助纣为虐的人。你跟他一样，为了实现自己的所谓理想，可以罔顾别人的生命，随意践踏别人的尊严。你可以纵容汪冬麟杀人，也可以在他失去利用价值后将他随意地抛弃；阿永应该是你的亲信，但只要能够把数据拿到手，你就完全不管他的死活。

如果我答应跟你合作的话，谁知道哪一天你会因为利益冲突而在我背后捅刀子？

你确实是敌人的敌人，但绝不会是我的朋友。因为我的身份是警察，在我力所能及的范围内，我不会放过任何一个犯罪者，比如双手已经沾满鲜血的汪冬麟。

很抱歉，现在我就要把你的棋子从棋盘上拿走了。

10

六月一日，下午三点二十五分，东泥堂，小洋楼。

"好，很好，非常好！"

路天峰的话音刚落，司徒康已经不停地喝起彩来，他一边大声叫好，一边用力地拍着手掌："路警官仅凭这些零碎散乱的线索，就几乎将整个真相重新拼了出来，思维之清晰、逻辑之严密都令人叹为观止。据我所知，你的推理当中只有一点小小的瑕疵。"

"什么瑕疵？"

"汪冬麟一案备受社会关注，关于他的精神鉴定报告想要造假的话，可不是我光花钱就能解决的问题啊！"

司徒康发出一阵莫名其妙的怪笑，让路天峰心生反感。

"你的意思是……汪冬麟确实有精神病？"

"我不确定汪冬麟是否人格分裂，但如果他一直都在演戏的话，那还真是全靠他那过硬的演技来蒙混过关的。"司徒康坐回沙发，给自己倒了一杯茶，"其余的东西，你已经猜了个八九不离十，我就不再多说什么了。"

"所以你承认跟汪冬麟之间有过交易？"

司徒康身体放松地靠在沙发靠背上，笑着说："他说有一份数据卖给我，我感兴趣，就开了个价钱，仅此而已。路警官，请问这样的交易违法吗？"

路天峰很清楚，只要司徒康坚称他并不知道汪冬麟手中的数据来源不合法，就可以轻易地躲开法律制裁。另外一项可以尝试指控司徒康的罪名，是控告他派人强行掳走陈诺兰，但如今关键的当事人阿永已经死亡，这案件也变得死无对证。

至于司徒康能够操控时间流，在曾经发生过的六月二日策划人质劫持案，迫使路天峰去劫囚车这种天方夜谭一般的故事，更只能算是无稽之谈了。

在路天峰眼中，虽然司徒康恶贯满盈，却偏偏找不到他的犯罪证据。甚至可以说，在现在这一段时间流当中，他就是个遵纪守法的普通商人。

路天峰想起了章之奇所说的关于他表妹的悲惨往事，如果一个人只在"不存在"的时间流当中进行犯罪的话，那么他算是个好人还是坏人？既然法律无法惩罚这些人，那就只能让他们逍遥快活地继续做这些勾当吗？

想到这里，路天峰下意识地握紧了拳头。

这个小动作被司徒康注意到了，但他只是耸耸肩，见怪不怪地说："你觉得不服气，不公平，对吗？我们本来就不是普通人，为什么要被普通人制定的规则所约束？"

"因为这个世界上还有许许多多的普通人，我们绝对不能随意打破规则。"

司徒康叹了叹气，显然是不认同路天峰的观点，但他没有继续在这个问题上纠缠，而是倏地站起身来，有点突兀地说："我还有点事情要去处理，先告辞了。"

司徒康向身后的下属们打了个手势，正要迈步离去时，路天峰却伸出手，拦住了他的去路。司徒康的两位保镖立即拔出手枪，分别对准路天峰和陈诺兰，但司徒康只是一笑置之，摆摆手，让他们放下枪。

"大家以后没准还有合作的机会，有话好好说。路警官，你还有什么问题吗？"司徒康脸上带着属于胜利者的微笑。

"我希望汪冬麟能够得到他应有的惩罚。"

"这可是警察的工作职责，我爱莫能助啊！"司徒康摊开双手。

"你们之间有过交易，你可以帮我证明汪冬麟是为了高价贩卖数据而杀害林嘉芮，这可以将他的罪行定性为有预谋的杀人抢劫，而不是第二人格主导的无意识行为。"

"我为什么要蹚这摊浑水？"

"因为汪冬麟对你而言已经没有任何利用价值了，但如果你放弃了他，我可以暂时不与你为敌。"

司徒康露出饶有趣味的神情来："所以说，我们虽然做不成朋友，但未必一定是敌人？"

"既往不咎，但如果你以后再犯事的话，我一定不会放过你。"

"真遗憾，我觉得我这个人是很难安守本分呢。"司徒康转了转眼珠，说，"不过有一点你说得对，汪冬麟这颗棋子已经是多余的了，如果你能替我妥善处理掉的话，也不失为一个双赢的结果。"

"一言为定。"路天峰点点头。

"警民合作，长治久安。"司徒康从怀里掏出一部手机，递给路天峰，"这是我在路上捡到的，你看看有没有用吧！"

路天峰面无表情地接过手机，他知道这盘棋走到这一步，算是兑子言和了。但他内心最希望能够做到的，还是战胜司徒康。

因为这个男人以后不知道还会做出什么疯狂的事情来。

"我们走吧。"路天峰牵起陈诺兰的手，温柔地说。

陈诺兰点点头，旁若无人地踮起脚尖，亲了亲路天峰的脸颊。

"无论你做什么，我都会永远支持你。"

终 章

1

六月一日，晚上八点，D城警察局，审讯室。

汪冬麟端坐在椅子上，无论是谁，问他怎么样的问题，他都一言不发，只是直直地盯着提问者，时不时露出狰狞的冷笑。

"这家伙真的疯了。"每位参与审讯工作的警员都这样认为。

可是当路天峰拿着一个透明的证物袋走进审讯室时，汪冬麟的脸色突然变了，因为他看见了证物袋里面的手机。

虽然不知道是谁的手机，但他隐约闻到了一股危险的气息。

"我找到了。"路天峰没头没脑地抛出这句话来。

"什么？"

"买家的手机。"

"什么买家？"汪冬麟的脸色如常，嘴角却难以察觉地抽搐了一下。

"那个叫阿永的男人，给了你不少订金吧，怎么生意没做成就翻脸不认人了？"

"我根本不知道你在说什么。"汪冬麟下意识地拿起面前的一次性纸杯，却发现里面早就没水了。

路天峰隔着证物袋，滚动手机屏幕，查看着上面的短信息："时代果然是先进了啊，现在的黑市交易居然还会使用电子货币，全球通兑，来源保密。不过我要很遗憾地告诉你，如果我们光掌握了你的电子货币账号，那确实查不到是谁给你转账的，但如果我们同时掌握了交易双方的账号，那就等于铁证如山了。"

汪冬麟将手中的纸杯捏成一团。

"你是为了钱才杀死林嘉芮的，对吗？这里不但有电子货币的转账记录，还有完整的聊天信息记录。"

"不！路天峰，我跟你说过，是因为'组织'的人要挟我，我才迫不得已要杀人的。"汪冬麟急得站了起来。

"证据呢？"路天峰笑了，这是他在与汪冬麟交锋的过程当中，第一次真正因为高兴而露出笑容。

因为路天峰非常确定，所有的证据早就被汪冬麟毁掉了，他为自己几乎完美的犯罪而沾沾自喜。他步步为营，将方方面面的因素都计算在内，还同时与"天时会"和司徒康两方势力达成了秘密协议，要求他们保证自己不死。他甚至为了安全起见给自己加了第三重保险，通过假扮人格分裂的方式蒙骗了专业的精神鉴定机构。

他毁掉了其他所有的证据，结果反而导致路天峰现在拿出来的东西一跃成为最关键的决定性证据。

"你这是孤证、伪证，根本没有法律效力……"汪冬麟红着脸，语无伦次地分辩道。

"没关系，给我们一点时间，完整的证据链会查出来的。这足以证明你杀害林嘉芮完全是蓄意谋杀，跟什么人格分裂妄想症之类的……一毛钱关系都没有。"

汪冬麟重重地跌坐回椅子上，他的表情还算平静，除了嘴角那不自觉的抽搐之外，看不出其他异常。

他终于还是丢掉了最后的防线，但他还不想认输，不能认输。

如果在这里认输的话，他会输掉一切，包括自己的性命。

"我什么都不会说的。"最后，他咬牙切齿地挤出了这句话。

"你什么都不需要说，我会去查的。"路天峰潇洒地收回了证物袋，"我来这里并不是为了对你进行审讯，而是——"

路天峰突然压低了声音，身子向前倾，凑到汪冬麟的耳边，用只有他一个人能够听见的音量说。

"我只是想让你尝尝失败的滋味。"

汪冬麟的胃部泛起一阵酸意，对啊，这就是失败的滋味。

他仿佛回到了父亲葬身火海、母亲向自己摊牌的那天晚上，又仿佛听见了茉莉对他的无情讥笑。

从那一天开始，他就是一个彻彻底底的失败者。

伪装了那么多年的面具，终于被路天峰无情地撕破了。

"我输了……"他木然地说。

路天峰好像没听见他在说什么，头也不回地离开了审讯室。

关门之前，他轻轻地说了一句："天网恢恢，疏而不漏。"

而当审讯室的门关上后，汪冬麟整个人顿时瘫坐在椅子上，连坐直的力气都没有了。

2

六月一日，晚上八点三十分，D 城警察局办公大楼，天台。

昏暗的灯光下，一个红色的小光点在明灭不定地闪烁着。

一个男人形单影只地抽着烟。

另外一个体形较为娇小，属于女性的身影也出现在天台处。

"原来你也是烟民？"童瑶不无惊讶地对章之奇说。因为这两天接触下来，她从来没有看见过他抽烟。

"其实我并没有烟瘾，但说来奇怪，我一来到这天台就想抽烟。"章之奇摁灭了才抽了不到一半的香烟。

"这算是职业病的一种表现形式吗？"童瑶当然也知道，天台就相当于这栋大楼的吸烟区，"还是说，你内心深处仍然怀念着当警察的日子呢？"

章之奇呵呵一笑："算了吧，还是当私家侦探自由自在，解决问题的方法也更多。"

"哼，你现在还不是靠着警方内部系统的信息办事？回头我就想办法封了你。"

"童警官，别那么心狠手辣嘛，你给我留一条活路，我以后还能继续帮你破案，两全其美。"

童瑶看着远处星星点点的夜灯，感慨道："这次还真的要好好感激你，要不是你帮忙，我们可能不会那么顺利地抓住汪冬麟。"

"不客气，收钱办事天经地义嘛……话说，你真有把握替我把你们警方的悬红申请下来？"

"我一定会尽力而为的。"

"实在不行也没关系啦，以后多多照顾我的生意就是了。"章之奇竟然主动给了童瑶一个台阶，这反而让童瑶有点搞不懂了。

"怎么一下子就没精打采啦？不太像你的风格。"

"因为这案子的内情实在是太复杂了，汪冬麟虽然已经落网，但一切并没有结束。"章之奇叹了一口气，"更何况里面还涉及什么时间循环、时间倒流、改写历史之类的东西……你让我一个凡夫俗子怎么去面对这些？题目完全超纲了啊！"

童瑶忍俊不禁，扑哧一下笑出声来："哈哈，你明明就是国内最顶尖的信息技术专家，没有之一，怎么能算凡夫俗子？"

"这个……童警官过奖了。"

"而且，你也并不是一个人去面对这些啊。"童瑶举目远眺，缓缓地说，"不是还有我们吗？"

"我们……"章之奇居然觉得喉头有点哽塞，他突然想起当初身为刑警的那些日子，兄弟们之间是如何守望相助，并肩作战。

其实他一直都很怀念那种温暖踏实的感觉。

如同现在一样。

3

六月一日，晚上九点，D城警察局办公大楼，饭堂。

程拓拿着一杯温豆浆，坐在饭堂的角落里，一副若有所思的样子，手里的豆浆几乎一点也没动过。

"程队。"路天峰也拿着同样的杯子，坐到了程拓对面的位置上。

"阿峰，这两天辛苦你了。"

"也辛苦你了，今晚就早点回去休息吧。"

"好的。"

路天峰只感到一阵莫名的心酸，没想到曾经一起出生入死的他们，竟然会坐在这里有一搭没一搭地说着毫无营养的客套话，而两个人之间真正想问的问题，却没能问出口。

大概程拓也觉得聊天气氛过于尴尬，狠狠地喝了一大口豆浆，然后说："阿峰，请你相信我，我虽然跟'组织'的人有过接触，但我绝对没有做过伤天害理的事情，更加没有伤害过你。"

"我相信。"也许是担心自己的语气过于轻描淡写，路天峰再次强调，"我完全相信你，真的。"

"一开始我只是很好奇你的线人到底是怎么回事，没想到这原来是个泥沼，一脚踏下去之后，就没那么容易全身而退了。"程拓低下头，长舒一口气，"话说回来，你猜猜'组织'和我接头的人是谁？"

"是谁？"路天峰有预感，那将会是一个他熟悉的名字。

"七年前就宣告失踪，一直下落不明的 D 城大学生物系教授周焕盛。"程拓敲着杯子说，"这也是我跟他们保持接触的其中一个原因，我想知道在周焕盛身上到底发生了什么，而他这些年来又躲去哪里了。更为诡异的是，如今出现在我眼前的周焕盛，看起来比起档案上的资料照片更年轻，但那张照片很可能是十年前拍的了。"

即使已经有了心理准备，路天峰还是暗暗吃了一惊。

"天时会"的能力，是不是真有司徒康说得那么夸张？如果他们能够把周焕盛一个大活人藏起来七年的话，那么现在对袁成仁等人的追捕行动，也很可能无功而返。

"我们所要面对的到底是一群怎么样的敌人啊！"路天峰感慨万千地说。

"别担心，我、童瑶，连同整个警局都会是你的后盾。"

路天峰不禁苦笑起来："程队，还是先想办法替我向罗局解释这次的事件吧，搞不好明天我就不是警察了。"

4

六月一日，晚上十点，D 城郊外的一个小码头。

袁成仁看完手机上的信息，右手不停地颤抖起来。

"袁老师，怎么啦？"从一艘渔船船舱里探头出来询问的，正是马悦仪。

邓子雄一脸严肃地坐在渔船尾部，也问："接应的人还没到吗？"

袁成仁仰天长叹道："真是疯了，司徒康居然将林嘉芮的实验数据和相关资料公开共享给全世界，这一刻我估计有超过一百个不同的团队和机构，正在如获至宝地研究着那些数据呢。"

"所以我们的任务……是彻底失败了。"马悦仪打了个冷战，她在"天时会"内部虽然资历尚浅，但也是很清楚任务失败的成员会遭受怎么样的惩罚。

"这下完蛋了，组织肯定已经抛弃我们了。"

"抛弃？不，他们不仅仅是抛弃我们，而是要拿我们的命。"袁成仁将手机递给另外两个人，"看到了吗？"

手机屏幕上是一行触目惊心的文字——

自行了断，既往不咎，如有违令，赶尽杀绝。

"都什么年代了，还说这些文绉绉的台词，做作。"马悦仪嘟起嘴巴，摆出不屑的模样来。

"袁老师，反正都是死路一条，如其坐以待毙，不如拼死一搏！"邓子雄恶狠狠地说。

"怎么拼死一搏？"袁成仁问。

"我们去找司徒康，加入他，对抗那班老古董！"

"好！"马悦仪立即同意。

而袁成仁只是闭上眼睛，没有说话。

5

六月一日，晚上十一点五十分。

陈诺兰在书桌前站起身来，揉了揉发酸的眼睛。虽然路天峰叮嘱过她回家之后立即好好休息，但她却在床上翻来覆去，怎么也睡不着，就干脆爬起来深入研究林嘉芮的那些实验数据，自然越看越精神，越看越兴奋。

按照这个思路走下去，真的有可能让基因疗法的研究向前迈进一大步啊！

　　想到这里，陈诺兰立即动手，一边翻箱倒柜查看资料，一边拿出草稿纸，唰唰唰地设计出自己下一步准备尝试的实验方案。直到写满了好几页 A4 纸，才突然回过神来，想起自己现在赋闲在家，连正规的实验室使用权都没有呢。

　　于是她又立马开始修改自己的简历，将风腾基因的工作经历加到之前的简历模板里，差点就直接拿出去投递了。只不过在发送邮件之前，她还是觉得应该等路天峰回家，和他商量一下再说。

　　陈诺兰抬头看了一眼挂钟，原来已经快要到十二点了。

　　"回来了吗？"拿出手机，输入这一串文字后，她想了想，还是把信息删掉了，没发出去。

　　这时候，大门处传来了开锁的声音。

　　陈诺兰三步并作两步地跑过去，刚好迎上开门进屋的路天峰。

　　"峰……"她一把抱住了他。

　　"怎么啦？"

　　"突然好想你。"

　　好害怕失去你。这才是陈诺兰真正想说的。

　　"诺兰，我不是说过了吗，今天一定会回家。"路天峰摸了摸陈诺兰的头，"因为几分钟后的明天，六月二日，就是我们的相识纪念日啊！"

　　陈诺兰将头靠在路天峰的胸膛，细语轻声地说："对你来说，是又一次回到这一天了，对吧？"

　　"嗯。"路天峰应了一声，氛围突然变得有点沉重。

　　"上一次的六月二日，我们经历了一次生离死别，对吗？"

　　"但这一次我们不会再分开了。"路天峰捧着她的脸蛋，郑重其事地说。

"我知道，只是……有些人原本应该还活着的，现在却死了……"陈诺兰的眼眶红了。

她不仅想起了余勇生，还有一位素昧平生，只是在新闻之中得知被汪冬麟杀害的女生。

可能还有更多她不知道的人在这一次时间流的变化之中，由生变成了死。当然，也有人由原来的死变成了生。

比如自己，比如汪冬麟。

陈诺兰突然觉得，这种因为改变时间流而活下来的感觉并不好，自己像是一个小偷，偷走了原本属于其他人的生命。

"别想那么多了，好吗？"看穿了陈诺兰心事的路天峰，没有再说过多安慰的话语，而只是静静地、紧紧地拥抱着她。

前路还会有许多艰难险阻，但他有信心带着她一起去面对。

时针终于指向了十二点整。

新的一天到了。新的开始，也是新的结束。

"诺兰，我爱你。"

他得到的回答，是一个连绵而热烈的吻。

无论如何，只要我们还在一起，就不能轻言放弃。

《逆时侦查组3：拍卖时间的人》即将出版，精彩预告：

回归正常生活的路天峰突然收到司徒康的邀请，让他和陈诺兰结伴参加一艘豪华邮轮的启航之旅。司徒康声称船上在拍卖一台能够触发时间倒流的机器，自己有意买下，并希望路天峰能够保障其安全。

为了一探究竟，路天峰和陈诺兰、童瑶、章之奇一行人假借不同的身份登上邮轮，展开秘密调查，并结识了邮轮上的各路乘客：九指赌神，科学狂人，神秘魔术师……到底谁才是那个幕后卖家？

随着邮轮驶向公海，奇异的事情发生了！路天峰和司徒康发现，这艘邮轮上的时间，竟然会时不时就倒流五分钟！而一起匪夷所思的谋杀案，更将原本已经剑拔弩张的气氛推向新一轮高潮……

扫描二维码，并回复"逆时3"

抢先试读《逆时侦查组3：拍卖时间的人》

出 品 人：许　永

责任编辑：许宗华

特邀编辑：朱若愚　　王菁菁

装帧设计：周丁乾

印制总监：蒋　波

发行总监：田峰峥

投稿邮箱：cmsdbj@163.com

发　　行：北京创美汇品图书有限公司

发行热线：010-59799930

创美工厂
微信公众平台

创美工厂
官方微博